殺禪

– Karma –

喬靖夫——著

重編版

vol. 02

殺禪

vol.

02

目錄

卷三【極惡地圖】

Karma Vol. 3 Evil Terrain

第九章
無受想行識

善南街一家老茶館的門簾，被人狠狠扯下來了。

掌櫃的手指凝在算盤上。他惶惑地瞧向門口，認出了擠進店來那四個兇悍的黑道大漢，都是「屠房」的人。

晚秋的急風從洞開的前門颳進來。四個漢子左臂上都束著一條黑布帶，帶尾被風吹得飄動。

茶館這個月早就繳足了常例規錢。可是「屠房」的人從來沒有道理可說。掌櫃心想，今天的生意大概又白幹了。

四人卻沒有走向櫃檯，而是在桌子之間來回掃視。他們走上前，包圍著一個單身的茶客。是個穿著紅錦衣的胖子，看打扮應該頗有點錢。

胖子額頭滿是汗珠。既不是因爲茶太熱，也不是因爲衣服太厚。

「早啊。」帶頭那個「屠房」的小頭目，右眉骨上有一道深刻的傷疤，扯得右眼形狀都歪了。「在吃甚麼作早點？」

「核桃……甜糕……」胖子怯懦地回答。他想不透自己做錯了甚麼。胖子只是個販布的小商人，從來沒有得罪道上勢力，各樣規費也有定時繳交……

「好吃嗎？」小頭目把桌上一件甜糕拿起來。

「不錯……」

小頭目咬了一口，嘴嚼了幾下，將那口糕混著濃濃唾液，猛力吐到胖子的胸口上。

「他媽的，不好吃。」小頭目把剩下的甜糕摔到地上。「你騙我。」

「我……我沒有……」胖子不敢把身上的髒物撥去：「大概……不合大爺你的口味吧……這種……粗吃……」

「胖豬倒懂說人話嘛。」其他三個流氓也哄笑起來。

胖子額上冒出了更多汗珠。

「熱嗎？爲甚麼不脫衣服？」那小頭目眼中兇光更盛。

胖子不知所措。他根本不知道這些「屠房」的人想要甚麼。

「操你媽的，裝聾嗎？」其中一名大漢喝罵：「叫你脫！」他出手揪著胖子的後衣領，把他提得站了起來。胖子還來不及掙扎，另外兩人已把那鮮紅的錦衣扯破脫下了。

「別動粗……我給錢……」胖子驚慌地叫著，得到的回答卻是拳頭。他的胃囊像燒著了，重重坐倒在地上。

「幹！」那小頭目把破爛的紅衣搶過來扔到地上，再踹上幾腳。「衣服可以亂穿的嗎？你道今天是甚麼日子？」

一名流氓從燒水的爐底下抽出一根燃著的柴枝，焚燒地上的那錦衣。

掌櫃很是焦急，卻沒膽去救火。沒有一個茶客敢離開。門外擠滿了看熱鬧的人。

熱燙的茶潑到胖子臉上。他痛苦地打滾，把椅子撞翻了。流氓的拳腳卻仍不放過他。

「你們都給我傳開去！」小頭目站到桌上，向四周茶客說：「今天在城裡，再有人穿紅戴綠，給我們『屠房』看見，連人帶衫都一把火燒掉！」

四人走了後，掌櫃和茶客才敢把火撲滅。胖子已經昏迷。掌櫃讓他躺在地上，著小廝到附近找大夫來。

「幸好我今天穿的是藍衣……」一名茶客竊語。

「爲甚麼？」掌櫃問。

「你不曉得？今天是鐵釘六爺跟陰七爺的五七祭日！『屠房』的頭領，待會都去大廟那邊。」

「已經一個月有多啦……」掌櫃沉吟。

眾茶客也在低語議論著。

「『大屠房』掛的那兩條無頭死屍，也是時候解下來了吧？這許多天，大街還是颳著帶屍臭的風，好難受……」

□

「屠房」千人冥祭隊伍全數穿著粗麻，頭纏白巾，半數乘馬，由安東大街最北端的「大屠房」浩蕩出發，緩緩前赴漂城西南的大廟。

領在最前的是騎著馬的鐵爪四爺。他以白頭巾包裹著烏亮的長髮，露出英偉但蒼白的臉，一直默默地凝視前路遠方。

緊隨鐵爪身旁的是他的親信門生小鴉。這個年輕而帶有異族血統的戰士，赤裸著黝黑的上身，下身圍著一幅粗麻裙，這打扮是仿照他家鄉的習俗。小鴉依然騎馬高舉著一面大幡旗，但這次的「奠」字卻是赤紅色的，以左鋒和童暮城的鮮血寫成。

鐵鎚五爺則徒步走在哥哥另一邊，他身後有兩個手下，負責抬著他那柄沉重的得意兵器。鐵鎚左臂挾著一只大麻袋，右手從袋裡抓出一把把紙錢，沿途迎風撒去。

金、銀二色的紙錢只在空中飄飛了一會，很快就落到地上，顯然比普通紙錢重了許多。夾道觀看的群眾發現：紙錢上貼的，竟是薄薄的真金箔和銀箔！可是沒有人敢在「屠房」人馬面前撿拾，只等秋風把紙錢颳到足旁時悄悄踏著。

直至冥祭隊伍過去，群眾紛紛彎身去拾取紙錢。搶奪的罵聲此起彼落。

當所有人都在彎腰時，站在群眾最後頭的三個人卻仍站著不動。

三人中間是一個臉容溫文的中年男子，衣飾打扮是個書生文士，手裡拿著一柄折扇。文士唇上蓄著漂亮而微呈棕黃色的鬚，薄唇緊閤著，眼睛一直眺視遠去的「屠房」隊伍。他的眼神並不特別銳利，卻閃動著一種光芒。

「祭酒。」文士左邊的壯碩男子悄聲說：「似乎漂城不宜待太久。」

「對……」那文士說話時，露出潔白而細小的牙齒，十分好看。「看夠熱鬧了。我們去岱鎮吧。」

□

冥祭隊伍到達了大廟。

這座大廟最初由開拓漂洗業的先驅者興建，取代了原來村民拜祭的破土廟。後來漂城通商並日漸繁盛，大廟就變得香火漸稀。金錢，取代了漂城人心裡的舊神祇。

直至迷信的查嵩上任漂城知事，下令把殘舊的大廟大加修葺擴建。正門換成朱紅，加固以粗銅釘；殿內供奉的神像裏上金箔；樑上長懸著豪華的七色錦織；各個角落的燈罩都繪著精細但帶點俗氣的天宮宴會圖畫；廟頂飛簷每個角落蹲踞著數十具異獸的彩漆石雕，各自在張牙舞爪，鎮壓四方妖鬼……大廟過去殘留的古拙氣息蕩然無存，那豪奢多彩的陳設風格，卻更切合今日虛榮的漂城，於是香火又日漸恢復鼎盛……

十幾頂大轎停在廟門石階前。這天大廟內裡及前、後院都佈滿「屠房」手下，嚴禁外人進出。廟祝和幾個小廝全都被驅趕到外頭迴避。

人馬把大廟四周街道塡塞得滿滿，更外圍處則擠著數以千計看熱鬧的人。

鐵爪、鐵鎚、小鴉和眾多騎馬的頭目紛紛下鞍。鐵鎚五爺把麻布袋交給部下，緊跟著哥哥前行。他天生是個智障，腦袋只相當於八、九歲的孩童，從他帶點生硬的走路姿勢也可看出他有毛病。可是這樣的傢伙，卻仍練出可怖的殺人技巧，可見他們鐵家的血統有多強。

鐵爪帶著弟弟和小鴉，還有十餘名親信頭目，步進朱漆大門。

老俞伯大爺、吹風三爺和黑狗八爺早就在門內等候，這是正在慰問鐵釘和陰七的遺屬。陰七沒有正式娶妻，只在城內有好幾個固定的相好，爲他生的八個私生子女。他們這天也都披麻戴孝，卻沒有一個哭泣。陰七跟他們根本感情不深。

鐵釘六爺是鐵氏三兄弟中唯一娶了妻的。鐵爪跟弟婦和兩個侄兒說了幾句話後，就轉向老俞伯。

「老大，謝謝。」

老俞伯枯瘦的手掌拍拍鐵爪和鐵鎚的肩頭。「這甚麼話？老六也是我弟弟啊。」

「屠房」老總朱牙並未出席這次五七冥祭。根據「屠房」規矩，朱老總和老俞伯除了在「大屠房」裡開會之外，都盡量避免在任何活動同場，尤其公開的場合更絕不會同時出現。這是要防止兩人同時中伏，令「屠房」指揮陷於癱瘓。

「這個仇……我們必定要報。」鐵爪咬著下唇，那雙斜飛入鬢的眉毛豎得更高，面容肅殺。鐵爪是「屠房」裡有名的美男子，雖已年近四十，眼角的皺紋仍然很淺。人們很少從他的臉，聯想起他那兩個粗獷的弟弟。

「你是想出兵岱鎮嗎？」老俞伯的聲音壓低著。同樣是結義兄弟，老俞伯面對鐵爪，並沒有展示出面對陰七和黑狗時那種威嚴——鐵爪乃是「屠房」公認第一打手，得全體幫眾格外尊崇，老俞伯這個老大也得對他客氣。

鐵爪頷首：「我要取下龐文英的頭顱。用我這雙手把它摘下來，把頭蓋骨造成杯，在弟弟的墓前奠酒。」

老俞伯知道鐵爪真有這決心。除了低智的鐵鎚不算，鐵爪一向是「屠刀手」裡最沒機心的一人，只一心盡忠於兄弟與幫會。「屠房」十二年前稱霸漂城後，以鐵爪的聲望和魅力，要爭取更多權力易如反掌，他卻帶著兩個弟弟和一干忠心部下離了城，避居到郊外的木料場，只負責為「屠房」調練精銳，而遠離了幫會的核心。即使近年有大敵「豐義隆」進駐漂城，由於「屠房」一直輕易維持著優勢，鐵爪也不願意回「大屠房」坐鎮。

「老大，你不會反對吧？」鐵爪從部下手裡接過一根香，替老俞伯點燃煙桿。

老俞伯深深吸了一口，然後用力吐出來。「明天開會的時候，你儘管提出來吧。我支持你。老三，怎麼樣？你也一樣吧？」

一直默默站在旁邊的吹風三爺，不知應該如何回答。他當然恨透了「豐義隆」，但要離城進攻岱鎮卻是另一回事。「屠房」一直能夠壓住「豐義隆」，主要依靠在漂城的深厚根基。何況「屠房」創幫立道後，已經多年沒有大規模出兵作戰，雖說人數佔了壓倒優勢，但敵方退守岱鎮，變成反過來以逸待勞，勝負未可逆料。

更重要的因素是軍心和士氣。漂城已經重新由「屠房」完全掌握了，目前只有鐵氏兄弟的直系部屬肯定熱衷復仇，其他「屠房」門生子弟則很難說。吹風是老江湖，很了解黑道有多現實。沒甚麼比利益更重要。如今「豐義隆」已投降撤走，「屠房」再度獨佔城內生意，許多幫眾都忙著搶奪瓜分「豐義隆」遺下的肥肉，發財都來不及的時候，還又有多少人願意冒性命危險遠赴岱鎮，去打一群已經沒必要打的敵人？也許有些年輕的低層弟子，希望藉戰鬥之機立功揚名，但這種人畢竟只佔少數。

「我看……」吹風說話時，那隻唯一的左眼並沒有直視鐵爪：「……這一仗未必能打成。龐老頭也許很快就要回京都……」

「不。」鐵爪斷然說。他對吹風的猶豫態度很不滿。「我看龐文英留在岱鎮這麼久，必定還有盤算。以他『二祭酒』的地位，幾年前被調離了京都來這裡，多少算是被流放。現在他仍然兩手空空，是回不了總行的。」

「我反而是擔心，他們會從京都調來大批人馬……」黑狗八爺插口說：「我已經吩咐施達芳密切留意。」施達芳就是繼承了陰七權力的大頭目，主掌情報消息。

「所以更要盡早出擊！」鐵爪握拳說：「要搶在龐文英準備好反擊之前，殺他一個措手不及！」

鐵爪、老俞伯和黑狗的目光，全都落在吹風臉上。只要四個「屠刀手」一致同意出兵，朱老總就無法拒絕。阿桑二爺只是朱老總親衛，幾乎沒有任何實際權力。

看來沒有選擇了，吹風心想。他絕不想惹怒這個可怕的四弟。他對鐵爪的尊敬，比對老俞伯還要高。

隨著吹風點頭，「屠房」就此做出一個重大的決定。然而做這個決定的四人，心裡都懷著不同目的。

□

明天終於要出城了。狄斌吃著半冷的麵條，手心滲著汗。

他瞧瞧坐在「老巢」地牢一角的櫻兒。這個月來她始終就是這副痴呆模樣，沒有說過任何話。包著纖細身軀的破氈已然發臭，裡面殘餘著精液的腥味。

「你餓嗎？」狄斌把仍剩半碗的麵條遞過去。櫻兒既不回答，也沒有任何動作。她一直吃得很少，臉頰瘦得可憐。

這段日子狄斌和葛元昇一直忙於在城內暗中招集腥冷兒，實在沒法把櫻兒送走；而兩人為了保密，更不可能放任她在城裡亂跑，於是只能把她關著。

如今他們終於完成招兵了。每個腥冷兒都是狄斌親自挑選的。要把這些人找出來一點也不容易——自從鐵釘和陰七死了，「屠房」的幫眾不時就針對腥冷兒襲擊殺傷。但也因為這樣，仍然有膽量留在城裡的腥冷兒，都不是普通角色，正是于潤生要用的人。

在雷義協助下，狄斌在牢房陸續物色到三十多人，全部都是當年曾在平亂戰爭前線拚殺過的硬手。雷義以盤問為藉口，把他們逐一帶到巡檢房，等到沒人留意時就偷偷釋放。大牢本已太過擁擠，誰也沒有注意囚犯減少。大牢管事田又青，更一向只關心「鬥角」的博彩收入。

明早這些腥冷兒將聚集在城南郊區遠離官道的一棵大榕樹下。他們每一個都是曾經在地獄門口徘徊的男人。每一個都渴望分享漂城的繁榮。每一個都曾以最惡毒的詛咒痛罵「屠房」。每一個都相信于潤生能帶領他們脫離貧窮。每一個都已準備好再次殺人。

一想到這些人，連狄斌也感到有點可怕。當年在軍隊裡，身邊的人都為了生存而拚死戰鬥。可是現在這夥人的氣氛卻很不一樣。他們目前一無所有，但隨時有可能奪取一切。他們正站在兩個極端之間。那強烈的慾望與不安，令人興奮得足以發瘋。

而狄斌將要指揮這樣的一群人。

「吃吧。」他把碗放在櫻兒身旁。他猶豫了好一會，最後還是向她透露：「我們明天就走。我……帶你去找五哥。」

狄斌從來沒有看見過，一個人的表情變化可以如此巨大。一股看得見的能量，瞬間注入了櫻兒的五官。

她站起來，說出這段日子裡的第一句話。

「我要……洗澡……」因為太久沒開口，她的發音有些含糊。

櫻兒走到大水缸旁。破氈滑了下來跌在她足旁。

突然裸裎的女體，令狄斌微微昏眩——雖然只是背面。他看著她的身軀，並沒有被激起性慾，而是感受到一種混雜著嫉妒的苦惱。

狄斌看著櫻兒瓢水淋浴，手掌慢慢伸進懷裡，摸著短刀的木柄。他突然有股要當場殺死櫻兒的衝動。

但他辦不到。不管他多麼討厭這個雛妓的存在，但同時深知她是個可憐人。狄斌無法向弱者下手。

櫻兒淋浴完畢，皮膚稍稍恢復了青春的亮光。狄斌遞給她一套乾淨的男裝粗布衣。

「穿上吧。扮成男的，出城比較容易。」

櫻兒的目光充滿感激——既爲了衣服，也因爲她即將可以再見鎌首。狄斌卻別過頭去。對於他，那種感激的眼神就像尖針刺在他心坎。

櫻兒很快就熟睡了。狄斌也覺得睏，卻仍然強撐著等葛元昇。葛元昇經常一個人在夜裡獨自外出。今晚已經是第六次。狄斌沒有問，可是心裡仍禁不住疑惑。他發現三哥每一次回來，神色都比出外前輕鬆平靜。是去找女人吧？狄斌並不太擔心葛元昇。只要「殺草」不離身，漂城裡沒有人困得住他。

狄斌這時又想到：自從加入了「豐義隆」後，自己跟葛元昇的感情好像比從前疏遠了。不，應該說是自從葛元昇殺死癩皮大貴的那天開始。

好一段日子裡，葛元昇一直獨自在雞圍裡匿藏，狙殺「屠房」的頭目，狄斌跟他見面的機會很少。可是不止是這樣。葛小哥整個人確實改變了。狄斌不知道那是甚麼變化。他覺得葛元昇必定藏著一些他不知道的秘密。老大會知道嗎？

其實還有另外一個跟三哥疏遠的原因，是狄斌不願承認的：他對葛元昇的敬慕，不知不覺間已經轉移到鎌首身上……

狄斌躺在床上下定決心，以後要多跟三哥親近。一股直覺在告訴狄斌，繼續再讓葛元昇如此孤獨，將會產生某種可怕的後果……

於是他繼續睜著渴睡的眼，等著葛元昇回來。

□

這個月最令漂城所有人驚訝的事情，發生在巡檢房。

接任吃骨頭古士俊那個役頭位置的人，竟然是雷義！

吃骨頭原有的部屬裡，好幾人都在覬覦這肥缺，可是他們都缺乏足夠財力把役頭職位買下來，於是各自向其他役頭求助。巡檢房內因此掀起了一場角力。

現有的十一名役頭，各都想扶掖自己的人選。十一人進行過好幾次秘密談判，都沒法達成結果。競爭陷入僵局。

「屠房」當然也想染指。吃骨頭的部下裡，有的本身就是「屠房」的秘密成員。可是漂城知事查嵩警覺到，讓黑道與巡檢房的勢力結合是極危險的事，因此他向總巡檢滕翊下令：不論「屠房」拿出多少錢，也不可以把這個役頭職位賣給他們。

然而役頭的位置不能長期空著。吃骨頭原有的管區油水極豐厚，收賄的系統必須有人來領導。滕翊想過把漂城的管區重新規劃，平均分配給現時十一名役頭，但這個計劃實際上不可行，只會在役頭之間製造更多紛爭。

這個時候，雷義突然在滕翊面前自薦。

滕翊對於這個以廉潔聞名的小差役頗了解。他知論魄力和意志，雷義絕對能夠統率吃骨頭留下的六十三個差役。但是在漂城當役頭，並不只靠指揮能力。

「你到底清不清楚，當上役頭要幹甚麼？」滕翊半帶不屑地問。

「清楚。」雷義回答時木無表情。

「我恐怕，你的手段不夠……圓滑。」

「我坦白說吧。」雷義把雙掌按在總巡檢的案桌上。「我受夠了。現在我需要錢。許多錢。」

滕翊瞧著桌上那十根粗短的手指頭，心裡疑惑：這個漢子是不是在說真心話？可是沒有其他可能。雷義一向置身於漂城的權力鬥爭外。除了物慾和尊嚴，沒有其他甚麼能夠驅使他這樣改變。

雷義離去後，滕翊仍然在思索。他越想越是發現，雷義確實是最適合坐上這位置的人。在微妙的僵局中，只有雷義能夠平息各勢力的不滿。

他把自己的想法告訴查嵩。

「他眞有這能耐？」查嵩問。

「雷義是個硬漢，常常跟吃骨頭對著幹。可要是決心幹，他一定幹得來。不過用這個人總有點危險。我怕他不容易控制。」

「唔……」查嵩撫鬚的姿勢缺乏了往昔威嚴。近期他沉溺於寧小語的肉體，比從前明顯消瘦了不少。「既然如此，就讓他當個臨時的代役頭吧。要是不聽話，隨時也可以換掉。」

於是出乎于潤生意料，雷義連一個銅板也不用花，竟然就掌握了權力。

這道任命震動了整個巡檢房。特別是吃骨頭遺下的部屬，他們作夢也沒想過雷義有一天會騎在眾人頭上。當然他們最憂心的還是：在這個從來不收賄的傢伙領導下，他們還能不能如常發財？

這問題在第一次的召集裡獲得了解答。

「我知道，我們管區裡的狀況混亂得很。」雷義向那六十三個新部下宣佈：「有別區的傢伙也到我們這邊來收錢。有的店販甚至要交三份：我們的一份、別區的一份、『屠房』的一份。這令他們根本作不了生意，只好關門或者搬去別的地方。這麼下去我們區裡只會越來越冷清，我們的收入就越來越少。

「從前吃骨頭都得過且過。現在我不容許再這麼下去。從今天開始，你們看見其他役頭的人踏進來我們地盤收錢，就把他們打回去。」

眾人聳動起來。「自家人動手，這不大好吧……」

「出了甚麼狀況，我來負責。我會跟他們的役頭擺平。不過也有一個條件：你們同樣絕不可以去別人的管區收錢。不這麼做，我在他們面前說不了話。」

差役們議論紛紛，當中有股不安的氣氛。

「按我說的去辦。我保證，大家只會有好處。」

雷義的說話不久就應驗。最初巡檢房確實出現許多糾紛，甚至爆發過幾次同僚動武的事件，因而驚動了滕翊。可是雷義的立場非常強硬，又向滕翊力陳利害。其實這種越區收規的情況，都是一些差役私下的勾當，根本沒有跟公家分帳，因此滕翊同意取締。

雷義的管束行動很快就見效。拖欠規錢甚至爛帳都大幅減少；管區內的攤販多起來，直接增加規錢的總額。

其他役頭也馬上看見這情況。他們能夠坐上這種位置，自然都不是笨蛋。漸漸每個役頭都開始仿傚雷義的做法。這令他的聲望迅速上升。

這時雷義收到「屠房」送來的升職賀禮：結結實實的七千兩銀。「屠房」的信息簡單而直接。

——只是他們沒想到，雷義在更早以前已被另一個人「買」下來……

雷義連一句「謝」也沒說，就把這筆禮金收下。

這個回答令「屠房」很滿意。成功跟雷義建立關係，也就代表「屠房」在雷義管區內能夠如常營運一切。

利用這筆突然而來的資金，雷義開始在巡檢房培養出親信勢力。

同時漂城裡的恐怖肢解案又發生了六宗。可是雷義已無暇調查——雖然他偶爾還會想起那根紅色頭髮……

□

三十七斤重的巨大鐵矛。嬰兒手臂般粗的矛桿上刻著一圈圈的防滑紋。泛著烏青色的尖刃呈曲蛇狀，兩側都有放血淺坑。那壓倒的體積和重量，溢著濃烈殺氣。

鎌首雙手握著鐵矛斜指向前，矛尖指向眼眉的高度。那刃頭沒有半絲顫動——要做到這點，靠的不單是超人體力，也要求極專注的精神。

鎌首就這樣凝止不動，心靈又再進入近似冥想的狀態。他的意識仍然清晰。憑著感覺在檢查自己身體每寸肌肉的狀態，以確定自己是否已完全復原。

在他眼前那黑夜虛空中，漸漸出現一個敵人的幻象。鎌首眼裡所見，那是個白色的身影。沒有臉孔。

鎌首的心跳加速。胃囊像被塞進一塊冰。口腔溢著酸味。兩腋涼涼的。瞳孔擴張，盯視著虛幻的強敵。

眼前那身影開始在移動。那影子手裡沒有武器，卻慢慢擺起跟鎌首一模一樣的戰鬥姿勢。臉孔漸漸出現輪廓，並且變得清晰。

鎌首終於看見了那是誰。

是他自己的臉。

「五弟，覺得如何？順手嗎？」一直坐在旁邊的于潤生問。

鎌首脫離了那幻境。他收回鐵矛撐在地上。矛桿在顫動。

「很好。」鎌首拾起地上布巾，抹拭額上的汗。

這柄鐵矛是龐文英的禮物，在代鎮專誠找工匠打造，用了兩人送來。鎌首原有幾柄重兵器都留了在「老巢」沒法帶來。

「你好像還沒有全好……」于潤生站起來，伸手撫摸這桿巨大得可怕的兵器。

「我……沒事。」鎌首的聲音有些顫抖。

這是于潤生過去從沒聽過的。他不禁凝視鎌首的臉。

「你剛才鍛鍊時，在想甚麼？」對於鎌首的身體狀況，于潤生絕不擔心。他關心的是鎌首的精神狀態。于潤生知道鎌首的心表面好像很單純，內裡卻藏著極複雜的一面。即將展開大決戰，鎌首將是其中勝敗關鍵。于潤生不敢想像，鎌首無法出戰會有甚麼影響。

「沒想甚麼……」鎌首不願提及剛才看見的幻象：「對了，龐祭酒那邊情況如何？」

「他已經從『豐義隆』京都總行調來三百個好手。爲了避開『屠房』耳目，那些人都駐紮在岱鎮幾里外的桑麻。兵員並不是問題，現在最令龐祭酒苦惱的是將領不足。失去了童暮城和左鋒，令他大失預算。」

「說不定他會撥一路人馬給老大你指揮。」

于潤生搖搖頭：「不行。我在『豐義隆』裡沒有聲望，不可能指揮他的直系。我要是他，就提拔文四喜和陸隼上來，填補死去那兩個門生的空缺。特別是陸隼，他的實戰經驗不下於『四大門生』。不過這麼做必然會引起花雀五的不滿。可是已經沒有其他辦法。反正花雀五在這場戰鬥裡也不會有甚麼大作用。這種大軍硬拚，根本不適合他發揮。」

「文四喜不是要擔當龐祭酒的軍師嗎？」

于潤生微微一笑。「他眼前已經有一個更好的軍師。」

鎌首瞧著于潤生一會，明白了。

□

這時龐文英確實在為指揮人才不足而煩惱。

「興雲館」已然停業，完全變成「豐義隆」的本部。岱鎮官府被龐文英重金收買，目前整個鎮的治安權都納入「豐義隆」掌握中。五百多名子弟嚴密佈防，又在鎮外四周設立監視哨崗，以防範「屠房」隨時來襲。另外花雀五有十數名探子仍匿藏在漂城裡，監視著「屠房」的舉動。

龐文英盯著桌上一張紙，上面記錄著反攻漂城的「豐義隆」人馬編制。原有的部屬加上從京都來援那三百人，「豐義隆」的兵員總數將達八百人，是自從九年前京都幫會混戰以來的最大規模動員。

「義父……」花雀五這時推門進來，表情十分緊張。

龐文英對他投以厭惡的眼神。這個義子再一次令他失望。剛從漂城撤退來岱鎮後，他發現了花雀五挪用公款私下販鹽的勾當——那些私貨都沒能運出，相信現在已經被「屠房」吞去。此事令龐文英大失預算。八百人的食宿給養並不是小數目；而撤離了漂城後，他們接近全無收入。龐文英只好厚著臉皮再向京都要求金錢援助。

「有甚麼事？」

「六……六爺他親身來了。」花雀五說。「正在客房休息。」

龐文英一時聽不明白，花雀五說的「六爺」是誰。他想了一會才猛力拍桌。

「是那傢伙？他來幹甚麼？」龐文英匆匆站起來。推開花雀五急忙出外。

走到客房門前，龐文英正要伸手敲門，卻突然猶豫起來，手凝止在半空。他一生做事很少猶豫。但是面對此刻房間內這個人，他總是盡量保持謹慎。

「是二哥嗎？」房裡傳來一把聲音。

龐文英把門推開。客房裡有三個人。坐著喝茶的，就是今早在漂城街上觀看「屠房」冥祭那個中年文士。兩名壯碩的隨從站在他身後。

文士輕輕放下茶杯，站起來的動作也很輕很慢，彷彿怕一不小心就會弄縐衣服。他的一身長衣確是平整得沒有一絲褶縐。

「二哥，許久不見啦。」。

「老六，你來這裡幹麼？」龐文英的聲音有點乾啞。

「豐義隆」核心領導層「六杯祭酒」之末、外號「咒軍師」的章帥並沒即時回答，只微微牽起嘴角。那微笑中表露出極動人的自信。

「我聽說二哥撤出了漂城，就想親身來看看到底發生了甚麼事。」

龐文英輕撫銀白長鬚，神情冷漠。「我自有我的理由。就是這樣嗎？」

章帥點點頭，然後又搖了搖頭。「二哥放心。不是韓老闆派我來的。我只想親眼看看，二哥在打甚麼主意。」

「韓老闆的病好了點嗎？」

「還可以。還可以。」一提到韓亮的健康，連章帥也不禁收起笑容。「二哥，你這一著……不怕太險嗎？」

「不用你管。你愛看就看吧。」龐文英不耐煩地說。

「我今早到漂城看過。」章帥拿起桌上的茶杯，卻沒有喝，只凝視著沉在杯底的茶葉。

「依我看，『屠房』的人必定會向這裡進攻。」

「你怕我守不住嗎？」龐文英豪邁地冷笑：「我就是怕他們不來！」

「不愧是二哥。我也這麼想。這是殲滅對方主力的好機會。」

龐文英早就料到章帥會這樣回答。他知道，自己想得出的戰略，章帥也一定想得到。

「沒有其他事了吧？我走了。你好好休息。」龐文英轉身欲步出房門。

「我這次來還有一件事。」章帥忽然又說：「我聽說二哥最近突然又新收了一位門生，很有興趣看看是個甚麼角色。」

「他不在岱鎮。再過幾天吧。」一提起于潤生，龐文英臉上更是信心洋溢。他回首，今夜第一次直視章帥的眼睛。「你一定會看見他。」

章帥察覺到龐文英這情緒轉變。

他暗想，這一趟沒有白來。

□

狄斌次早醒來，第一眼看見的是葛元昇的臉。葛元昇蓬亂的赤髮垂了下來，髮尖撩在狄斌的鼻頭上。

狄斌被唬得往旁一縮。他坐起上身，張望地牢四周，卻不見櫻兒的蹤影。

葛元昇向狄斌作了個手勢。多年相處，狄斌早已明瞭三哥每個手勢的意思。葛元昇是在示意「出發吧」。

「她呢？」狄斌問。

葛元昇凝視著狄斌一會，然後攤開手掌搖搖頭，表示不知道。

難道她自己溜了？狄斌想不透。昨夜他才應允帶她去找鎌首。她沒有逃走的理由。

櫻兒若是在城裡街上出現，只會增加狄斌兩人的危險。他們要馬上出城。

並沒有甚麼東西要帶走。狄斌擦擦睡眼，把匕首收藏在背後的衣服底下，然後拍拍葛元昇的肩。

直至離開「老巢」，狄斌仍然沒有察覺，葛元昇衣衫下襬一角，沾染著新鮮的血跡。

□

「大屠房」的議事廳裡，正在召開向岱鎮進兵的會議。

神壇上供著燃點的線香，白煙繚繞大廳半空，令圍坐在圓桌前那八個人的臉孔都變得有點模糊。

八人裡資歷最淺的，自然是剛接掌了陰七地位不久的施達芳。他身材略胖，突出唇外的兩顆門牙令樣子顯得有些滑稽，但從眼神可見是個謹慎細心的人，非常適合管理陰七遺下的情報網。

鐵爪和鐵鎚已經許多年沒有在這張大圓桌前列席。在他們右邊放著一張空椅。鐵爪不時瞄向那張椅子，神情帶著哀傷。

「老四。」朱牙對鐵爪說話時，聲音流露著格外的敬意：「在你還沒有回來前，我們已在這裡決定了暫時按兵不動，先穩住城裡的形勢，看看龐文英的企圖如何再說。我知道你多麼想報這個血仇。我也一樣，恨不得馬上把龐文英的頭割下來。可是現在主動出擊，實在不是上策。」

鐵爪站了起來。

「我以爲今天要談的不是出不出兵，而是甚麼時候、怎樣出兵。」

「對。」黑狗藉機開口：「老總，已過了一個月啦。我們道上最講究的是威信。有仇不報，恐怕有污『屠房』的招牌。三哥，你說對嗎？」

黑狗的話是老俞伯指示這樣說的。吹風三爺被這句話拖下水，不得不發言：「我說……這事……還是由老總決定吧。當然，自家兄弟，甚麼都可以商量……」

「老三，你這不是說了等於沒說嗎？」鐵爪有點惱怒：「你老了，三哥。從前的吹風三爺，絕不是這樣子的！」

「操你娘，你這甚麼屁話呀？」吹風拍桌站起來。「我好歹是你三哥！你道我怕了那些北佬嗎？」

「你罵我們娘親嗎？」鐵鎚激動得也站起來，嘴唇不斷在動，卻想不到第二句要說甚麼。

鐵爪按著弟弟的肩膊。「坐下來。那句髒話三哥說慣了，一時溜了嘴。」鐵爪接著朝吹風豎起拇指：「好！這種火氣，才是我的三哥！」他轉向朱牙：「老總，連三哥也發怒了，我們這就去把北佬打個稀爛！」

「你們都坐下來吧。」老俞伯這時才發言。「還沒把『豐義隆』打垮，先別亂了自己陣腳。」老俞伯這句話看似調停，實際上已表明了支持出兵的立場。

議事廳陷入寂靜。所有人的目光都集中在朱老總身上。

朱牙的表情始終保持平和，癡肥的軀體也沒有因不安而挪動。這姿態令他顯得弱勢。

「好吧……」朱牙終於點頭：「既然大家都這麼想，我們就出兵。可是主力出了城，『豐義隆』可能乘機來偷襲。這次進攻，當然是由老四、老五打頭陣；老三也帶你的手下一起去岱鎮。」

「我怕這樣人數還不夠。」鐵爪說。

「我另外再撥一批人馬給你。湊起來應該有一千到一千兩百人。」

「屠房」的門生子弟，加上依附營生的流氓，總數可達四、五千人。但這只是能在城裡動員的數目。「屠房」畢竟不是軍隊。要整合出一支離開漂城主動出擊的部隊，一千二百人這個數目已接近極限。

朱牙又說：「老俞跟老八就留在城裡防範吧。別讓北佬乘虛而入。」

黑狗的眼睛亮了起來。但他垂頭扮作沉思的模樣，不讓別人看見他的表情。

老俞伯則連眉毛也沒抬一下。

吹風三爺似乎想挽回一點面子，呼喊著：「好！反正我手也癢了！就這麼決定！」

鐵爪站起來向朱牙拱手。「謝謝老總。」

「不要感謝我。」朱牙揮揮手：「這不只是爲了報仇。而是爲了幫會的前途。你不要讓我失望。」

施達芳把「屠房」門生的名冊取來，攤開放在圓桌上。眾人開始商討人手的調編。

老俞伯表面仍然冷靜，但思緒已經沉浸在沸騰的陰謀中。

他的腦袋飛快運轉。整個策略很快就成形：一待主力軍離城，就著手進行刺殺朱牙。可以佯裝成「豐義隆」的偷襲者，或是在刺殺成功後再發放假消息——反正朱牙一死，「大屠房」的指揮權就落在老俞伯手上。關鍵是要先搞掉老二阿桑。這個偈刺族人觸覺極是敏銳，身爲多年戰友的老俞伯再清楚不過。要設法把他誘離朱牙身旁。

刺殺朱老總成功後，仍然領軍在外的鐵爪就成了大患。鐵爪比他兩個弟弟聰明得多，爲人卻同樣死心眼。要騙倒他很困難。鐵爪在幫中又擁有無比聲望。當幫會陷入叛變混亂，幫眾不知道應該跟隨誰的時候，「聲望」就往往成爲最有價值的資產，決定成敗的關鍵。老俞伯絕不希望，自己辛苦經營的成果在最後奉送給了鐵爪，當然更不想因爲衝突延長而讓「豐義隆」坐享其成。

——對不起，老四。看來我們不可能坐上同一條船了。

老俞伯把目光從鐵爪轉到吹風臉上。他知道必須要借助吹風來對付鐵爪。他很有信心拉攏這個獨眼的三弟。

老俞伯的視線又轉向朱牙。朱牙全神與鐵爪商討，似乎對老俞伯的注視渾然不覺。

一切似乎太過順利了，老俞伯想。雖然說這是極合理的戰略部署，但朱牙難道眞的對老俞伯和黑狗沒有戒心嗎？還是他堅信老俞伯不會冒險在這外敵當前的關頭叛變？

這是一個太大的誘惑。老俞伯已不年輕，這樣的機會恐怕沒有第二次。即使是陷阱，老俞伯也不想就此放過。何況乘著對方的引誘計策而一口氣將之擊潰的戰例，過去也是多不勝數。只要把一切都算計無遺。

老俞伯這時很想抽一口煙，以壓服那亢奮的心情。

□

就在于潤生與李蘭曾經偷情無數次的那座大倉庫裡，此刻充溢著一百九十三個腥冷兒的體味。

爲了餵飽這一百九十三個男人，李蘭足足忙了大半天。他們要分爲四批吃飯，當最後一批吃完之後，吃最初一輪的六十人又已開始感到飢餓。

可是沒有人抱怨。他們已許久沒有吃得這麼好。一個月來爲了躲避差役和「屠房」，他們有時一整天也難得吃到一碗冷稀粥。

這接近兩百個腥冷兒，全都經過狄斌的挑選，當中騎兵、攻城兵、步弓手、探子兵都有，甚至有的曾經跟于潤生他們一樣執行過偷襲刺殺。有屬於「平亂軍」的，也有從「勤王師」敗陣逃脫的。三年多的貧窮生活，早已把過去壁壘間的敵意沖淡。今天他們只想爲自己戰鬥。

每個人都清楚自己爲了甚麼而到這裡來。

于潤生帶領著龍拜、葛元昇、齊楚、鎌首、狄斌、吳朝翼和葉毅進入倉庫。眾腥冷兒立時交相竊語。

鎌首掃視這兩百人，然後把視線投向狄斌。

狄斌並沒有察覺鎌首的注視。只是神色凝重地看著于潤生。沒有于潤生的嘉許，狄斌無法確定自己這次的任務是否成功。自從回來農莊之後，于潤生還沒有對他說過一句話。

龍拜興奮地檢視著這些新招納的部下，掌握權力的感覺在胸中激盪。縱然知道「屠房」擁有百倍於此的兵力，龍拜卻毫無畏懼。他恨不得立時就拿起弓箭，乘夜帶著這群好手向漂城進擊。他已經在想像，自己的黑羽箭如何貫穿朱牙的頸項——正如當天貫穿「勤王師」先鋒將軍萬群立的頸項。

齊楚卻始終一副憂愁的表情。他最擔心的正是兵力的絕大差距。雖然他們背後有「豐義隆」支持，但「屠房」卻在人數上擁有極大餘裕，兼且據有漂城地利。他們只能依靠奇襲。

齊楚很清楚于潤生腹中那奇襲戰略的細節，只因他也有份策劃。成功的機會當然存在，但是牽涉的環節實在太多，每個環節都必須正確執行。擁有堅厚實力的「屠房」容許犯錯，甚至犯錯多次；己方則不容有失。任何一節出錯就全軍覆沒，沒有第二次機會。

葛元昇一直沒有流露任何表情。

于潤生站在一個木箱上，輕輕舉起手。這個小小的動作，令所有人靜默下來。

他說話時閉著眼睛。

「我的名字叫于潤生。你們有的或許已經聽過我的名字。我，還有我幾個結義兄弟，跟大家一樣是腥冷兒。天人共棄的腥冷兒。

「我今天只想跟大家說兩件事。第一件我想大家心裡都很清楚：一天有『屠房』在，我們就不能活在漂城。

「漂城是甚麼？假如我們是樹木，漂城就是泥土；假如我們是魚，漂城就是水。你們以爲自己還有其他地方可去嗎？回家鄉的田地幹活？到別的城鎮，繼續乞丐一樣的生活？是的，那樣或許保證你能夠多活十年、二十年；然後到死的那一天爲止，無時無刻不在悔恨——後悔自己錯失了一個多麼貴重的機會。

「從前在軍隊裡，從來沒有人告訴我們爲甚麼要打仗。現在我卻可以告訴你們，爲甚麼要跟『屠房』打仗。爲了吃飯。爲了喝酒。爲了女人。爲了錢……」

于潤生這時睜開眼睛。

那異采，震懾在場每一個人。

「還有，為了證明我們比他們強。證明我們更配當漂城的主人。把對方驚慌失措的臉砍爛，踏在滲滿敵人鮮血的土地上，聽他們的女人和孩子哭泣——沒有比這更痛快的事。」

狄斌的身體悸動。他一向都對于潤生懷著畏懼，但是從來沒有像此刻般深刻感受到于潤生可怖、野性的一面。

——從此以後，狄斌時常想起這一夜，于潤生說著這些句話時的神情。直至三十年後。

于潤生和齊楚接著就開始整編這一百九十三人。

首先是弓矢隊，共四十七人，理所當然由龍拜率領和調練。強弓和箭枝早已從岱鎮送到，每張弓都經過龍拜的修整和調節，每根箭都經過他仔細的檢查。箭頭全被鎌首打磨得鋒銳，敵人即使穿著護甲也難以抵擋。

其次是騎兵隊。原本能擔當騎兵的有六十九人，可是「豐義隆」撥來的戰馬只得四十匹。其中最壯的一匹留給負責指揮的鎌首騎乘。由於無法在這裡儲存足夠糧草，這四十匹馬仍留在岱鎮。

陣容最龐大的是攻城隊，共計一百零七人，其中七十八人眞正具有進攻城牆的訓練和經驗，其餘則要在今後加緊練習。他們將是進攻「大屠房」的主力。于潤生宣佈，這支最重要的部隊由狄斌指揮，吳朝翼作副手。

狄斌愕然地瞧著于潤生。于潤生卻沒有看他。

「還有……」于潤生說：「三支部隊的總指揮也由白豆負責。當他要指揮整個進攻時，攻城隊由吳朝翼暫代率領。」

龍拜感到有些不快。按兄弟排輩他是老二，指揮地位理應僅次老大。

「老大你呢？」龍拜說話時盡量讓語氣顯得淡然：「不是由你來統領大局嗎？」

「我要擔當龐文英的軍師。老四也要跟我一起去。」他指一指齊楚。「老四的長處不是陣前指揮。我又必須待在龐文英身旁，以確保我們知道岱鎮『豐義隆』主力的動向，讓他們配合我們。否則就是我們把朱牙的腦袋割了下來，把『大屠房』佔領了，也只會成為被圍困的孤軍。」

于潤生接著對葉毅說：「小葉，你負責把我的指示傳達給白豆，並把漂城的戰情傳達給我。這是最危險的差事。你只有一個人、一匹馬，隨時會被『屠房』的人截擊。你將要在最短的時刻內來回岱鎮和漂城。馬兒若是累死了，你就得用腳跑。做得到嗎？」

葉毅連眼也沒眨，用力地點頭。

「好。」于潤生繼而瞧著葛元昇：「老三，待會我就安排你回漂城。」

「甚麼？」龍拜搶著呼叫。葛元昇反倒沒有抬一抬眉毛。

于潤生並未理會龍拜：「老三，你必定要回城。我有重要的差事交託給你。就躲在上次的地方。我會利用『豐義隆』留在城裡的探子，告訴你要幹甚麼。」

葛元昇點點頭，顯得毫不在乎。

——其實于潤生這麼做還有一個秘密理由：不能把葛元昇留在農莊。這理由他發誓絕不告訴任何人。

「老大，剛才你說過有兩件事要說。第二件呢？」齊楚問。他的心思總是最細密。

于潤生點了點頭，沉默了一會，轉身再次朝向那一百九十三名部下。

「還有一件事要說：別以為我是『豐義隆』的人。我們——也就是說在這倉庫裡的所有人——都不是為了『豐義隆』而戰。**勝利以後，我們將擁有自己的幫會。**」

倉庫內一陣哄動。除了葛元昇，幾個結義兄弟的臉色都變了。齊楚固然有思考過這事情，但他無法相信會這麼快發生。

「老……老大……」龍拜輕聲說：「這個……『豐義隆』不會同意吧？……」

「老二。」于潤生一把抓著龍拜的臂胳。「不要再這樣好嗎？你的于老大甚麼時候騙過你了？甚麼時候說過毫無把握的大話？」

「沒有……」龍拜把于潤生的手掌摔開。

「我連幫會的名字也決定了。」于潤生雙手扠著腰，傲然抬起頭臉。他很少這樣明顯地表露自己的情緒，可是現在的他實在無法壓抑心情。

「就叫『**大樹堂**』。」

第十章
諸法空相

六個曾經喝下彼此鮮血的男人，在田陌上排成一線，仰首觀看秋夜的清朗天空，享受著寧靜的重聚時刻。

「白豆。」良久後鎌首先開口，並從衣襟裡掏出一件小東西，塞進了狄斌的掌心。「我說過，在你帶著百人回來的那天，就送你一份禮物。」

「白豆可帶了兩百人回來呵！」龍拜笑著說：「那麼該有兩份！」

狄斌笑了笑，打開手掌看看。就著齊楚手上燈籠的光芒，他看見那是個只有指頭大小的木佛，跟鎌首過去雕刻的佛像一樣沒有臉孔。那小佛像兩側貫穿了一個洞孔，穿著一根細繩。

「這是護身符。」鎌首說：「把它戴在頸上，刀子砍不傷你。」

「好漂亮。」狄斌仔細欣賞著這細小護符的雕刻。他無法想像鎌首粗壯手指，會擁有這麼精巧的工藝。

「我也要一個！」龍拜向鎌首伸手討取。

「二哥，你用不著。」鎌首把護符取過來，替狄斌掛到頸上。「你的弓就是你的護身符。

用不著別的。」

狄斌伸手撫摸胸前護符。那小小木頭彷彿會發暖。

「謝謝五哥。」

鎌首拍拍他肩膊。

「白豆。」于潤生仍然凝視著天空：「你怕不怕？」

狄斌頓時收起笑容：「我有五哥送這東西，不怕。」

于潤生微笑。「老四，你呢？」

「我是最沒資格說害怕的一個。」齊楚的臉帶著歉意。「兄弟們，你們才要真的面對敵人刀槍，都要好好保重。」

于潤生沒有再問其餘三人。他知道他們從來對「屠房」毫無懼怕。

「好吧。老三要走了。」于潤生伸手爲葛元昇理順被秋風捲得紛亂的赤髮，然後握住他那隻用來拿「殺草」的手掌：「下次我們六兄弟再齊聚，就是在漂城裡慶祝勝利的時候。」

其餘四人也一一把手掌疊上去握緊。于潤生雖然這麼說，他們都知道這並不是活命的保證。然而要是沒有這種信念，死亡反而會更容易來臨。

「老大，爲甚麼要叫『大樹堂』？」龍拜問。

「是老五提議的。」

鎌首的眼神有點迷惘：「其實我也不知道爲甚麼。只是我常常作夢都會看見樹林。然後就忽然想到這個名字……」

「是個好名字。」齊楚說。

「嗯。不識字的也很容易牢記著。」龍拜也點點頭。

葛元昇這時向兄弟們揮了揮手，又拍拍腰帶上的「殺草」，就轉身往漂城的方向邁步。

五人都沒再說話，默默目送著葛元昇的背影遠去。他們並沒太擔心。葛元昇是一個不用別人擔心的男人。正如沒有人會擔心一柄刀子有危險。

只有于潤生的心情比較複雜。他實在想不到，將來應該如何處置葛元昇。他只知道現在糾纏著葛元昇的那股魔力是無從控制的。在戰鬥時，這種力量帶來了無窮的助益；然而勝利之後又如何？……

□

「老三，你已經沒有選擇。」老俞伯的說話夾帶著白煙，從乾巴巴的嘴唇間吐出來。「錯失了這次機會，你將要後悔至死──那會是不久之後的事。」

吹風三爺在他的私邸書房裡來回踱步，看看正悠閒抽煙的老俞伯，又看看神色凝重、交抱雙臂的黑狗。這兩個結義兄弟深夜突然秘密來訪，已令他感到不祥。交談後肯定了他的預感正確。

「你怎麼知道，朱老總確實曉得我們……當年的計劃？」

「朱牙這個人，你應該跟我一樣熟悉吧？」老俞伯說。「也許他不曉得。可是你要把自己的性命，押在這個『也許』上面嗎？」

「『豐義隆』又如何？那些北佬還在岱鎮虎視眈眈，要是讓他們知道我們出了亂事……」吹風捂著一邊獨眼。

「『豐義隆』要的不過是運鹽的通道而已。」黑狗說。「我們完事以後，馬上跟龐文英和解。」

「這麼做，漂城的人，還有我們下面的弟子會怎麼說？」

「老三，你還不明白嗎？」老俞伯把煙桿裡已燃盡的殘灰拍出。灰粒掉到地上，立時粉碎。「名聲這回事，是用權勢和金銀堆出來的。我們握著這兩種東西就夠了。」

吹風沒有再問。他苦苦思索著。數年前他確實曾經跟老俞伯、陰七和黑狗共同密謀推翻朱牙，卻因「豐義隆」入侵漂城而擱置。這是抹不去的事實。吹風原以爲這事情已不再重要——當然他沒有天真得忘記了，而只是想一直拖下去，直至朱牙、老俞伯或自己任何一人老死……可是要發生的事情始終會發生。在戰爭裡還可以有中立的一方，叛變中則永不可能。老俞伯沒說錯。吹風沒有選擇。

當老俞伯和黑狗看見吹風臉上突然泛起殺氣時，他們知道這次游說成功了。

□

「興雲館」大廳一面漆白牆壁上，繪畫著一幅巨大的地圖，範圍包括了漂城方圓二十里以內，標示極爲仔細，高低地勢與樹林的分佈，所有官道、支道與漂河的每一個彎角都忠實地描繪。正中央的漂城是一個以朱漆繪成的四方框，中央打了一個交叉標誌。

左面另一幅牆壁上則繪有整個漂城的屋宇街道分佈圖。紅色交叉也在這幅地圖上出現，分別標示著「大屠房」、知事府、巡檢房、兵營和各城門。

「大屠房」那處壁面上有一道小裂縫。是龐文英一拳擂下去的結果。

于潤生與齊楚，今天都是第一次看見這些地圖。不過即使沒有它們，齊楚也對其中記載的所有地勢和街巷細節瞭然於心。

對於齊楚他來說，這不過像一個放大的棋盤。

花雀五只略看了地圖幾眼，便自顧自地小口呷起酒來。他根本不在乎。這次戰鬥他只擔當最安全的崗位。只要他繼續把情報網抓緊，自己就不會有任何危險。

沈兵辰、卓曉陽、陸隼和文四喜已在這廳堂裡共同度過了多天，謀劃著各種的戰術，地圖也已全部記牢了，此刻亦沒再多看一眼。

只有龐文英仍專注凝視著地圖上那細小的、紅色的漂城。

「潤生……」龐文英問他的新任軍師：「……你有甚麼看法？」

根據漂城傳回來的情報，「屠房」的大侵攻已經決定了，目前正在編集人馬，最遲數天後就將出兵。

獲得這消息後，龐文英馬上派出快馬使者，催促從京都來援那三百名精銳，儘快從附近的駐地趕來岱鎮。

「義父！」花雀五搶著說：「我看今次敵方領兵的，必然又是那個可惡的鐵爪！這傢伙難纏得很。而且『屠房』人多，他們動員攻過來的人數，恐怕要比我們多一倍！我看還是不如先避其鋒，撤到更遠的地方蓄養實力；他們遠道來進攻，早晚人困馬疲，非要撤兵不可，我們就等他們撤退時乘勢追擊，殺個片甲不留！」花雀五說完後得意地笑著。

「五兒，你這計策本來也不錯……」

當花雀五聽見這句話時，心頓時冷了下來。

龐文英繼續說：「……可是對方眞的會『人困馬疲』嗎？不要低估鐵爪這傢伙。我要是他，就乘勢先搶了岱鎮，休息一天後再往我們的所在進攻。到時難道我們又撤到更遠的地方嗎？然後一步一步地給趕回京都？」

「我想『屠房』來進攻的人數，不至比我們多一倍。」文四喜說：「『屠房』雖然號稱弟子六千人，實際上應該大約只有四千，而且其中只有半數是眞正的『屠房』直系，其他那些混飯吃的，『屠房』不可能使動他們出城作戰。所以我估計，這次來襲擊的『屠房』人馬大概最多只有一千人上下——朱牙有必要把相當的兵力留駐在漂城，以防萬一。」

「這麼說，我們可用奇兵制勝。」龐文英走到地圖前，手指沿著漂城與岱鎮間的官道移動。「這一路上，我們設定四路伏兵。兵辰、曉陽、陸隼、文四喜各領一路，等對方隊伍進入後就一同發動，把敵人的長列切斷分割，我再從岱鎮出擊，逐股擊破！」

這是龐文英向來的得意戰法，雖然己方會有一定損失，但要是成功，把敵人主力完全殲滅的機會極大。

正當所有人都在沉思時，于潤生才第一次說話：「這是極佳的陣法。不過我有個提議：別等『屠房』的隊伍進入時襲擊。等他們撤退的時候。」

「撤退？」花雀五冷笑。「你在說甚麼？他們怎會撤退？」

「『大屠房』若被攻佔，他們必定急於回師救援。」于潤生自信地微笑：「就等他們匆忙撤走時，我方伏兵一股接一股從橫方切入。一戰即退就可以，只須要令敵陣慌亂。然後龐爺再從後出兵，集結其他伏兵追擊。他們有命回到漂城的人，相信不足三成。」

「哈哈！」花雀五誇張地笑著：「憑你那兩百人要攻佔『大屠房』嗎？你他媽的在作夢！」

「不錯。我在夢中看見那情景許多次了。」于潤生沒有皺一皺眉：「不過我提出的這個戰法還有個條件：我的兄弟必須夜襲。」

「也就是說，我們這一邊必定要把鐵爪的隊伍拖至入黑嗎？」文四喜問。「可以用江掌櫃剛才的戰術，先避其鋒，棄守岱鎮轉駐到別處。『屠房』的隊伍一進了岱鎮，許多人一定歡喜地大肆搶掠，鐵爪也必要花點時間把鎮裡搜查清楚。」

「潤生，你真的有這個信心？」龐文英問。他固然了解于潤生不會說沒把握的話，可是這關乎全盤勝敗：「剛才四喜也已說過，朱牙一定留了不少人在城裡……你們眞的能攻入『大屠房』？」

「有機會的。因爲那將是『屠房』最虛弱的時候。在那個關頭，他們眞正能動用的城內人馬，不會超過六百人。」

回答的並非于潤生，而是突然進入的章帥。他仍然穿著一塵不染的文士衣服，手裡輕輕揮著摺合的紙扇。

于潤生第一次與這個京都黑道的傳說人物碰面。

章帥比他想像中還要年輕。于潤生知道，「咒軍師」章帥十四歲已加盟「豐義隆」，二十八歲——也就是于潤生現在的年齡——就登上祭酒之位，統領「豐義隆」六分一的勢力。

于潤生特別留意到章帥那棕色而微微發亮的鬍鬚。當章帥微笑時，唇上的鬚也彎成自信的形狀。

兩人四目交投只短短一會，卻已經彼此確定了一件事：

——他跟我是同類。

每次章帥出現，「豐義隆漂城分行」的所有人都嗅到危險的空氣。

「此話……」于潤生不自然地乾咳了一聲：「何來？」

「那天『大屠房』將會發生叛變。首先『屠房』將會失去最少一個大頭領。然後城裡『屠房』的人都會因爲迷惑憂心而士氣大降。許多人會整夜閉門不出，不願捲入內鬥。不論叛變是否成功，『大屠房』的主人是誰，都將難以指揮底層人馬。」

章帥說的全是于潤生心中所想。當然，于潤生仍握著許多王牌，是章帥暫時無從得知的。

「爲甚麼『屠房』會有叛變？」花雀五不可置信地問：「還挑在這種時候？」

「只有一個原因：老俞伯。」于潤生接口回答：「他必定會留在城裡。主力隊伍離城出擊，是他推翻朱牙的黃金機會。」

「等一等。」龐文英說：「我們的探子確實查出老俞伯跟朱牙二人不和，可是他們還不至於要冒險，急於在這時候決裂吧？」

「『屠房』等了這麼久才出兵打我們，已經顯示『大屠房』內裡的分歧很大。老俞伯一定在憂慮：假如『豐義隆』被消滅，或者被迫返回京都，在沒有了外敵之後，朱牙必然馬上會把矛頭指向內部。我深信老俞伯已經認定，這是他最後的機會。他絕不會白白放過。」

「這始終只是猜測啊。」花雀五不同意：「不管你說得多合理，『屠房』決裂也不是必然發生。你要把我們全體的安危，賭在這事情上嗎？」

于潤生不禁跟章帥互相看了一眼。章帥輕輕歎息著搖頭：「小五啊，你知道嗎？所以有現在的『豐義隆』，是因爲過去我們這樣賭了多少次？假如只等『必然』才去做，你跟我今天根本就不會在這裡。」

「那天我面對面跟黑狗談話，已然看透了他。」于潤生補充說。「『屠房』這條裂縫，千眞萬確，而且比外人想的都要深。我推想『屠房』本來早該發生決裂，是『豐義隆』剛好進駐漂城而延緩了這事。所以我才要利用黑狗，在『屠房』內部再次引發它。」

花雀五聽了，這才知道于潤生原來一早做了這樣的鋪排。卓曉陽、文四喜和陸隼皆對于潤生投以佩服的眼神。

龐文英沉默著。他細心思考于潤生和章帥的推斷。發覺確實難以反駁他們的說法。

假如成眞，那鐵爪又會屬於分裂裡的哪一方？龐文英只希望他在失敗的那邊。這可怕的傢伙是最難以對付的。左鋒和童暮城戰死的陰影，仍纏繞在龐文英心裡。

——「屠房」出兵遠征之日，就是它分裂之時嗎？

——把這個時機作最大的利用，就是我們勝利的唯一希望？……

那個宿命的日子，將同時改變許多人的命運。

□

十一月初七。清晨。

「挖心」鐵爪四爺在「大屠房」議事廳的巨大神壇前默默上香，閉目合什。他祈求神明賜予他一顆平靜的心。他知道自己太奢求了。

——既然如此，就賜給我一顆麻木不仁的心吧。

鐵爪睜開眼睛。雙瞳像蒙上了薄薄一層霧，眼神不透露任何情感。

神明已然應許了他的祈求。

同時漂城知事查嵩在府邸裡，仍然擁抱著赤裸的寧小語在酣睡。這個多月來他都很晚起床。查嵩並不笨。他知道寧小語就像水蛭一樣，每夜把他的精力一點一滴地吸啜。可是他捨不得。每天早上醒來時，他就開始期待晚上的來臨。那不只是肉體的慾望，也是一種精神上的渴求。日間他把工作全都丟給文書官和滕翊代行，然後計劃著新的做愛方式。每一夜他既是皇帝也是囚徒。

終於查嵩醒了過來。腰肢和雙腿仍感到痠麻。他繼續躺著，手指在寧小語柔滑的肩膊上來回打轉。

他知道今天是「屠房」出征的日子。對於這事他並不太著緊——只要在城外交戰就不是他的責任。查嵩想，我就聽龐文英的話，站在一旁觀看吧。他昨天已透過滕翊向眾役頭下令：不論他們與「屠房」多親近，這事絕對不得插手，除非戰火蔓延到漂城裡來。守城軍也收到同樣的指令。

查嵩在猜到底哪一方會獲勝。大概還是「屠房」吧。以它的根基與兵力，查嵩想不到會有甚麼輸的理由……

「剝皮」老俞伯大爺還沒天亮就已起床。這一夜他睡得很淺，連在夢中都盤算著整個計策有沒有破綻。就是這一天。不是朱牙死就是他亡。在權力的戰場上，沒有躲避的角落。

「縛繩」黑狗八爺更整夜沒睡過。這是他人生中最漫長的一夜。他比老俞伯還要緊張，心裡知道若是事情提早敗露，朱牙的人隨時會在深夜來他家「拜訪」。直至看見朝陽，黑狗才鬆了一口氣。

——然而明天的太陽呢？……

在城郊的農莊裡，狄斌無法嚥下早點——打仗時的老毛病又發作了。他覺得整個人的神經都緊繃著。「屠房」出兵的情報，早已從岱鎮那邊送來——這麼龐大的行動，不可能瞞過「豐義隆」佈在漂城裡的線眼。

可是狄斌並沒有向二百名部下公佈這消息，只下令取消早上操練，好讓他們蓄養精力，腥冷兒們也就樂得休息，當中更有幾個不怕冷的傢伙在魚塘裡游泳。當然也有老兵察覺到戰鬥已然臨近。狄斌心想，還是在吃午飯時告訴所有人吧，以免在隊伍裡造成不安。

一想到于潤生交託給自己全權指揮的使命，狄斌緊張得手指都發麻了。他知道龍老二對于潤生的安排有點不滿——畢竟他輩分比狄斌高。可是老大的命令不可違抗。狄斌心裡不知多麼想退下來讓給龍拜指揮，可是不能這樣做：陣前易將不單損害軍心，也削弱了于老大的威信。

齊楚呆坐在岱鎮「興雲館」房間的床上。他的工作已經結束，所有佈局都被龐文英接納。可是他此刻就跟狄斌同樣地不安。齊楚知道實戰跟下棋不同：敵對的不只有兩方；每一方在盤算以有限的棋子殺敗對手同時，也想找到趁著對方不察連下兩著、三著的機會。

——這不叫「作弊」。戰爭是沒有規則的。沒有規則，也就沒有犯規的人。

他瞧一瞧鄰床。于潤生早就起來，不知道去了哪裡。

雷義每天都是第一個到巡檢房報到的人——因爲他就在巡檢房裡睡。爲了保持身爲役頭的威信，他不能再住在那所破木房。當上代役頭以來，他已積累了一筆錢，即使不夠搬到桐臺，至少也足以在善南街或者正中路的好地段，買下一幢不錯的新屋。可是他沒有找地方住。雷義無法說服自己花這些髒錢去享受。他索性就在巡檢房裡佔了一個房間居住。

他心裡仍然在堅守著自己道德的防線：幹這一切，只爲了漂城長治久安。

雷義三天前已接到于潤生的指示。最初他對于潤生估計的形勢半信半疑。然而這幾日的情況有點明朗了。雷義感嘆，自己沒有看錯于潤生的能耐。

——徹底改變漂城秩序的日子就是今天嗎？……

龐文英坐在「興雲館」大廳裡，對壁上地圖的兵力佈置作最後檢視。在這片南方土地上，他寧可讓「屠房」將他的首級掛上旗桿，也不願帶著屈辱回去京都。

他心境泰然。不論這一戰結果如何，他都將會再看見燕天還——**在冥府裡與燕天還重聚，或是在人間目睹一個新的燕天還誕生**。

躲在雞圍破廟裡的葛元昇，再一次細閱那片薄紙。這是「豐義隆」探子送來、由于潤生親筆書寫的指令。

葛元昇確定自己已經牢記內容之後，就把紙片撕成八份，逐一吞進肚裡。

他摸出腰間包著灰布的「殺草」，慢慢解開來，拔出光亮無瑕的刀刃。他把刀鋒輕輕按在眉心處，緩緩往右刮過去。紅色眉毛飄落。

李蘭跟四個同村農婦，正忙於準備農莊裡那二百人的午餐。她慶幸每天都有這些沉重的工作，讓她不用分神去胡想丈夫的事情。

她很清楚今天將有大事發生——狄斌緊張得沒吃早飯就是跡象。她努力不去想——李蘭明白，要當于潤生的妻子，就要有這種「不去想」的本事……

鎌首盤膝坐在農莊那座倉庫的屋頂高處，低頭凝視著自己左右掌心那兩個被鐵釘穿透過的創疤。

擊殺鐵釘六爺的一戰，他雖然幾乎死掉，但如今回想無法不感到自豪。鎌首經常忍不住思考人生的各種事情，唯有一件事是他毫不質疑的：他很喜歡戰鬥和勝利的感覺。好像天生就是要做這樣的事。

他無法忘記那夜于老大說的話：把敵人擊殺，聽著他們家人的哀哭，沒有比這更痛快的事。眞的嗎？看著你所痛恨的人死亡受苦，就是人生最大的快樂？

鎌首無法否定，自己每一次殺人取勝時，都有一股釋放般的快感，一種證明自己強大無比的存在感覺。可是這能夠永遠持續下去嗎？無止境地殺戮，會不會有麻木厭倦的一天？

——假如有天再沒有敵人，那怎麼辦？

——快樂是依附別人的痛苦而存在的嗎？……

鎌首腦海有點混亂。他猛力搖了搖頭。既然想不透，就暫且按照目前的方式生存吧。

——而且現在兄弟們正需要我。

——今夜在戰場上，我將有許多機會獲取那種快樂……

思考到「快樂」這回事時，鎌首不禁想起櫻兒。他不知道她到了哪裡，也並沒有特別懷念她。跟女人做愛，除了爲那射精的快感，也是他試圖尋找回憶的過程。所以每個女人對他來說都是一樣。

他又想起那夜激戰間見到的寧小語。雖然只是看過短暫一眼，鎌首無從否認她確是十分美麗。可是他理解不了，四哥齊楚爲甚麼會對這女人那樣癡迷。齊楚有很多脆弱之處，也很輕易把自己的感情暴露出來。鎌首倒是因此滿喜歡這個四哥，甚至心裡對他有些羨慕：一個人這麼清楚自己想得到甚麼，應該是件幸福的事吧？

鎌首忽然很想見見葛元昇。他發現自己跟三哥其實有不少相似的地方——心底裡都隱藏著許多秘密。但是葛元昇不會說話，見了也沒有用。

——即使三哥不是啞巴，卻也未必願意把那些心裡事說出來啊。

——有時我會懷疑，三哥是不是常常對著「殺草」說話，而我們不知道？……

鎌首這時又想：假如世上沒有「殺草」，他們會怎麼樣？鎌首當年那一箭，會從背後把于潤生射殺了。他將永遠無法認識這夥結義兄弟。也許今天他仍然活得像個野人，躲在猴山裡吃著野果和生肉，永遠不會到漂城來；吃骨頭、鐵釘和陰七今天仍然自在地生活；李蘭將嫁給平凡的莊稼漢，生一堆平凡的孩子；櫻兒仍然在岱鎮過著迎送生涯；白豆說不定回老家當個獵戶，度過孤單的日子；龍拜和葛元昇則繼續著無止盡的流浪旅程……

世間的一切，彷彿都被某種微妙的東西牽引著。那究竟是甚麼？鎌首無法回答。

□

「屠房」集結的一千二百人隊伍，當然不能一同出城。部隊分成了三股，分別由鐵爪、鐵鎚和吹風帶領，他們花了整個上午分散離城，北渡漂河之後才於郊野重新完成集結。

他們的集合點其實距離于潤生那農莊僅一里之遙。狄斌從負責視察哨戒的部下口中得知這事，不禁大感緊張，下令把所有人和馬匹都收藏在倉庫及房舍內，不得外出。

假如此刻被對方察覺，這裡存在一隊二百人的腥冷兒，那就一切都完了。等待最是可怕。雖然已然秋涼，這許多人與馬塞在密閉的倉庫內，共同產生的體溫幾乎令人窒息。鎌首命令部下用布條把馬嘴都縛著，以防發出嘶聲。

龍拜單獨在外頭偵察。他沒帶任何武器，給逮住時也可以扮作無知的農夫。

他貼地俯臥在一堆乾草後，遠遠察視「屠房」的營地。他知道農莊裡的同伴此刻正難受得要命，希望這「屠房」部隊快快離去。

最先停留集結的是鐵鎚麾下的隊伍。在龍拜眼中，「斷脊」鐵鎚五爺這人極容易辨認，因為跟死去的弟弟鐵釘長相幾乎一樣。

龍拜遠遠盯著鐵鎚那古怪的頭髮：中央光禿禿露出了渾圓的頭殼頂，四周的烏黑頭髮卻又濃又硬。簡直就是個上佳的圓形標的，要是此刻有弓箭在手，龍拜有絕對信心能夠在這距離下成功射殺鐵鎚。但這是沒有意義的——此刻刺殺了鐵鎚，龍拜跟農莊裡所有的人都要陪葬。

「屠房」部眾迅速在野地上架起一座高大的帳篷，準備讓三位「屠刀手」頭領進行攻略商議。

接著出現的是「戳眼」吹風三爺和他的手下。他那支隊伍中騎馬的人數較為稀少。「屠房」這次攻擊雖然總動員一千兩百餘人，但「屠房」能夠集合的馬只有大約六百匹，騎隊將擺在正面充當先鋒，徒步的戰士則負責保衛陣勢的兩翼和後方，並且在攻進岱鎮時進行街巷混戰。徒步者裡面組織了三支弓隊，主要作用只是做掩護射擊，以支援前方主力衝鋒的騎隊。正面閃電突進，一向是鐵爪四爺的得意戰法。

吹風躍下馬鞍，調整一下右眼上的皮罩，走到鐵鎚跟前。

「老五，我看你哥快到了。」吹風說。鐵爪所領的部隊規模最小，只有三百人，卻全數騎馬，而且全部是鐵爪親自培養的精銳。由於他們行動最快，所以被分配在最遠的南門出城，沿城牆外繞道北上而來，結果反而最遲來臨。

——其實鐵爪的部隊有能力比吹風的更早到來，可是一路上四爺都罕有地顯得滿懷心事，放任坐騎慢行，整個騎隊也只得跟隨領袖的步伐。

鐵爪的心腹小鴉仍舊只穿著一條僅及膝蓋的短褲，露出毛茸茸而皮膚黝黑的雙腿。他有點不耐煩——他若是自己用雙腿跑，都要比這樣騎馬踱步快。

小鴉把坐騎移近鐵爪。

「四爺，有甚麼事情嗎？」

鐵爪搖搖頭，看了小鴉好一會。

「小鴉，你今年多大？」

「二十。」

「好。很好。」鐵爪喃喃說：「是個不知畏懼爲何物的年紀……」

「四爺也沒有畏懼的東西吧？」

「我？」鐵爪整理一下被秋風吹得亂飄的烏亮長髮。「我唯一害怕的就只有自己。」

小鴉不解。但他沒有問。他只慣於接受鐵爪四爺的命令。

「小鴉……」鐵爪遲疑了一下。「我有一件事情不想親手去做。你代替我吧。」

「四爺也不願做的事，我恐怕做不來。」

「你的刀子夠快嗎？」

小鴉微感愕然，馬上肯定地點了點頭。

「那就好了。」鐵爪從鞍旁解下一柄環首鋼刀，連著破舊的皮鞘拋給小鴉。

小鴉一手握著韁繩，另一手穩穩把沉重的鋼刀接著。

「帶著它，不要離身。我會告訴你甚麼時候用它。」

□

老俞伯已經記不清楚，自己曾經多少次跨進「大屠房」那道厚重寬廣的黑色大鐵門。可是他十分肯定，從來沒有一次像今天這樣，懷著如此高漲的情緒。

進入猶如廣場般的前院空地，他站在主樓正門之前，仰首觀看這座全漂城最高的建築。五層高的鉛灰色石砌大樓，一如以往靜靜矗立在晴朗天空下，向每一個仰視者呈示著壓倒的氣勢。

——過了今天，這座城樓就屬於我。

——誰掌握了「大屠房」，誰就掌握漂城。

老俞伯降下視線，掃視一下大樓外頭、圍牆以內的護衛佈置。一如施達芳事前偵察，防衛的人手和嚴密程度都沒有跟平日相異。

他已暗中掌握了「大屠房」三分二的護衛人手。只有老二「拆骨」阿桑親自指揮的人他動不了，但那佔著少數，而且老俞伯已經有所對策。

同時黑狗及一千親信部下亦已在「大屠房」外頭戒備接應，阻止朱牙的直系人馬進入。

至於已經出城的千人部隊，當中安插了老俞伯和黑狗的人。只要吹風成功收拾鐵氏兄弟，再幹掉他們的幾個心腹，應該可以順利穩住整支大軍。到時吹風將馬上回師漂城，大局即定。

當然老俞伯心裡已有準備，在他掌權之後最少還會有幾個月的不穩。但「屠房」畢竟也只是一個黑道幫會。只要施以懷柔，讓部屬都知道繼續有錢可撈，新的權威很快就能建立起來。所謂道義幫規，最終也不過服膺於令人眼花的金銀之下。

——朱牙，你安心去死吧。到我跟「豐義隆」合作，在鹽運上賺來更多錢後，「屠房」裡不會再有人記得你。

□

龍拜很渴。他吞下唾液。喉結發出連自己也嚇一跳的怪聲。幸好距離頗遠，「屠房」營地的守衛不會聽得到。

隨著鐵爪的騎隊也抵達，「屠房」集結的部隊再增加，營地的戒備圈也因而擴大。龍拜索性把乾草鋪在自己身上，以防被對方發現。

從草間張望出去，他看見鐵爪帶著小鴉、鐵鎚和吹風一同進入帳幕。龍拜的視力這時發揮著重要的作用，他首先辨別出獨眼的吹風三爺；至於鐵爪，龍拜則第一次看見。

——這個就是赤手殺死左鋒和童暮城的男人嗎？……

龍拜感到有點意外。不是因爲鐵爪的長相跟弟弟差異太大，而是因爲鐵爪的外形和舉止都顯得那麼沉靜優雅。他走路時就像在地上滑過一樣。雖然是可惡的敵人，龍拜卻發覺心底裡無法對鐵爪這個人產生厭惡。

——就跟鎌首一樣。最初與五弟相遇時，他們也互相欲把對方置於死地。

龍拜反倒對「豐義隆」的人沒有多大好感。特別惹他討厭的當然是花雀五。看見「屠房」這龐大隊伍，龍拜心裡有點暗暗希望，他們在滅亡之前可以多殺幾個「豐義隆」的人，那麼日後腥冷兒的地位就相對更重要。

——老大當然除外。可千萬不要死在岱鎮那種地方呀……

三名「屠刀手」現在都已看不見。其餘的「屠房」人馬也沒有甚麼值得觀察。龍拜暫時讓身心鬆弛下來。他知道，自己還得在這裡躺好一段時間……

這時營地中央那帳幕發出了異聲。淡黃的帳篷內側，噴灑了一大抹血紅。

□

假如這時老俞伯能夠看見遠在城外那抹血跡，他絕不會踏進「大屠房」四樓的議事廳。因爲他知道，吹風計劃使用的是毒酒而不是兵刃。

可是老俞伯並沒有千里眼。他興奮的心情仍然沒有改變，跨過門檻走進去。

看見坐在大圓桌前的只有阿桑，老俞伯的情緒驀然有些冷卻。

——沒理由……施達芳說朱牙早就到了，也沒離開過……

老俞伯心裡盤算：是不是應該率先發難把阿桑宰了，再把朱牙搜出來？這樣做耗時間，但也比較安全。畢竟先除掉了老二阿桑，勝算就高得多。

「老大。」阿桑少有地先說話：「爲甚麼不坐下來？」

「老總呢？」老俞伯說著，背負在後腰的手，朝跟在身後的三名部下打個暗號，示意他們假裝離去，把負責刺殺那二十人召來。

阿桑沒有回答，卻反問：「大哥，我們八兄弟結義多少年啦？」

「甚麼？」老俞伯因爲分神，一時沒留意阿桑的問話。「你是說……啊，對了，讓我想一想……人老了，腦袋不靈光……」

「既然腦袋不靈光，就不要它吧。」

老俞伯身後那三個部下確實行動了，卻不是退出議事廳外，而是自內把厚厚的木門關上。

老俞伯沒有顫動一下。只是靜靜閉上眼睛。

「我可以抽口煙嗎？」老俞伯從錦衣的口袋裡掏出煙桿。

「既然是最後一次，你就抽吧。」阿桑站起來，從神壇拔出一根燃著的線香，替老俞伯點煙。

老俞伯深吸了一口，緩緩把白煙吐出來。「眞爽哪。我原本想，待坐上老總的位子後，第一件事情就是在這大廳裡抽口煙。」

「你辦到了。」阿桑把線香插回神壇的香灰爐裡。

「是施達芳吧？是他出賣了我——不。他早就是朱老總的人。」

「不愧是我十六年的結義大哥。」

「你的頸還會痛嗎？」老俞伯再吸一口。

阿桑摸摸頸側的淺紅刀疤：「春天的時候。幸好現在離春天還遠。大哥，不管如何，我不會忘記你的恩惠。」

阿桑當年頸項被砍了這一刀，就是老俞伯親手縫合和治癒的。擅長把敵人剝皮的老俞伯，也是當年「屠房」的醫師。

「不用謝。那不只是爲了你。也是爲了『屠房』。就像今天。」老俞伯嘆息。「我也是爲了『屠房』好。你相信嗎？」

「不要再說了。」阿桑聽出老俞伯還想作最後游說，不禁感到厭惡。

「老總呢？他在哪裡？他也該出來見我最後一面嘛？」

阿桑搖搖頭。「大哥，算了吧。」

「好。」老俞伯輕輕把煙桿放在圓桌上。「老二，答應我，照顧我家人。」

「這當然。」阿桑拿起神壇上供奉的那柄生鏽崩缺的宰豬刀。

□

暖暖的鮮血從環首鋼刀的刃尖滴落下來，迅速冷去凝結。

小鴉握刀的姿勢不變，凝視著地上已身首異處的吹風三爺。

小鴉造夢也沒想過會有這天：親手殺死「八大屠刀手」之一。可是剛才鐵爪四爺以手勢下命令時，他沒有半分猶豫就拔刀砍斬。

吹風已失去生命力的左眼暴瞪著，滿帶驚疑與不信。這眼神令鐵爪一陣痛心。小鴉的刀還是不夠快，三哥死時仍然感到有些許痛苦。

鐵爪坐在權充椅子的石頭上，垂頭以手支額。

「爲甚麼……」鐵爪喃喃說：「老三，爲甚麼要這樣做……我……我從來沒想過會有這樣的一天……」

鐵爪只想簡單直接地過完自己這一生：快意恩仇，看見敵人就毫不留情地殺戮，然後與兄弟和部下分享勝利、財富與威望，終生也不必向誰屈服低頭，也不必幹任何違心的事……

可是當朱老總突然私下來訪時，鐵爪這個不算奢侈的願望被粉碎了。他沒有選擇。

朱牙要對付老俞伯，本來有許多機會。他等到現在，是要確定吹風三爺的意向——朱牙一直無法確定，吹風是否密謀叛變的其中一人。

現在甚麼都已過去了，鐵爪想。餘下來就是爲弟弟報仇。

朱牙原本吩咐鐵爪，在解決吹風之後暫時把大軍調回漂城。但是鐵爪很清楚，他一旦這樣做，就不知到何年何日才能夠再出兵。

小鴉倒轉鋼刀，把刀柄遞向鐵爪。

「四爺，請。」

鐵爪站起來，把鋼刀接過。「你這是甚麼意思？」

「殺了我。」小鴉說這句話時的臉平靜得可怕：「然後宣佈我是內奸。只有這樣，才能夠立即穩住軍心。快。趁他們還不敢進來。」

「你要我……親手砍你？」

「我只要死在四爺一人手上。」小鴉走到帳幕中央的小几前，拿起一杯酒。「要是四爺下不了手，我就喝這個吧——可是我還是希望，四爺能了結我的心願。」

鐵爪猛地反手刮了小鴉一個巴掌。小鴉被打得幾乎馬上昏倒，卻堅毅地重新站穩。毒酒摔去，全被泥土吸收了。

「要愛惜自己的性命。」鐵爪把鋼刀倒插在地上。「不愛命的人，不配當我鐵爪的部下！」

「老二……」鐵爪轉而朝鐵鎚說。鐵爪一向以「老五」稱呼次弟鐵鎚，以示把結義的情誼看得比血親還重，可是自下令誅殺吹風那一刻起，「八大屠刀手」結義之情，已然煙消雲散。

「把吹風的頭拿出去示眾，宣佈他圖謀叛變而被處決。懂得怎麼說嗎？」

「懂的。」鐵鎚撿起吹風的首級，以頭髮牽著，不在乎那斷頸處新鮮的血水滴在自己的牛皮靴上。「說：圖謀叛變……被處決，對嗎哥哥？」

鐵爪點點頭。「屠房」上下所有人都知道鐵鎚天生智力低下；正因如此，只要是鐵鎚說的話，沒有人不相信，也沒有人敢反駁——除非他想吃一記四十八斤重的大鐵鎚。

□

正身在雞圍南端臨近「大屠房」之處戒備的黑狗，緊張得手心都滲滿了汗。

黑狗總共集結得一百七十幾名好手，全都是趁著「屠房」組織攻擊部隊時暗中招集的。

「還沒看見嗎？」黑狗不耐煩地問負責偵察的部下。他與老俞伯約定，一旦成功誅殺了朱牙和阿桑，就在「大屠房」城樓的窗戶掛上一面白旗。

「看不見。」部下的聲音裡也透著不安。

「老大，搞甚麼玩意……」黑狗在考慮，是否要率眾一舉殺進去援助老俞伯？假如老大已經敗亡，那反而趁現在逃跑還來得及……

「看見了！」黑狗的部下這時低呼。

黑狗走出藏匿用的房屋，到了北臨街市肆的街角，遠遠仰視「大屠房」。

白色的旗幟，中央有一個紅色圓圈。這暗號代表了：已經成功殺死朱老總和阿桑二爺，可是「大屠房」大樓低層及外圍的護衛仍未壓制，老俞伯正在樓上被圍困。

「好！攻進去！」黑狗嘶啞叫喊。

百餘人從附近房屋紛紛湧出，迅速集結。市集的攤販和行人突然看見這殺氣騰騰的景象，驚呼著爭相走避。

「殺！」黑狗不理會四周人群。時機就是一切。閃電攻入去穩住「大屠房」，確保掌握著領導大權，是眼前當務之急。

黑狗的人個個亮著刀，急踏過滿是水窪的市街，奔向「大屠房」正面的大鐵門。

「開門！」黑狗高呼：「我是黑狗老八！朱老總出事了！我們來救人！快開門！」黑狗想，如果這計策行不過，就只有人疊人強行攀過「大屠房」外面的丈高圍牆。

鐵門帶著令人牙酸的磨擦聲從中打開來。開門那兩個護衛一臉疑惑。

「八爺，這……」

「別擋路！」黑狗當先領著部下，衝過了鐵門的縫隙。

剛進入門內時，黑狗呆住了。

站在「大屠房」主樓正門前的是施達芳。

「你在這裡幹麼？」黑狗怒吼：「爲甚麼不留在自己崗位？」在計劃裡，施達芳本應負責控制城內所有消息管道。

「黑狗，已經了結啦。」施達芳木無表情地說。

當聽到施達芳不以「八爺」稱呼自己時，黑狗感到強烈的不祥。

這時黑狗看見，施達芳身後出現了一個人。

這人體型太過龐大，施達芳的身體遮蓋不了他三分一。

所以黑狗一眼就認出是誰。

「屠房」老總朱牙。

朱牙只說了一句話。

「叛首黑狗，按幫規處刑，執行者可得免罪。」

下一刻，「縛繩」黑狗八爺被自己的部下爭相斬成碎塊。

□

「他媽的老大，可眞夠邪門……甚麼都給你料中了……」

看著「屠房」部隊拔營起行，龍拜不斷喃喃地說。

剛才他目睹鐵鎚五爺展示的吹風首級。整支「屠房」大軍看著，默然無聲。

鐵爪接著就走出了帳幕，向一千兩百名部下說了幾句話。龍拜只隱約聽到其中幾個字，不知道說的是甚麼。

然後整支大隊就以井然有序地收拾營地，重組剛才隊陣，魚貫往岱鎭的方向而去。

——這個鐵爪四爺好厲害……

等到最後一批「屠房」人馬也離開後，龍拜才鬆了口氣，站起來抖去身上的乾草，再仰臥在地上休息。

——老大果然沒算錯。「屠房」出兵之日就有叛變發生。到底這次死了多少個「屠刀手」？吹風一定不是獨自反叛。按老大說，朱牙或是老俞伯其中一人，現在也必定死了。

于潤生同樣算準了鐵爪個性，知道他在這情況下必定繼續朝岱鎭進兵。

——在漂城市井間雌伏的三年裡，于潤生從來沒有一天閒著，一直都在盡力了解城裡黑、白二道的各樣情報和歷史，包括「屠房」重要人物過往的行事習慣與軼事，現在終於發揮了效用。

現在漂城裡「屠房」的人必定一團亂吧？龍拜想，朱牙或是老俞伯必然有能力迅速收拾這個亂局；但他同時知道，于潤生也早就伏下了暗著，阻止他們這樣做。

——老三，記得要活著回來。

□

老俞伯原本有個兒子俞立，是「屠房」第二代的中堅人物，老俞伯曾對他寄望甚殷，可惜俞立在三十八歲那一年，終因酒色而罹患重病，成為癱瘓的廢人，長期臥居在桐臺的府邸已有六年。

俞府中除了老俞伯父子之外，還有俞立的妻房、兩個妾侍、一個未出嫁的么女及唯一的兒子俞承，今年二十六歲。

老俞伯於是把對兒子的期待轉移到孫兒身上。老俞伯策劃叛變，一半固然是為了滿足自己未了的野心，另一半則是為俞承的未來鋪路。可惜俞承仍繼承了父親性格放浪那一面，只把精力花在狩獵、鬥犬、騎馬、彈琴這些玩意上，對老俞伯分派給他的事務愛理不理。

不過同時俞承因為個性豪爽，對部下甚是寬厚，在幫會裡有一定的人望；而他至今並無掌握多少實權，因此在「屠房」中也沒有樹敵。

這時老俞伯、吹風和黑狗圖謀叛變失敗的消息已經流傳出來。「屠房」的低層組織較鬆散，朱牙知道這種消息很難封鎖，索性以大義名份公佈事件，並揚言三人在城內的舊部只要繼續穩守崗位不動，就足以表示對「屠房」的忠心，朱老總絕不查究肅清。

雖然有這樣的宣佈，老俞伯、吹風和黑狗的部下仍是極度惶恐。他們裡大部分的頭目都有參與謀叛，只因朱牙的反應太迅速而未及行動。這污點將永遠跟隨他們。而天曉得朱牙的臉色哪天會再變？

現在雞圍、安東大街、正中路、北臨街、平西街、平西石胡同、善南街等等重地，都已佈滿了朱老總和阿桑的親兵，城外又有鐵爪率領的大軍隨時回城，老俞伯等的部屬都不敢稍作異動，以免被抓住把柄遭到整肅，頭目們更是全部隱匿起來，只在暗中派人互通消息。他們當然更無人敢與俞家作任何接觸——那等於把一塊叛逆的招牌掛在自己頭上。

於是到了中午，朱牙表面上已將「屠房」穩定下來。

查嵩在聽到「屠房」發生叛變後，才急忙趕返知事府，召見總巡檢滕翊了解情況。當知道朱牙的人馬滿佈城內主要街道時，查嵩雖感惱怒，但也知道這不是火上加油的時候，著令滕翊指示眾役頭，不要理會「屠房」的任何活動。

「朱牙你這臭胖豬！」查嵩憤怒得把紙鎮摔碎在地：「別要把漂城搞垮了！」

查嵩當然也沒有忘記「豐義隆」。要是龐文英這時回來漂城，情況可就糟糕透頂……查嵩祈求鐵爪遠征軍能夠把「豐義隆」徹底擊敗，好使戰火不會波及到城裡。

雷義在巡檢房裡輕鬆地喝茶時，接到滕翊的命令。他索性把旗下所有差役從街道上召回來巡檢房候命，暫時撒手不理管區，並且讓部下好好休息。

——因爲今夜將會很長……

老俞伯的舊部既都按兵不動，俞承只能把自己的二十個親信手下召來桐臺的府邸，保護自己及家人。

府邸外沒有任何喪事的佈置，俞家只偷偷在大廳裡架設了祭臺和靈位。

全身披麻的俞承留在父親的房間裡，靜靜坐在俞立床旁。俞立雖然癱了，腦筋仍一直清晰，也能夠斷斷續續地說話。然而此刻父子倆四目對視，不發一言。

俞承並不太過憂心。爺爺雖是失敗的叛徒，但這事情不應禍及家眷——這是黑道裡大家都遵守的規矩。他自己雖然在「屠房」裡有職位，但在人們眼中，一向只是個不思進取的公子。

但是俞承的心這天起了變化。他記起了許多——爺爺生前跟他說過的各種往事。那創幫立道時可歌可泣的歲月。俞承現在才明白，爺爺是個英雄。老俞伯不在了，俞承才前所未有地崇拜他。

老俞伯遺傳下來的強悍血統，這時才終於在俞承的心裡顯現。

——我現在是一家之主了。我要盡快令自己強起來。

——要報仇。不管任何代價。

「爹爹，我知道了。」即使不說話，俞承也從父親的眼神明白他所想。「不用擔心，有機會我就離開漂城。我要到別的地方去。我會創立另一個幫會。然後有一天，我會回漂城來——在朱牙仍在生之時。」

俞立的眼睛亮起來了。他相信兒子的每一句說話。

這時有人輕輕敲了房門兩次。

「甚麼事？」俞承步向房門。他猜想不是妹妹就是母親——他的部下都守在府邸四周，不會直接進到內室來。「是不是有人來祭——」

一抹光芒貫穿門板中央，向俞承的腹部突擊。

擅長騎馬狩獵的俞承，身手和反應都極佳。可是這攻擊太快了——快得俞承的眼睛無法分辨，那攻擊過來的到底是甚麼。

俞承的身體只往後退了半分，就完全僵硬——因爲刀刃已經接觸到他的腸臟。短短的鋒刃朝上撩起，像切豆腐般割裂俞承的肚腹，垂直破開胸骨與氣管，直至喉頭才停止。熱血灑滿房間四周。

俞承仍殘留著丁點的意識。那才是最痛苦的。一切希望都破滅了。意志依附肉體而存在。肉體卻又何其脆弱。

這時門板才打開來。俞承來不及在斷氣之前看清殺手的臉孔。屍體崩倒地上，破裂的內臟從傷口溢出。

臥在床上的俞立，身上染滿兒子的鮮血。他發出絕望的嚎叫。聲音很大。外面卻沒有任何人呼應趕來。

俞立勉力扭動頭頸，終於看見殺人者的面目。

殺人者的布衣也染成赤紅。是個跟俞承年紀相若的男人。眉毛、鬍鬚和頭髮全都剃光了——所以俞立無法知道，這個男人原本長著紅色的毛髮。

葛元昇走到床前。他把「殺草」仔細抹乾淨，然後謹慎地收回鞘內。

「你……是……你……這……」俞立的腦袋無法組織起一句有意義的話。

葛元昇慢慢把臉湊近到俞立眼前，好像要讓俞立看清楚和記憶著他的樣子。

「鬼……你是……鬼……」俞立悽然說：「殺……了我吧……殺……」

葛元昇依舊毫無表情地凝視了俞立好一會，然後甚麼都沒做就轉身，踏爛了俞承的內臟離去。

□

「祭酒，對方已接近到一里半內，剛剛越過了沈師哥伏兵之地！」一名負責偵敵的部下急奔進入「興雲館」大廳，向龐文英簡要地報告。

「好快……」龐文英沉吟。幸好是末秋，天色開始轉變，估計鐵爪攻到岱鎮時已是黃昏。

現在龐文英扼守岱鎮的兵力不足三百人，其餘人馬都分配了給沈兵辰、卓曉陽、陸隼和文四喜，分別埋伏在「屠房」進兵的途上。龐文英著令四人遠離道路埋伏，以免被鐵爪預早發現。鐵爪四爺是個輕視不得的敵人。

「他們行軍這麼快，你的情報是不是出錯了？」花雀五責問于潤生。

「吹風之死，是我結義兄弟親眼看見的。」于潤生淡然回答。「我這個兄弟曾在差不多半里之外，用箭射殺過一名敵將。他的眼睛比誰都可靠。」

——一個時辰之前，葉毅騎著快馬搶先趕至岱鎮，將龍拜目睹的情報帶了過來。

「哼，這牛皮可吹得大！半里？那張弓是甚麼造的？」花雀五不屑地笑。

花雀五佈在漂城內的探子雖然也以飛鴿傳來「屠房」三人叛變失敗身亡的消息，但那仍不能完全排除是故意誘敵的僞訊；龍拜目擊的事卻絕對印證了，「屠房」內訌屬實。

「好了，別吵鬧。」龐文英從椅子站了起來：「準備撤出岱鎮吧。」

「等一等，義父。」花雀五說：「既然『屠房』陣前內亂，他們軍心必然不穩，倒不如現在就連絡那四路伏兵，一同夾擊鐵爪，把他們一舉打敗，那豈非更好？」

「千萬不可。」于潤生斷然說：「鐵爪剛殺了自己十多年的拜把兄弟，卻仍舊毅然繼續進攻過來，決心和氣勢甚盛。我們兵力少，包圍夾攻不可靠，反容易被對方逐股擊破。」

「你是怕你那些兄弟的功勞少了吧？」花雀五嗤笑。

「五兒！」龐文英怒叱：「不得說這種話！現在是爭功的時候嗎？」

「義父，爭功的可不是我——」

「你再說一句，我就馬上叫人帶你回京都！」

「義父，你好偏私！」花雀五終於按捺不住：「我說的話，你半句也聽不進耳朵；這媽的臭小子說的，你就句句點頭！」

「我不在乎哪一句話誰說！」龐文英怒然一掌劈向茶几，杯盤飛散一地。「我只在乎戰勝！你還不明白？」

花雀五氣得臉也漲紅。他心裡極不忿，原本是他手下的陸隼和文四喜，如今竟隱然比他更要吃重；而于潤生坐上了龐文英軍師之位，就更教江五憤怒。

「好！義父，我這就回京！」花雀五拂袖欲去時，章帥卻剛好進來。

「哦？小五要回京都嗎？正好我也要回去。一道走吧。」章帥邊說著，邊揮手撥去衣袖上的沙塵。岱鎮街上風沙頗大。

「老六要走了嗎？」龐文英話中有鬆了一口氣的意味：「不親眼看看我怎樣奪下漂城嗎？」

「二哥的勝仗我已看厭了。」章帥微笑說：「何況我此行要幹的事情都已幹完。」

「哦？」龐文英想起來，章帥提起過他此行有兩個目的：一是要清楚知道「漂城分行」退守岱鎮是怎樣一回事；二是要看看于潤生是個甚麼人物……

「小于。」章帥走到于潤生跟前。「『大屠房』裡要是藏著甚麼珍貴的玩意，記著留一件送我。」

「好的。」于潤生的答話中沒有下級對上級的恭謹。可是章帥似乎並不介意。

「一言爲定。我們在京都見面。」

章帥說這句「我們在京都見面」，只是漫不經心的話。他沒想過這約定在數年後實現了——而且具有極爲不凡的意義。

□

老俞伯全家慘遭屠戮，只餘廢人俞立生還的消息，震撼了整個漂城。

最震驚的當然就是老俞伯的「屠房」舊部。殺手竟然連老俞伯的小孫女也沒放過——她死狀之悽慘，連慣見流血的黑道中人也忍不住流淚嘔吐。他們再顧不得朱牙的命令，先有近百人湧到桐臺的俞府，保護唯一生還的俞立；從俞立口中得知凶手相貌後，他們一個個義憤塡膺，四出搜尋殺人者所在。

拚命尋凶的不單是老俞伯的舊部，也有朱牙和阿桑的部下。此事大出朱牙意料之外。他想到殺手必定是「豐義隆」派出的；特意留下俞立這個活口，就是要公開凶手的樣貌，也保存一個人證，令朱牙無法隨便宰個替死鬼來平息幫會內的情緒。

——這一著好狠、好準……

朱牙十分焦急。不同派系、互相猜忌的「屠房」人馬同時在城內亂竄，早晚要爆發磨擦。

情況變得很荒謬：黑幫在城內發瘋似地追緝命案的凶手；差役卻全躲起來袖手不管。短短時間之內，就有十幾個光頭漢無辜送命。

雷義就在這時行動。

他派出幾個跟「屠房」交好的差役散播這樣的謠言：屠殺老俞伯一家的凶手，正是早前躲在雞圍裡狙擊「屠房」頭目的那「惡鬼」，而幕後主事者正是朱老總……

流言傳得極快，而且內容越來越豐富：朱牙一直利用這「惡鬼」，剷除幫會內的異己，現在又斬草除根把俞承幹掉，朱老總很快將進行大肅清，把老俞伯、吹風和黑狗遺部的頭目們一次過翦滅……

城內吹風和黑狗的原有人馬也因此被鼓動了。他們與老俞伯旗下頭目互通消息，準備必要時連結起來與朱牙對抗。

可是這三系的兵力加起來，仍然少於朱牙的直系親兵，現在若是開戰，勝算不夠一半；要是鐵爪的大軍回城，他們則更只有坐以待斃。

──那我們是不是該先下手？……

雷義正忙於爲入夜後更重要的行動作準備，同時卻不禁想：誅殺老俞伯家眷這個凶手，手法跟這幾個月來出現的那兇殘殺人魔非常相似……難道眞是同一個人？

雷義沒有見過葛元昇。他只知道俞家這宗慘案，背後主謀一定是于潤生。

──于潤生從沒有將全部計劃預告給雷義，但他有信心雷義在獲知案發後，必定能夠自發把這事件最大地利用。結果雷義並沒有令他失望。

雷義心裡有許多疑惑：那可怖的殺人魔，很可能就是于潤生的人，而且是托付以重大任務的親信；日後若要緝捕此人，恐怕將與于潤生正面衝突……

——不惜一切，我也要阻止這「惡鬼」繼續暴行……那麼今夜我還要繼續幫助于潤生嗎？于潤生要得到了權力，卻必定會包庇這個可怕的刀手……怎麼辦？

雷義苦思一輪，決定還是繼續按計劃行事。如今漂城黑道的狀況難以收拾，結束這局面，還漂城和平乃是當務之急。

爲免遭到報復，朱牙已把自己家人移送到城外暫住。阿桑僅餘的幾個親人都遠居在西域；鐵氏兩兄弟並沒娶妻生子。

最令朱牙頓足的，是鐵爪竟然違抗他的命令，繼續向岱鎮進攻。那支精銳若是回到漂城，再加上有鐵爪的忠義名聲支持，朱牙早就無憂。

每隔半個時辰朱牙就派快馬去鐵爪那邊，傳達要大軍折返漂城的命令，可是鐵爪只透過回城的使者告訴朱牙：

——我會帶著龐文英的首級回來。

朱牙知道鐵爪還未跟「豐義隆」交戰——那最快也要到黃昏。即使閃電取勝，鐵爪也要讓大隊人馬休息和重新整編，恐怕要到晚上甚至次天才能回城。朱牙開始後悔，應該派阿桑到部隊裡，在誅殺吹風後就強行下令回軍。

如今平息城內亂局的唯一辦法，就是盡快將殺害俞家的眞凶擒下及公開正法，以安撫「屠房」內部情緒。

朱牙把這任務交給施達芳處理。施達芳點起近二百名下屬，四出追尋凶手的線索，卻仍毫無頭緒。他連飯也不敢閒下來吃。施達芳知道自己要是能立下這大功，自己的「屠房」第五把交椅地位就更穩固了。

朱牙一方面要嚴密監察三名叛徒的舊部，另方面又要派員緝凶，「大屠房」也就只能夠維持基本的防衛力量……

□

鐵爪四爺也跟朱牙同樣焦急。

到達岱鎭半里外，鐵爪就下令全軍佈成強攻的戰陣前進：徒步刀手呈馬蹄狀，拱護兩翼及後方；弓石隊伍夾在中央，隨時準備作支援投射；正前方則是最強的三組騎隊，鐵爪親領居中一支，左右則以鐵鎚及小鴉率領翼鋒。

這個「屠房」戰團維持著嚴密的陣式，緩緩向岱鎭推進，一直走到了岱鎭外圍，卻仍沒有遇上「豐義隆」的前哨人馬。

岱鎭的圍牆近在眼前之際，鐵爪才明白了原因。

「他媽的！」小鴉從右方大聲咆吼。「那些北佬又逃走啦！」

鐵爪爲提防這是僞裝空城的誘敵之計，先派小鴉率領三十快騎，在岱鎮外圍繞了一圈，確定沒有任何埋伏的敵人。

——看來對方眞的撤出了岱鎮。

可是鐵爪還是沒有大意。他再叫小鴉領一百騎進入鎮內。街道一片死寂肅殺，鎮民早就風聞「屠房」攻來的消息，不是暫避他處就是閉戶不出，所有商店也早就關門。連賭場和妓寨也不例外。

岱鎮官府的差役才不過三十餘人，當然無法阻止小鴉的馬隊長驅直進。早在出發遠征之前數天，小鴉已經預早熟記了岱鎮的街道地勢，他直接策騎到衙門，把知縣揪了出來，放在部下的馬鞍上帶走。他留下了半隊人馬守在鎮內要道，帶著餘人挾持知縣回到鎮外的大軍集結處。

年過五十、身體瘦小的岱鎮知縣羅崎，站在鐵爪四爺面前就像一隻驚慌的小鳥。

「『豐義隆』的人在哪裡？」鐵爪冰冷的聲音，令羅崎打了個寒顫。

「我不太肯定……龐祭酒——不，我是說龐文英，他剛剛才走不久，好像是去了桑麻，只帶了兩、三百人。其他的，之前都在早上一批批地離開了。」

「四爺，我們要不要馬上去追？」小鴉急問。

鐵爪知道龐文英是京都黑道的名將，未戰而退必有計策。大概就是要引誘我方追擊吧？若是眞的要逃走，按道理應該在更早以前就離開。

他想到「豐義隆」的人一直以逸待勞，我方卻整日在推進，加上發生過平定叛亂的事件，大隊已稍有疲態，要是馬上再急行追擊，未必有利。

「我們在岱鎮停駐一晚，好讓兄弟吃飯休息。」鐵爪說：「假如對方有分批埋伏，我就延緩進兵，好讓他們白費一夜心神精力。寧可等北佬們重新集結，然後再與他們正面交鋒，勝算更大。」

鐵爪的命令一下，「屠房」人馬頓時鬆了口氣。他們心頭始終不能完全揮去吹風三爺被處決的陰影，那情緒令人特別容易疲倦。

大隊人馬魚貫進佔岱鎮。謹慎的鐵爪先在岱鎮四周設好輪班防哨，才批准部下吃飯休息。帶來的糧水已餘下不多，原本行動整齊的「屠房」戰士，又恢復了黑道流氓本色，到處強闖飯館和民居搶掠食物。

其中有些人找到了數月前麥康招待鎌首他們的娼館。看見那些美麗女人，他們連飢餓也忘記了。娼館裡充斥妓女的驚叫和衣服的撕破聲。

有個「屠房」大漢正要騎到赤裸雛妓身上，卻被整個人揪起來摔到了牆邊。大漢吃痛爬起來，罵著一連串髒話，卻發現摔他的人是鐵爪四爺的愛將小鴉，登時嚇得噤聲。

「大敵當前，還要玩女人？」小鴉的怒罵，令那一根根陽物都軟了下來。「統統給我滾！還有，通告鎮裡所有兄弟，一滴酒也喝不得！違令者幫規處置！」

部下們一個個垂頭喪氣地離去，心裡卻都在暗罵。

小鴉離開前冷冷掃視娼館裡衣衫不整的妓女，然後說：「在我們離開以前，你們不許走出這裡半步。只要你們聽話，沒有人會來騷擾。」

佔領岱鎮這個勝利假象，開始對大隊產生影響。他們邊吃飯，邊把「北佬夾著尾巴逃走」拿來當作笑話。這雖然有助提升士氣，但同時輕敵之心也像看不見的病菌般在隊伍之間蔓延。

鐵爪以「興雲館」爲臨時指揮所。他晚餐只匆匆吃了兩個夾肉饅頭，就在客棧內四處視察，只因他知道這裡是龐文英先前的根據地，想看看有沒有留下甚麼線索。

他發現大廳其中兩面牆壁被煙火熏得焦黑。上面顯然曾經書寫和繪畫過甚麼重要的東西。有可能是地圖。可是全部的圖案文字都已經被破壞抹消了。

鐵爪拿起油燈，走到其中一面牆壁前細看。他發現牆壁中央有道凹陷的裂痕，並不深刻，凹窩十分平均。看來是用拳頭擂成這樣的。

鐵爪想像得到，龐文英曾經一次又一次用拳頭擊打在這凹陷的位置，無疑就是龐文英最重視的戰場。

——這壁上到底畫了哪裡的地圖？那凹陷處標示的又是甚麼地方？

鐵爪四爺多麼渴望取到這個情報。

□

在漂城北郊的農莊裡，狄斌的奇襲隊於黃昏前整理好一切裝備。

接著李蘭花了很多工夫把二百人餵飽。這是最豐富的一頓，她幾乎把莊裡所有的禽畜都宰光了。雞鴨的毛堆成一座小山。

吃完飯後，狄斌在田野上召集所有部下，最後一次講解這次奇襲的細節，還有各隊伍的分工。由於與敵方人數懸殊，要偷襲成功全靠時機巧妙配合，他們這幾天已經在農田上演練過好幾次。幸而腥冷兒都習慣了軍隊的號令方式，演習成績令狄斌很滿意。

但是狄斌明白，不管演練得多完美，在極度緊張的實戰裡也無法保證不犯錯。而他們沒有第二次機會。

——這絕對是賭命。賭兩百人的命。

他們全部都換穿上早就準備的全黑衣服——就跟四年前于潤生率領那支「平亂先鋒軍」刺殺隊一樣。手掌和臉也用柴炭抹成灰黑色。

龍拜命令他麾下的弓箭手把囊中羽箭全都拿出來，再一次仔細檢查。在今夜的戰事裡，他們不可浪費任何一次射擊。這樣做也有助平定箭手們的情緒，將可提高射擊的準繩。

鎌首也親自查看全部四十匹戰馬的鞍具是否已縛得穩固。每匹馬的鞍旁都掛著個小布包，裡面藏著兩件特殊的用具——這是齊楚想到的主意。

最後的檢閱完成。只等于潤生傳來的出擊命令。

狄斌直至入黑都沒有吃東西，卻還是沒覺得飢餓。一想到二百人的生死——包括龍拜和鎌首——就掌握在自己手上，他實在無法下嚥，只能夠喝清水。

每隔一段時候，他就摸摸前胸，確定鎌首送給他那個佛像護符仍然掛在頸上，心裡才稍稍放鬆。

「『八大屠刀手』現在只餘下阿桑、鐵爪跟鐵鎚三個。」龍拜對鎌首說：「最難纏的鐵家兄弟，由龐老頭那邊負責。老五你就對付阿桑吧。朱牙要留給我啊。」

鎌首點點頭：「好。就跟對付吃骨頭那次一樣，最重要的留給你。」

龍拜笑了：「這次不同了，我不用扮女人啦，哈哈！」他眼中閃出兇狠又充滿期待的光芒：「這次我會讓朱牙清楚看見，殺死他的人是誰。」

——龍拜渴望親手幹掉「屠房」老總，多少也是想補償自己沒當上奇襲總指揮的遺憾。

「來了！」一名負責放哨的部下急步跑過來高呼。

盤膝坐在田陌間的狄斌，用腰刀支地站起來，遠眺向西方。他聽到細弱的馬蹄聲。

必定是騎著快馬來報信的葉毅。

——好的，老大。我們這就出發。

到「大屠房」去。

□

漂城的情勢在入夜後更緊張。

老俞伯、吹風和黑狗三人的舊部變得活躍。朱老總的直系親兵，雖然已多次傳達朱牙發出的禁足令，卻完全沒有效果。

雙方曾在城內多處幾乎爆發衝突，激烈口角後幸好都各自退卻。朱牙絕對不希望在這關頭爆發任何內訌。可是這種對立情勢已經隱然形成。

苦惱的朱老總，接到施達芳一次又一次通報，都是說仍然在搜索那個殺人魔。屠戮俞氏一家的凶手，就像平空消失的幽靈。

前往催促鐵爪回師的使者也已歸來，帶著四爺的答覆：大軍駐留在岱鎮歇息，準備次日再追擊，今夜不會回城。

朱牙聽了，眉頭皺得更緊。

——一定要捱過這一夜啊……

□

龐文英指揮的隊伍其實並未抵達小鎮桑麻，只在途中的野地停留，準備隨時再行動——不管是往更後退，還是回頭反攻。

他剛剛收到探子情報：鐵爪那支「屠房」主力軍停留在岱鎮，看來準備過夜。一切就如預測一樣。

目前龐文英僅僅帶著二百餘人，停在無險可守的野地，鐵爪要是直接乘黑襲來，其實很大機會一舉把他們全部殲滅；但「豐義隆」一再退卻，佈下了這個疑陣，果然令鐵爪一時不敢冒進。這一手龐文英賭贏了。

在星空下的荒野結營，耳中聽著馬嘶和風聲……龐文英有種回到壯年熱血時代的錯覺。可是此刻「四大門生」全都不在身旁，龐文英倍感孤寂。

他瞧著坐在旁邊的于潤生。

「你的兄弟現在應該差不多回到漂城了。」

于潤生點點頭：「大概已繞到漂城西南方。希望在他們抵達南城門之前，不會被人發現。」

「假如你的兄弟都在今夜死光，你會怎麼樣想？」

「我從來沒有想過這種事。」于潤生聳聳肩：「不可能發生的事，我從來不想。」

「很好。」龐文英同意點頭，捋著銀白鬍子：「潤生，有那樣的兄弟，你好幸運。」

「我也常常這麼想。」

「唉……」龐文英嘆了口氣：「你聽說過我大弟子天還的事了嗎？」

「有聽卓師哥說過一些。燕師哥去時，好像只有三十幾歲吧？可惜。」

「要是他活到今天，漂城也許早就是『豐義隆』的了。可恨那支流箭……」

「龐祭酒有沒有想過，燕師哥也許是給自己人殺害的？」

「你說甚麼？」龐文英撫鬚的手變得僵硬。

「我是說，也許有些人不希望你的陣營太強……」

龐文英從沒認眞這樣想過——不是因爲以他的智慧想不到，而是不想往這個方向想。燕天還死後那幾年，他忍著傷痛忙於穩定「豐義隆」新建的霸業，根本沒心情思考這事情的背後因由。之後「豐義隆」進入了全盛期，幫會內部保持和諧，龐文英更不會故意去挖掘昔日可能存在的陰謀。

可是現在事隔多年，由他信任的于潤生提出這疑問，龐文英倒是能夠更客觀地看這件事。

——確實有這可能……

——回到京都總行後，有必要調查一番。雖然已經九年多前，可是認眞找起來，也許還有些線索……

龐文英要回京都，必先把眼前的「屠房」打倒。

——天還，你在天上看著我取勝啊。

□

漂城南門那八名守衛，都是年過三十的老兵。

冬衣還未從兵營發過來，秋風一捲過，衛兵都在發抖，終於忍不住向在旁邊一同看守的

「屠房」人馬討酒喝。

衛兵跟這些流氓有說有笑。「屠房」經常要從城外輸入私貨，與城門衛兵的關係極佳。

「聽說你們自家快要開打了？」一個老兵向流氓打探。他的家眷住在漂城裡，當然不想看見城內出現流血混戰。

「這種事，誰也說不定。都怪老俞伯。」一個流氓嘆息著說。他雖屬朱老總直系，但說到老俞伯時，也不敢過於鄙夷不敬。在黑道混久了，他早就明白，一切鬥爭都只是爲了利益。

「朱老總這次卻也太狠了……連女人小孩也沒放過……」他的同伴說著，透露出朱牙的親兵也對老總有所不滿。

「不，我看那事不是朱老總下手的。」老兵反倒看得透澈：「說不定是『豐義隆』嫁禍啊。我看內情不太簡單……」

老兵這時發現，有一群人正從對街急步走過來。

「屠房」那二十幾個大漢立時生起警戒，正要拔刀，卻發現來者是一群漂城差役，大約有三十人。

「幹麼？官差們不是全躲起來了嗎？……」一個流氓嘀咕，同時認得對方帶頭的人，正是新任代役頭雷義。

「大爺，甚麼事？」南門並不屬雷義的管區內，守兵並不認得他，但看見那身役頭的官服，還是連忙恭敬地招呼。

——在漂城公門差役能撈的油水比守城軍兵多得多，是查知事的重要生財人手，因此差役的地位亦高於士兵。

雷義對那些守兵沒看一眼，只是冷冷瞧著「屠房」人馬。

「你們都給我滾。」

「雷爺，這是甚麼玩笑？」流氓中的頭目愕然地問。

「聽不懂嗎？還是要到大牢去過夜？」雷義一招手，三十名部下立即舉起出棒杖和腰刀，有的則手拿繩索。

「這……雷爺，我看必定有甚麼誤會！不信的話，請你到『大屠房』去問問！我們可是朱老總親自下令派來這裡看守的，就是爲了避免城裡鬧出亂事……」

「城裡的事，我們自會料理。」雷義鐵青的臉沒有任何表情。「怎麼樣？別不識相。」

這些「屠房」流氓面面相覷。朱老總嚴令他們盡量不要引起衝突。更何況對方是堂堂的役頭。

「好，我們這就回去請示朱老總。」那頭目揮揮手，帶領眾部下往安東大街的方向離開，邊走時邊在心裡暗罵：「狗蛋大的一個臭役頭，還是暫代的，他媽的擺甚麼官威？我這就去跟朱老總告狀，明天他跟查知事一說，你鐵定要捲鋪蓋！」

「屠房」人馬自視界消失後，雷義和三十人仍然站在原地不動。

「大爺，還有甚麼貴幹？」老守兵漫不經意地問。他知道城內黑白二道即使鬧翻天，也完全不干軍兵的事。

「沒甚麼。」雷義說著揮手。差役一擁而上，把八名守兵統統擒住，迅速用繩索把他們手腿縛緊，又將布條塞進了嘴巴。

守兵從沒想過差役會對他們動手，對方更幾乎有四倍人數，還來不及反抗，就一個個被縛成粽子一樣。

雷義掏出了八錠白銀，逐一塞進守兵衣襟。

「你們就好好休息一會。」雷義知道這批守兵才剛換班，下一班要到黎明前才來接替。「換班前我會叫手下放了大家。今晚的事情，你們就當沒有發生過。只要你們不說出去，自會有更多好處。」

差役把守兵藏進附近一所早就準備好的房屋裡。

「開門。」雷義下令。

差役點頭，把沉重的木門卸下，緩緩把堅厚巨大的城門打開。

全副黑色武裝的吳朝翼一直蹲伏在外頭的城門邊，這時跳了出來。雷義急步走過去會合。

「一切妥當。前面道路我們都已經清掃。可以進來了。」雷義輕聲說。

吳朝翼點點頭，轉身向著城門外遠處的一片道旁樹林，揮臂在頭上轉三個圈。

隱藏在樹木後的黑色戰士，好像月光映出的人影般緩緩現身。二百人沒有發出半點聲響。四十匹馬全部被布條縛著嘴巴，馬蹄也裹上了布。

雷義平生很少覺得驚慌。過去曾經在狹小的房屋內赤手面對三個持刀悍匪，或在高高的屋頂上急奔跳躍追逐盜賊，他也沒有一絲害怕。

但是現在他看見這支幽靈般出現的奇襲隊，嗅著二百人散發的強烈殺氣，他心裡在顫抖。

——果然是殺過人的腥冷兒。

奇襲隊無聲魚貫穿過城門。

雷義看見鎌首牽著坐騎走過，猜想他就是打死鐵釘六爺的人。他們過去從沒見面。這眞是一個奇異的男人，雷義想。

——也只有于潤生，能夠把這樣的人收為己用。

狄斌經過雷義身邊時，輕聲說了句：「謝謝。」

「不必。我這樣做，有我自己的理由。」

「我知道。」狄斌沒再看雷義一眼，馬上忙於用手勢指揮部隊的行動。

雷義就著僅有的燈籠光芒，端詳著這個把臉塗成黑色的矮小男人。他感覺狄斌似乎比上次見面時改變了許多。而那不過是一個月前的事。

雷義想了想，明白是怎樣的改變：

狄斌身上，正顯現出于潤生的氣質。

黑衣戰士全部進城後，雷義指揮差役把城門關上。確定城門已經關妥，雷義才轉過身來，卻見最後的幾個腥冷兒也已隱沒在黑闇街巷中。眨眼間，這二百人就像根本從沒出現過。

□

這一夜，就連安東大街也靜下來了，燈火遠比往日黯淡。即使最愛熱鬧最不想睡的漂城人，大多只敢留在家中。

賭坊裡還有些許的生意——賭徒只要聽到骰子搖動的聲音，就連生命安危也可無視。

酒家和飯館這夜難有半個客人，在日落前都統統提早關門。這場風暴最初的爆發地「萬年春」雖然還營業，也只得幾個格外大膽的恩客，他們準備就在妓院裡留宿，心想說不定還可以趁機居高觀看可能在大街爆發的血戰。

朱牙的直屬親兵，一直沿著安東大街站崗，每隔六、七座建築就佈置著十來人，從北端「大屠房」一直延續到南端的善南街口，集結了大約四百人。這晚的大街裡，「屠房」暫代了巡檢房差役的職能。

在大街中段西側的正中路口，守備著十六個「屠房」流氓，他們聚成圓圈蹲在地上，輪流呷著兩瓶暖酒，吃著已經變冷的饅頭，一臉都是疲態。自從今早老俞伯伏誅到此刻，他們已經處於戒備大半天，身心都已疲憊不堪，原本以為等鐵爪四爺的大軍回城坐鎮就可稍作休息，不想傍晚時上級就傳來消息說，四爺最快要到明早才回來。失望和怨憤，又令眾人感覺更累。

這些流氓不時瞧向對街「萬年春」的窗戶。這種地方他們從來都沒有踏足過。

「我們明晚就去『萬年春』。」其中一人說。

「你有錢嗎？我怕你就是把家當都賣掉，還不夠打賞給鴇母！」

「我見過那個叫小語的婊子——就是害死六爺那個女人啦。他媽的眞漂亮得沒話說……要是能跟她睡，折三年壽我也願意！」

「憑你那條賤命？想親個嘴也不夠！你沒聽說麼？她現在已經是查知事的女人啦！你？別笑死人！」

「這娘可眞夠厲害！本來她跟六爺的死脫不了關係，可是馬上就跟了查嵩，才沒人敢動她……」

「甚麼沒人敢動她？查嵩不是每晚都『動』她一次麼？」

眾流氓哄笑起來。

「一次？你怎麼知道不是兩次、三次？」「查嵩那老傢伙，有這能耐嗎？」「對著這麼騷的貨，也許是一晚十次！」「老二不行，用手搞搞也滿過癮啊！」「別再說了，弄得我下面都癢了！明天我們就去上次雞園那家好不好？我愛死那裡的大澡堂了，在水裡幹的滋味，你們不也去嚐嚐，可眞是白活……」

其中一個流氓正在大笑著，忽然好像察覺正中路內裡有點異動。他收起笑容，站在路口朝裡面看。自從「豐義隆漂城分行」被鐵鎚毀了後，整條正中路一直變得冷清，這夜裡面連半點燈火也沒有點起來，流氓的視線陷入泥沼般的黑闇中。

——是我看錯嗎？也許是野狗……

然後他看見一個人。近在他五尺前。

一個完全黑色的人。黑色的衣服。黑色的臉和手掌。手裡拿著漆成黑色的藤盾和包裹在黑布裡的腰刀。黑色的眼珠凝視著流氓。

他還來不及發出呼叫，狄斌那幽靈般的身影就迅速跨前一步，腰刀脫出了布套，自右上方斜斬下去。

那流氓聽見了自己的鮮血從頸動脈噴出的聲音。

今夜漂城裡的第一個死者。

三十個同樣全黑武裝的戰士，同時從暗街撲出來。守在街口那十五個「屠房」漢子，根本沒能看清敵人從哪裡出現，每人都接連捱了兩刀——第一刀先奪去戰鬥和逃走的能力，第二刀結束性命。

這伏擊的配合十分精準，三十人對十五人，每兩個砍倒一個。他們手裡防守用的黑藤盾，完全沒有使用過。

當然還是有人中了刀並未即時斷氣絕命。他們死前的慘呼，震撼著街道夜空。

——這正是狄斌所希望的事。他需要這些呼救聲，驚動守在大街上的其他「屠房」人馬。怒叫和腳步聲，如雷充塞大街。

「在那邊！正中路的出口！」

最接近這路口的百多人，像缺堤洪水般迅速湧來。

狄斌揮刀一圈，示意立即撤退，帶著那三十人全速奔回正中路深處。

「逃進去了！追！」

「屠房」這百幾個流氓紛紛高舉著兵器，追擊入正中路內。鐵爪的遠征軍幾乎把「屠房」兵器庫裡最精良的東西都帶走，此刻守街的這些部眾只得少數帶著腰刀、長刀或長槍等戰場兵刃，其餘的人有的拿切菜刀，有的用木匠鎚子，甚至只是自製帶釘棍棒之類的粗糙武器。

正中路雖然已比城內一般街巷寬闊，但最多也只能容納十人並排，這百多人形成長列，紅著眼向狄斌等人瘋狂追擊。

衝到正中路的中段時，人叢中有個叫小孔的流氓聽到一種很奇怪的尖銳聲音。他邊跑邊回頭看，第一眼就瞧見唐阿三。阿三長得特別高，在人叢中總是突出頭來。

下一瞬唐阿三的臉卻消失在人叢上方。他的身體潰倒，被同伙踏過。

因爲一枚黑羽箭射破了他左眼，直貫進腦袋裡。

箭雨同時從正中路左旁一幢房子的二樓窗戶連環射下。

「媽呀！是箭呀！快逃！」

「屠房」這群人馬上就陷入了慌亂。衝在前頭的人轉身想逃；後方的同伴卻還未知道發生何事，仍繼續朝前奔跑，結果兩股人潮撞成了一堆。眨眼已有十多人中箭倒下。更多的人因爲恐慌混亂而被他人推倒踹踏。

件。

「哈哈，比射草靶還容易！」在二樓指揮著弓矢隊的龍拜豪笑，下令再射一輪。下面「屠房」人群仍在互相推擠著。有的不斷亂舞著兵刃擋箭，也不管會誤傷身邊的同件。

「操你媽的，東西別亂揮！」被砍傷的人憤怒撲向對方，扭作一團。

「停！」龍拜這時號令：「投石！」

窗戶前的弓矢隊員放下了弓，從腰間布袋掏出石塊，用力拋擲向下面。

龍拜本人也沒有閒著，他再次舉起長弓，朝下瞄準放箭。每一箭都是命中頭頸致命處。

「屠房」人馬瞬間就陷入了恐慌，根本無法分辨頭上射過來的是甚麼，只想拚命逃脫。最前頭的十幾個知道已經無法往回走，只好硬著頭皮再度向前衝殺。

他們才跑出一段就同時狠狠仆倒了。原來街道的前方深處，從兩邊橫架著黑夜裡看不見的絆索。

躲在橫巷的吳朝翼這時帶著二十人手握長槍奔出來，迅速把那些摔倒的人一一刺斃，然後又退回巷內。

這時身在正中路裡的「屠房」流氓，仍然站著的已不到五十個。空間多，他們才終於能夠往後逃命。

「五哥！」狄斌吶喊。

在「豐義隆漂城分行」的殘址，鎌首和三十九個騎馬部下，同時取去馬嘴上的布條。

被拘束已久的四十四匹戰馬，一同發出震動夜街的怒嘶。

鎌首高舉鐵長矛，帶領部下牽著坐騎跑出頽垣破瓦。進入了正中路後，四十人邊跑邊跨躍上鞍，舉起兵器朝前頭衝鋒。

每一匹馬的鞍後都插著迎風飛揚的旗幟，腹下又縛著一塊隨奔馳而發聲的響板，在黑暗中那聲勢和姿態，彷如百騎。

——用這些小道具來擴大騎隊的氣勢，是齊楚想到的計謀。

鎌首吼叫著當先策馬奔出。他的腦海一片空白，釋放出野性的殺戮本能。

敗逃那幾十個「屠房」流氓終於跑出了路口，跟聚在大街上的二百餘人混成一堆。他們一個個臉色青白，沒能說得清楚一句話，馬上已把恐懼的情緒傳染給所有同伴。

他們人根本無法確定來襲者的確實數目。敵人竟在無聲無息間就進入了漂城核心，如此迫近「大屠房」，還在極短時間內剿滅了己方五十幾人。

「『豐義隆』有個叫『咒軍師』章帥的人，聽說會妖術……」

聽到正中路內異聲響起，其中比較大膽的人探頭朝路口裡察看。

「是騎——」

鎌首的騎隊瞬間衝出路口，硬生生把「屠房」這三百人切斷為兩半。掠過之際，鎌首單臂橫揮那根沉重的鐵矛。他的力量、鐵矛本身的分量再加上戰馬奔馳的衝力，那攻擊不是人體所能承受。連續三人被擊至飛在半空，他們著地前已然脊骨斷裂。屍體墜落在驚惶的人叢裡。

跟隨鎌首衝入人群的每個腥冷兒都是戰場騎兵出身，慣在馬背作戰，懂得借助馬匹衝力砍殺。長刀鋒刃過處，肌肉就像豆腐一樣。

站得較前的「屠房」流氓這時看清，來襲的只有幾十騎。可是後排的人都被這殺聲和氣勢震懾，忍不住往大街兩端逃命。

鎌首把馬首撥轉向左，領著騎隊朝北面衝鋒。前方數十碼就是「大屠房」所在。中間唯一的障礙是有大約二千斤人肉。從這裡殺出一條通道，就是鎌首的任務。

他兩腿挾緊馬腹，雙手左右揮旋那可怖的重鐵矛。有的人無處可躲下絕望地用兵器擋格。結果只是把自己的死亡延後了不夠眨一次眼的時間。

「砍馬！把馬砍倒！」

「屠房」的人終於想到這戰法，可是卻只得少數人夠膽執行，無法配合著一擁而上。這些慣戰的腥冷兒騎兵當然知道己方有這弱點，一看見有人衝過來，就把馬頭撥向那邊急衝，對方沒來得及準備，結果都是先被健馬撞翻倒和給馬蹄踹過，就算真在千鈞一髮間閃避到一側，又逃不過鞍上戰士的刀鋒。

有個腥冷兒的刀不巧卡死在敵人骨頭間，對方臨死前把他拉下了馬鞍，這腥冷兒立時被亂刀斬死。

一個流氓乘機搶上馬背，策馬想向騎隊攻擊。可是「屠房」中只有已出城的鐵氏兄弟直系部下受過嚴格的馬戰訓練，這奪馬者還沒有平衡好身體，就被兩個腥冷兒騎兵的回馬刀砍落鞍下。

鎌首知道在大街南段還有很多「屠房」的守衛，隨時將趕過來攻擊，他必須盡快開出通往「大屠房」的血路，因此也不再管湧過來的眾多敵人，只把鐵矛指向前方，全速策馬奔馳。

戰馬撞上了一堆流氓，馬的腳力無法支撐，兩隻前蹄屈倒。鎌首的龐大身軀朝前飛出去！

鎌首在半空中把鐵矛插到地上，雙手緊握著矛桿末端，頭下足上地翻起，到達高點才放開長矛，巧妙地轉身卸去衝力，安然雙足著陸。

他才站到地上就迅速拔出腰間鋼刀，同時水平揮出斬倒了一人。這柄環首鋼刀特別爲他而造，握柄較一般的刀長。鎌首雙手握刀，身體不斷旋轉，在敵叢中捲起一股血腥漩渦。

自從「萬年春」那一戰後，鎌首又變強了。現在即使被敵人全面包圍，他也沒有被擊中過一次。他明白了被圍困之時，不斷移動位置是活命的要訣。當然這種戰法對體力的消耗極其巨大。而體能本來就是鎌首最強的武器。

死屍在鎌首身邊漸漸堆積。地上聚起了血河。有的流氓在邊戰邊嘔吐。他們漸漸退卻。緩緩戒備後退的步伐逐漸加快，最終變成轉身沒命地奔逃。

——這不是人！是冥府爬上來的鬼！

當鎌首終於停下來時，手上的刀刃結著半分厚的血。

騎隊部下牽著一匹空馬過來接應他。鎌首收刀回鞘，拔起倒插在地上的鐵矛，跨上馬背。

「我們損失了多少人？」

「只有四個。」

「好！跟著我！」鎌首猛拉韁繩，撥轉戰馬朝大街南邊奔去。

另一半的「屠房」流氓剛才因爲受到鎌首的騎隊衝擊而往後退了數十碼，不久後就重新組織前進，想去夾攻那騎隊。可是狄斌及時率領了一百人步戰隊橫裡殺出，他們在大街中央佈起一列藤盾防禦陣。「屠房」的人衝擊過好幾次，卻因爲缺乏長槍之類武器，根本無法突破。

他們正準備再一次衝殺時，發現前方的藤盾陣突然全都蹲下來，露出身後由龍拜指揮的箭矢隊。

在筆直空曠的大街上，面對密集又缺乏防具的敵人，龍拜的部下幾乎不用瞄準。頻密的慘叫聲緊隨著羽箭的破空聲響起。

龍拜把箭矢隊分成兩排，前排的一放完箭就退下來再搭箭，另一排同時補上射擊。在這種軍隊才有的精密戰法面前，只習慣街頭亂鬥的「屠房」流氓猶如羔羊。這已經不是戰鬥，而是單方面的屠殺。

流氓驚覺只有繼續挨箭的份，頭目於是開始帶頭逃跑。

「停！別浪費了箭！」龍拜看見敵人已經全體逃命，馬上下令。

鎌首的騎隊這時到來會合。

「這裡由五哥的騎隊守著！」狄斌呼叫：「二哥的箭手，負責看著北臨街那頭！」

吳朝翼解散了藤盾陣。步戰隊裡半數的人將盾牌交了給箭矢隊，再紛紛從行囊掏出攻城用具。

「我們去了。」狄斌朝鐮首說。

「別用『去』字那麼難聽。」龍拜笑著插嘴。

「去吧。」鐮首用布帛把鐵矛上的血跡抹淨。**「把『大屠房』打下來後，我們一起在裡面喝酒。」**

□

在「大屠房」裡，朱牙和阿桑早就聽到外面的打鬥聲。

阿桑奔上大樓頂層，俯看大街上的戰況。他目睹那些全身黑衣的神秘敵人，如何閃電擊潰己方的佈防。

——他們這打法……絕不是「豐義隆」的人。是腥冷兒！

假如阿桑及時趕到安東大街上親自指揮，本來還有望抵擋——來敵不過百多兩百人左右，只要頂住他們第一波猛攻，「屠房」就能靠人數消耗取勝。可是敵人行動實在太過迅捷，阿桑根本沒來得及反應。

「守住『大屠房』圍牆四面！絕不可以讓對方攻進來！」阿桑急忙下令：「把所有弓手集合到頂樓這裡！」

這是決定生死的一戰，但是阿桑沒有半點緊張懼怕。十幾年前他就曾經比今天更接近地獄門口。自從頸項中過那一刀，他就沒有再害怕過死亡——每一天生命都等於是撿來的。

肥胖的朱牙這時才氣吁吁地跑上來。

「怎樣？」朱牙上氣不接下氣地問。

「快要攻來這裡。」阿桑冷靜地回答。「對方跟『大屠房』內守衛的人數應該相差不多，我們又有圍牆保護，能夠抵擋好一段時候，只要等散佈在外面城內的弟子來援救就行了。」

「可是……他們會來嗎？」

朱牙實在沒有這信心。

因爲他預見到，現在城裡正發生甚麼事。

□

安東大街爆發激戰的消息擴散後，城內各「屠房」的據點同時燃起火頭。

朱牙的直系部下聽了都相信，從大街出現進攻「大屠房」的必定是叛變一方的餘黨；而老俞伯、吹風和黑狗的舊部今天早就成了驚弓之鳥，一直恐懼朱牙要趁著今夜發動肅清。

最先的衝突在雞圍東北一帶爆發。這裡本來就各有雙方三、四十人遠遠對峙著，氣氛隨著夜深而越漸緊張：當大街遇襲的消息傳至，他們開始互相指罵。一個黑狗的舊部走出來，吐出一連串異常惡毒的髒話。朱牙那邊一個流氓忍不住，把手上的短斧擲了過去，砍傷那咒罵者的大腿。

這柄斧頭一擲出去，就再也無法收回來。

混戰立時展開。血腥迅速蔓延大半個雞圍，再把平西石胡同、平西街、善南街等地方都捲進去。「屠房」出現了永難彌補的裂痕。

朱牙的指揮權，迅速由全漂城縮小到只餘下「大屠房」。而「大屠房」即將面對它建成以來的最危險侵攻。

□

「可以準備反擊了。」在郊外營地上，于潤生向龐文英說。

「你真有這信心？」龐文英問。

「我那手下葉毅回報，負責奇襲的隊伍已經安全進入漂城南門。」于潤生說：「只要進了城牆，裡面沒有任何人、任何事情能夠阻擋他們。」

□

「大屠房」裡的弓箭手從五樓窗戶，朝下面狄斌指揮著的攻城隊發射一蓬箭雨。

戰場經驗豐富的吳朝翼卻早有準備，把持著藤盾的半數戰士平均分佈在部下之間，他們各自高舉著盾牌抵擋敵箭。這種堅硬的藤盾由龐文英特別購入，只有蠻區的羅孟族才有生產——羅孟族所居住的黎哈盆地，一向是「豐義隆」在西南內陸的重要鹽運關卡。

除了少數幾支箭能射進藤盾間的空隙之外，其餘全被抵住或彈開。狄斌帶頭領著攻城隊，像一群撐著紙傘避雨的旅人般緩緩前進，保持著一致的步伐。

到達「大屠房」南面圍牆底下時，他們只有一人中箭死亡，三人輕傷。

百名攻城兵散佈成長長的橫列，緊貼在圍牆外側。大樓上的「屠房」弓手已無法瞄準他們。

「準備油瓜！」狄斌下令。

二十名腥冷兒從行囊掏出人頭大的油紙包裹，解開後是一個個大瓜，頂部被削去一小片，再用蠟封住。

另有五名攻城隊員取出了火石和引子，熟練地燃起了火種。

在這南面圍牆的內側，「大屠房」近百個守衛也已集結著，佈好迎擊陣勢，隨時誅殺任何要越牆而來的腥冷兒。

雙方隔著那道丈高圍牆，站在伸手可及的近距離。

「拋！」狄斌喝令。

那二十個部下同時踏後三步，一起準確地把手上那大瓜拋越圍牆。他們的拋擲點都集中在圍牆中段一處。

牆內那些「屠房」守衛突然看見大堆異物越過牆頂墜來，都不敢伸手去接，紛紛走避。

大瓜墮落地上即破裂。瓜內所藏的燈油四濺，一些站得較近的「屠房」流氓都被油濺到衣服上。

——這種武器是吳朝翼想出來的：把田裡摘下的硬皮大瓜削去頂部，掏空了瓜肉，將瓜殼曬乾，然後注入燈油，再把切口蠟封。

「燒！」狄斌再吶喊。

另一批部下朝著同一處拋擲數十塊小石。每一塊都縛著燃燒的棉繩。

「是火！不要給點著了！媽的——」

「屠房」的人慌亂喊叫，卻毫無對策。

圍牆內瞬即燃起熊熊火焰。幾個「屠房」的人因爲衣服沾油也被燒著，瘋狂地亂竄及在地上打滾。

眾人的恐慌叫聲，掩蓋了鐵鉤搭上圍牆頂的聲音。

三十個最精悍的腥冷兒，臂上穿戴著鋼打的護腕，用牙咬著腰刀，像黑影般從牆頭躍下，趁對方仍陷入混亂之際，在牆內佈起已演習過多次的防守陣式，保住後面的爬牆通道。

這是今次進攻戰術最脆弱的一環：假如這三十人被迅速擊潰，隨後越牆而入的同伴，就會逐一成爲待宰的獵物。

「屠房」那些守衛當然馬上看出這點，全力向這三十個率先闖入者猛烈作三面圍攻。刀刃交擊出火花。腥冷兒只作最小動作的反擊，盡量保持著陣勢不要散開。他們的任務，是用性命守住這片牆內的空間，拖延時間讓更多同伴從牆外攀進來。

原本守在「大屠房」圍牆其他各處的人也陸續湧過來，數目一時達百多人。瘋狂圍攻那三十個腥冷兒。面對著接近五倍數量的敵人，這群精挑的腥冷兒即使再勇悍也難以抵擋，迅速就有四人中了刀斧倒下來。

可是也多得他們冒死頑抗著，第二波的黑衣戰士成功越牆而入，馬上加入支援。

「快！」站在牆外的吳朝翼催促著眾人全速攀爬鈎索。狄斌聽到牆裡淒厲的殺聲，深知必定有不少腥冷兒已在這關頭犧牲，心裡異常焦急。

——他們在這片牆前折損得越多，成功攻破「大屠房」的機會也就越低；奇襲若是失敗，最終所有人都要死。

這時爬進牆內參戰的腥冷兒已經有五十多人，數量仍只有「屠房」守衛的三分一。然而曾經在大戰場出生入死的腥冷兒，受過互相協防的軍訓，再加上後來者攜帶了一批藤盾，防禦力更增強，牆前的群戰漸漸變得膠著。這狀況對攻入的一方有利。

「砍死他們！砍他娘的臭屄！」「屠房」那些流氓就如平日在街頭毆鬥不斷呼叫著壯膽，當中夾了大半都是粗話；腥冷兒卻咬著牙專注防守，只有在需要彼此照應時才呼喊出短促號令。雙方的戰鬥姿態差異極大。

腥冷兒在拚鬥時很有耐性，總是等待對方衝殺而來並砍出刀斧，才用盾牌、兵器或是鋼護腕抵擋，再作出一次反擊，不論是否命中都絕不再追擊，目的只爲迫開對手，保持著防守陣式不亂。「屠房」人馬則只懂仗著人多的聲勢猛攻，同伴間彼此沒有協調，打法混亂得多。

「去吧！」吳朝翼率領著最後一批人攀越圍牆，同時呼喊：「就是死，也要跟同伴死在裡面！」

牆內再有十四個腥冷兒斃命或受重創倒下來。黑衣服滲著看不見的鮮血。被數倍的敵人三方夾擊，他們的防禦陣漸漸支持不下去。

「殺殺殺！」「屠房」中一個格外高大的漢子嘶叫著，揮動兩條鐵杖猛力攻打。這個大漢人們叫他狠頭，是朱牙直系親兵裡的一個小頭目，十二歲就第一次殺人，從前專門替賭坊討債維生，街頭搏鬥經驗極是豐富。這夜他一個人就殺傷了六名腥冷兒。那雙沉重的鐵杖一敲下來，刀刃打得崩缺扭曲，若是用鋼護腕去擋更會折斷臂骨；即使用藤盾抵得住，拿盾的人也會被震得退後三步。腥冷兒的守陣漸漸被狠頭打開了一個缺口，情況極是危急。

就在陣勢快要瓦解時，吳朝翼帶著的後援及時趕到了。幾面盾牌迅速填補上去，防禦陣得以恢復。

可是同時「屠房」那百多名守衛已經開始掌握聯合圍攻的法門，攻擊變得更集中和致命。腥冷兒處於下風。

站在牆頭上的狄斌居高臨下看清一切，迅速判斷著形勢。

——不行！要變另一著。

他怒吼。

然後「猛虎」狄斌誕生了。

沿著那只有一尺多寬的牆頭，狄斌拔步全速急奔，同時拔出腰間鋼刀。

在這黑夜中，奔跑於狹窄又凹凸不平的牆頂上，每一步只要錯踏分毫都會狠狠摔下來。狄斌卻無視這風險，邁開最大的腳步飛跑，就如走在平地一樣。

下面「屠房」那些守衛全都專注於面前的大混戰，誰也沒發現狄斌在上方這舉動。

站在大樓頂層上指揮的阿桑卻看見了。

——那傢伙想幹甚麼？

阿桑瞧著狄斌沿牆頭朝西面奔跑。「大屠房」的巨大鐵門就在西牆。

「射倒他！」

阿桑焦急地向身旁弓箭手下令。

狄斌居高於牆頭上，「屠房」弓手不必顧忌會傷及自己人，紛紛瞄準他發箭。

聽著羽箭從身旁破風擦過，狄斌連都沒有看一眼，更沒有慢下來，只是專心保持著平衡，繼續全速往前跑。

——你們射不中我。我有五哥造的護符。

沒有人知道是不是眞的因爲佛像護符產生了功效，射來的箭大多只落在狄斌身後，另有數箭刮破了黑衣服，在他身上劃出一道道血痕。還有一箭剛巧擊在他手上鋼刀的護手，反彈了開去。驚人的強運。

狄斌跑到圍牆西南角，已然遠離南牆的混戰。他馬上從牆頂躍下來，踏在「大屠房」的前院裡，無聲無息地向守著大鐵門那十二人奔近。

「不好！」阿桑心裡暗叫。雖然擁有十二對一的絕大優勢，但阿桑無法安心——他剛剛才目睹過鐮首單騎殺戮的場面。這些腥冷兒的頭領，似乎都有超人的能耐。阿桑隨即點起了九名親隨刀手奔向階梯，趕往樓下助戰。

當狄斌奔至八尺距離時，守門那十二人才發現這個突然出現的偷襲者。站得最近的人手握著短斧，正要朝狄斌砍擊——

狄斌的身體橫向飛躍，腰刀自外朝內抹斬，準確無比地把那持斧流氓的頸動脈割破！

——狄斌不知不覺間竟成功模仿了葛元昇的得意攻擊動作：身體與刀刃合而爲一，以最小的出刀幅度，命中敵人最脆弱致命的部位。

斬出如此精妙的一刀，連狄斌自己也吃了一驚。可是他知道現在沒時間多想——南牆那邊的眾多攻城隊部下，已然到了崩潰的界限。

第二個迎擊者出現在狄斌眼前，手裡使用的是一柄狄斌從沒見過的奇怪兵器，刃口帶著鋸齒，看來是個練過武的。

那柄怪刀橫砍向狄斌的臉。

狄斌前奔間突然半蹲，雙足交叉，身體轉了半圈，閃過攻擊同時，腰刀從低處朝外反斬出去，砍中對方膝內彎！

刃鋒把流氓的腿腱切斷。突然失卻了一邊腳的力量，流氓猛地向前摔倒，頭撞在地上，半昏迷地抱著劇痛的腿呻吟。

餘下那十人因爲目睹狄斌這連串高速而精準的刀招，不禁有些猶豫。狄斌卻未藉機喘息，反而立刻又向最接近的第三人撲去。

——這種擊倒一人後又馬上迅速侵略下個目標的野性戰意，跟鐮首很相似。

第三個敵人甚麼動作也沒做過，慌亂中已被狄斌又一記凌空斬擊砍開了咽喉。

狄斌氣喘吁吁地站在剩下那九個敵人跟前。黑色戰衣因爲剛才遭箭雨攻擊而破損處處，露出了底下白皙而帶血的皮膚。在暗夜裡乍看，殺氣凌厲的狄斌有如一頭長著白色斑紋的黑老虎。

「惡鬼……！」九個守衛裡，其中一個突然驚叫。「他就是雞圍裡那惡鬼！」

——他們錯把狄斌當作葛元昇，也並非全無原因。狄斌根本就在使著葛老三傳授的刀術。

九個人開始逐步後退。

——人是打不過鬼的……

其實狄斌的體力此刻消耗極大，只要九個人一擁而上就能把他分屍。

後退的腳步漸漸變成逃跑。九人驚慌地奔向南面那大夥的同伴。

狄斌把腰刀倒插地上，雙手托起大鐵門的門柵，花盡力氣把左半邊鐵門往後拉開。

「五哥！」狄斌以平生最大的聲音吶喊。

鎌首披散一頭長髮，挽著鐵矛策馬奔進「大屠房」前院。麾下三十五騎腥冷兒也緊隨殺入。

看見了渾身傷疲跪倒地上的狄斌，鎌首乘著馬勢俯身探出左臂，把狄斌整個人撈起來，抱在自己胸前，另一隻手仍挽著大鐵矛。

狄斌驟然與鎌首的雄偉肉體如此接近，本已累極的身軀突然又像貫注了新的力量，在鞍上坐穩了。

鎌首掖著狄斌的左臂如擁抱愛人般溫柔；揮舞鐵矛的右手卻貫滿了能絞碎骨肉的殺戮能量。他沒有握持韁索，只用雙腿挾緊著馬。

鎌首、狄斌、鐵矛與馬彷彿結成一體，就如**一尊擁有三頭四臂四腿的極惡戰神**。

阿桑正好在這時打開了「大屠房」城樓正門，遠遠與鎌首打了個照面。

兩人四目交投。

就像被某種本能驅策，阿桑立時又把大門隆然閤上。然後他才在腦海中自問：

——我到底在幹甚麼？

阿桑以為，自己在捱過頭上那一刀之後，就不會再有懼怕的東西。但此刻他腦海中深印著鎌首的眼神。

——我……我竟然在怕……

他久久無法提起勇氣把大門再次打開。跟隨在後的刀手，不解地瞧著阿桑二爺顫抖的背項。

鎌首當先殺向聚集在南牆前的「屠房」部眾。那些「屠房」守衛早就聽見馬蹄聲，此刻腹背受敵，剛才的優勢一瞬間逆轉，心裡升起巨大恐懼。

「大屠房」正門被攻破，對這些「屠房」守衛的士氣打擊，比實際戰鬥損傷還要重。他們畢竟只是流氓，混黑道說到底都是爲了吃口飯。敵人現在已經攻到「大屠房」主城樓門前。刀鋒已經迫近朱老總和阿桑二爺。兩個頭領要是死了，一切的命令和幫會規條都不再有任何意義。

狄斌從馬鞍上察覺這些「屠房」守衛的表情變化，看出他們正處於意志搖擺的時刻。他想起四年前那一夜，于潤生曾經對三十一個刺殺兵說過的那句話。

「五哥等一等！先別打！」狄斌高呼。

鎌首把已高舉的鐵矛緩緩放下，並勒住了馬。夾著敵人前後的腥冷兒騎隊與攻城隊，也全都停止了攻擊。雙方靜默地對峙，原本殺聲震天的場面，頓時化爲更可怕的寂靜。

狄斌從鎌首的坐騎上躍下來，瞧著前面那些「屠房」守衛，問了跟那夜的于隊目問過一樣的話：

「你們是不是還打算為別人送掉生命？」

「屠房」漢子們呼吸變得重濁。百多顆心臟加快跳動。

不知當中哪一個首先把刀丟到地上。接著又是一柄斧頭。拋到地上的兵器很快就堆積起來。

「不想打的人，離開。」狄斌很小心地說，沒有故意侮辱對方，語氣也盡量保持平靜，以免把「屠房」眾人喪失的鬥志再次激發。

這時龍拜也帶著弓隊衝進了「大屠房」前院。大局已然決定。

放棄了抵抗的百名「屠房」部眾，因爲恐懼而緊緊靠在一起，他們成群地慢慢走向大鐵門。直至接近了門口，又確定對方無意追殺，他們就紛紛低頭拔腿逃出了大門。

最後只餘下六個人沒有逃跑，仍然夾在腥冷兒的包圍裡。雙手仍緊握染血鐵杖的狠頭是其中一個。

「你們還是走吧。」狄斌嘆息說。

狠頭舐舐已乾裂的嘴唇，決絕地搖頭。

「好！」鐮首躍下馬鞍，拋去了大鐵矛，拔出了腰間長刀。「我一個跟你打！」

「不可以！」狄斌的聲音裡，透著過去沒有的威嚴。「現在不是說道義的時候。我們只需要勝利。」

他揮揮手，示意吳朝翼發動最後的攻擊。

□

一名「屠房」使者騎著馬，全速奔馳在漂城西北方的官道上，目的地是鐵爪四爺所在的岱鎮。

他要傳達的消息只有一個：「大屠房」受到敵人的攻擊。

面前還有大半路程。他不知道，現在已經太遲了。

□

狄斌指示部下把大鐵門關上，再下令所有人貼近包圍在「大屠房」主樓四壁，以免受到樓上窗戶的箭擊。

他知道要說服朱牙和阿桑投降是不可能的事。兩人也必定很清楚自己的處境：投降其實就是死。

可是要強攻入這座大樓裡也不容易。首先他們無法確定裡面的佈置，有沒有甚麼陷阱機關；又不知道樓內確實的敵人數目。更別說要花時間將朱牙找出來。

于潤生當然早已想到這一點，所以預先就決定了對策：火攻。

腥冷兒很快就把主樓正、後及兩邊側門都燒著了，又從前院採集草木，燃點後就往樓下窗戶投進去。

「大屠房」樓下的前廳冒起大火。熱力迫使腥冷兒都撤退到前院。他們不忘架起藤盾陣，以防止敵人從樓上的窗戶作垂死射擊。

吳朝翼趁這時點算一下部下，向狄斌報告：「剛才共折損四十三人。」

「死了這麼多？」狄斌露出難過的神情。

「不算多了。」吳朝翼跟狄斌說話的語氣比從前恭敬得多。最初知道要由這個「白豆」當陣前總指揮時，吳朝翼曾經覺得不妥當。可是經過今夜，他對狄斌已然完全信服。「我們這一仗，擊退了多我們幾倍的敵人，還強行攻破了一座城塞啊。只死這些許……」

「算了。不要再說。」狄斌凝視眼前的火光。

「大屠房」低層已經完全被火焰吞噬。濃煙像不斷改變形貌的猛獸群，朝著上層不斷爬上去。

□

鐵爪只在「興雲館」的客房裡休息了一陣，又再點起燈火，把從衙門拿來的地圖取出，研究著岱鎮與桑麻之間的地勢佈置。

小鴉沒有敲門，就直接跑了進來。

「甚麼事？」鐵爪看著他的臉色，知道必然有大變發生

「漂城那邊……好像有事情發生。四爺還是自己過來看看。」

小鴉帶著鐵爪走到「興雲館」二樓房間。那裡有一面朝東的窗戶。

「在那邊。」小鴉指向東南的天空。

晴朗秋夜的月色十分明亮。鐵爪清楚看見，漂城所在處 的上空冒著一大團煙霧，在月光反映下顯成深灰色。

「那看來是很大的火。」小鴉說：「漂城出事了。」

「這裡交給我弟弟。」鐵爪轉身：「把騎隊點起來。我們馬上趕回去看看。」

□

雷義這時站在安東大街南端，遙遙仰視「大屠房」的火光。

在他眼中所見的，是一場葬送漂城舊權威的祭禮。

「于潤生……我們明天見。」

□

正在城內各處爆發的「屠房」派系內訌也暫時平息了。雙方都在遠遠觀看「大屠房」的大火。

——朱老總已經死了。

「屠房」的人都深信不疑。

朱牙和阿桑的部下在計議，是不是要向「大屠房」援救。

「根本就不知道敵人實力，要去送死嗎？」

「朱老總都死了，要救也救不及！」

「還是等鐵爪四爺回來，再連同所有兄弟反擊！」

「我們要是現在去救『大屠房』，說不定叛徒會趁機從後面打過來！」

「屠房」的眾多頭目也開始產生不少私心：原有的領導層已然崩潰，現在是自立山頭的最好時機；不如在這時候保留實力，將來說不定我就是下一個「老總」！

各「屠房」部屬之間因此開始出現了猜疑。

同樣的情形也發生在老俞伯、吹風和黑狗的舊部間。朱老總既已倒了，就再也沒有人追究他們叛逆之身。恐懼減輕後，野心就趁機冒起。這是黑道中人的本能。

於是原已分裂的「屠房」，因為這場火而進一步崩解。

□

「大屠房」樓下正門終於打開來。

三個衣服都燒焦了的「屠房」部下，從火場發瘋般逃出來，立時被腥冷兒抓著。

「朱牙和阿桑在哪裡？」狄斌迫問。

三人被濃煙嗆得說不出話來。狄斌招招手，著人把水壺遞給俘虜。他們吃力地搶著水喝。

「說！」鎌首把刀鋒架在其中一人的頸項上。

「二爺……不，阿桑不知幹甚麼，像呆子般坐在二樓房間不肯走，現在……大概已經燒成了灰……」

鎌首愕然。他猜想，阿桑大概不願意死在敵人刀下吧？無法親自解決「屠刀手」，鎌首感到有些遺憾。

「朱牙呢？」狄斌再逼問。

「老總……好像在頂層……我沒有看見他……」

再有十多名「屠房」守衛從正門奔出，其中兩個剛踏出門外就昏迷了。他們也遭一一俘虜。可是仍未看見朱牙的蹤影。

「是老總！在那裡！」其中一名俘虜指向上方。

狄斌仰頭看見：一個胖壯的身影攀爬出來「大屠房」四樓一扇窗戶外，雙手扳著石窗台，雙腿在空中無意識般亂踢。

「哈哈……」龍拜笑得捧腹：「這就是雄霸漂城十多年的黑道老大嗎？」

他拍拍狄斌的肩，又繼續說：「白豆，你知道嗎？這是天意。你看朱牙這模樣！怎麼看也不配壓在我們頭上啊。是老天派我們來取代他的！好，看我把他趕下來！」

龍拜挽起弓箭，走近那面牆下，朝窗戶上的朱牙高叫：「臭豬玀！你不下來，我可要把箭射進你屁眼啦！」

朱牙往下瞧瞧，看見龍拜正向自己彎弓搭箭。

「我現在數三聲！一！」

朱牙雙臂已經痲痺，無法承受自己的體重。他仰起頭，看著已逐漸迫近窗戶的火光。

「二！」

朱牙又再低頭看向地面。到了這種絕境，他仍然不想死。

就是這種永不放棄的意志，令他坐上漂城黑道王者的寶座。可是如今也是同一種意志在折磨著他。

「三——」

朱牙的手指因爲汗水而從窗台滑落。癡肥的身軀沿著樓壁迅速墜下，接連撞破了三樓和二樓的瓦簷，背項重重著地。

龍拜收起弓箭，跑過去察看。狄斌和鎌首也隨之到來。

朱牙仍沒有斷氣。他只感到全身都失去了知覺，意識漸漸模糊。他的脊骨已然斷裂。

狄斌半蹲在朱牙身旁，細看這個敵首的蒼白臉孔，目中閃出勝利的快意。

「你……我根本不認識你……」朱牙迷惘地凝視著狄斌：「你是誰……我不認識你……你……我沒有見過你……他媽的……你爲甚麼要……殺我……你是誰？……」

朱牙的悽絕聲音，更激刺起狄斌的興奮心情。他決定開一個玩笑，把臉更靠近朱牙。

「看著我。在你斷氣前好好看著我。記著這張臉，也記著我的名字。我叫于潤生。記得嗎？」

「于……潤……生……」朱牙像剛學會說話的稚童，一字一字地重複著。

「很好。」狄斌輕拍朱牙的臉頰。「好了。現在你可以死了。」

他站起來朝著龍拜笑說：「二哥，萬群立和吃骨頭都是死在你的箭下。這似乎帶給我們好運。我看還是不要打破這個習慣。」

「我等了這一天好久了。」龍拜彎著身，近距離搭箭瞄準著朱牙的頭。

「看著這裡！記著是誰殺你的！」

朱牙的頸項卻已無法移動。

「媽的！」龍拜把弓放鬆了，走近到朱牙身旁，一腳踏在朱牙的肚皮上，從正上方把箭對準朱牙雙目之間。

朱牙看著那箭尖，發出激烈的驚呼。

弓弦彈動。

□

鐵爪率領著六百騎部下，舉著火把在午夜時分馳出岱鎮東門，以最快速度趕回漂城。

大約一刻鐘後，鐵爪接近了「豐義隆」在道旁所設、由卓曉陽帶領的第一路伏兵。

卓曉陽知道眼前的就是殺害他兩個師哥的凶手。他緊咬著牙齒，耐心地等待鐵爪的大隊通過，並且一邊粗略點算著人馬數目。

就跟于潤生的預計一樣，鐵爪爲了盡快回城，只帶著騎士。「豐義隆」未費一兵一卒，對方已自行把兵力分成兩半。

「太好了……」卓曉陽暗想。他舉著左手，指示麾下那百餘部眾靜止不動。他這路伏兵全數徒步，現在殺出去突襲就難以脫離，必須等待與其他三路伏兵一起行動。

卓曉陽目送著鐵爪的騎隊，進入第二重伏兵的攻擊範圍。

這二重伏兵共有兩路，北側由文四喜率領，南邊則是「兀鷹」陸隼。

智囊出身的文四喜第一次陣前帶兵，心裡不免很緊張，到了這時仍在心裡反覆檢查戰術有沒有漏洞。

陸隼則把鐵鍊握得很緊。五年來他在漂城裡吃過無數敗仗，眼前終於有了擊敗「屠房」的絕佳機會。可是想到要跟可怕的鐵爪對陣，陸隼心裡還是存著憂慮。他深知「四大門生」的實力有多強。而鐵爪卻舉手間就殺死了左鋒和童暮城兩個高手。

幸而率領最後一路伏兵的沈兵辰，一向比三個師弟強出一截，說不定足以與鐵爪一拚。不過陸隼又想：沈兵辰已經多年沒有出過手，是否仍然保持著從前的身手實力？……

正在黑夜道路上全速奔馳的「屠房」騎隊，形成一條長列行進。鐵爪深知這樣極不安全，可是他已沒有時間再調整陣勢了，盡快回城是首要急務。

他心裡湧起了千百個念頭：那火災是怎麼回事？難道朱老總出事了？城裡還有上千的兄弟，就算敵人來偷襲，憑著「大屠房」的地利也應當守得住啊！何況敵人也不可能無聲無息就潛進城裡——除非「豐義隆」在城內有個實力不小的內應。是查嵩嗎？不可能……

一絲不祥的預感，如閃電般劃過鐵爪腦海。他猛然勒止坐騎。

小鴉的馬衝前了十多步才停下來。其餘部下也馬上勒緊韁繩。後段的騎士因為勒馬較慢，險此與前頭的同伴撞上，幸而這些鐵爪的直系部下都久經調練，才沒有造成混亂。

「四爺！」小鴉憂心地看著鐵爪。

「有伏兵。馬上佈陣。」

正當鐵爪此話一出，道路前方就出現了人馬的黑影。

「在前頭！」小鴉吶喊：「人數不多！我們衝過去！」

鐵爪卻看見：前頭的敵人裡有個特別的身影：一個背項上交叉負著雙兵刃的騎士。鐵爪聽過沈兵辰的名字。

「不！要防守兩側——」鐵爪呼叫同時，北面文四喜的弓手從樹林間發射出一蓬箭雨。鐵爪那長列騎隊從側面受這箭矢射擊，在狹窄的道路上根本無處閃避。

卓曉陽的步刀手緊接著從道路後方出現。「屠房」騎隊的後部立即撥轉馬頭，準備迎接這偷襲。

此時鐵爪的部隊前半正對沈兵辰，後半的則轉迎卓曉陽，中段由於文四喜的弓箭襲擊而出現了空隙，令騎隊指揮出現裂縫。

陸隼這時帶著伏兵衝鋒，把這裂縫再擴大。他揮舞著殺人鐵鍊，帶領百多名在漂城征戰多年的親隨，攔腰向敵陣中央突擊。

由於在狹道上轉向較困難，騎馬的「屠房」戰士，在靈巧上反而輸給陸隼的徒步打手。

陸隼這隊伍如尖刀般插進了「屠房」騎隊中央。同時前頭的沈兵辰和後方的卓曉陽也在壓迫。文四喜的部下則趁機把弓箭換成近戰兵器。

衝入了敵陣時，陸隼指揮的刀斧手盡量壓低身體，以閃避鞍上敵人的攻擊，卻把攻擊目標放在敵人的坐騎上。刀鋒和斧刃砍斷了一條接一條馬腿。他們卻沒有停留下來追擊墮馬的敵人，而是乘勢向對面衝擊出一個缺口，遵從龐文英下令一擊馬上脫離的戰術。

文四喜的隊伍緊接著也發動起攻勢，從另一側沿著同一缺口衝殺，再脫離進入對面樹林。

這接連的兩波攻擊，成功把鐵爪的騎隊完全分割成前後兩半。

「別理會！全體向前衝鋒！」鐵爪憤怒地吼叫。可是後半的「屠房」騎士此時已與卓曉陽的隊伍陷入纏戰；而陸隼在樹林中稍微調整陣勢後，也加入圍剿這後半支騎隊。

鐵爪無法再顧及他們。他此刻心裡只有「大屠房」。領著前頭三百騎，鐵爪全速朝前奔馳，迎著沈兵辰展開衝鋒。

沈兵辰所領那二百人亦全是騎士。他迅速拔出了背上雙劍，膝蓋挾緊馬鞍，帶領部下與鐵爪正面硬碰。

「還我師弟命來！」一向冷靜如冰的沈兵辰，此刻神情完全改變。長髮隨著急馳而飄飛，露出漲成赤紅的臉。連額上血管也清晰可見。

沈兵辰與鐵爪坐騎相遇。

鐵爪四爺雙掌捏成鳥爪狀。

沈兵辰雙劍交叉如剪刀。

鐵爪在與敵人交接的剎那從鞍上飛起，躍到沈兵辰的上方，頭下足上，迅疾伸出左爪攻擊沈兵辰腦門！

這攻擊方式，與當天在漂城擊殺童暮城的招術一模一樣。

可是沈兵辰的反應速度比童暮城快得多。他沒有轉動視線，看也不看就揮起左劍撩削向鐵爪攻過來的左手，右劍同時筆直朝上刺擊鐵爪的臉！

沈兵辰卻沒想到，鐵爪整個人完全凌空，仍能變招。

鐵爪的腰肢劇烈扭動，身體急激翻轉，閃過了沈兵辰那兩柄殺氣騰騰的長劍，同時右腿朝後猛踢，擊中了沈兵辰背項！

鐵爪借這一踹之力朝前繼續飛躍，單身殺進了「豐義隆」的騎兵陣。

同時沈兵辰咯血墮鞍。

一個「屠房」騎士想撿現成的便宜，驅馬向翻倒地上的沈兵辰踏踹。然而沈兵辰著地後毫無停滯，往旁翻滾閃過踏來的馬蹄，順勢一劍反撩，先斬破了馬腹，劍尖的餘勢再把騎士的右腿割開！

鐵爪這時躍到最接近那騎敵人跟前，雙爪在胸前撥轉，左爪奪刀，右爪同時扯脫敵人顎骨。他一旋身就坐上了馬頸，右肘反打把已重傷的敵人擊落鞍下。

雙方騎隊正面交鋒。馬匹互相撞擊。長槍貫穿胸膛。刀刃砍開肌肉。馬蹄踹碎骨骼。馬血與人血混合。韁繩斷裂。騎士墮下後腳掌仍掛在馬蹬上，被不住拖行。失去頭顱的騎士安坐在鞍上，彷彿仍在策馬。

臉頰和右腰被割傷的小鴉，成功帶著二百騎衝出敵陣，與鐵爪會合。

「四爺，沒事吧？」小鴉連臉上血跡也懶得抹去，讓它滴落在馬鬃上。

鐵爪眺望過去。他遺下的那後半支騎隊乏人指揮，被卓曉陽、陸隼和文四喜三面圍攻，餘下已只有百多騎。

沈兵辰在部下協助之下重新登上馬鞍。他指揮著殘餘的百騎重組陣勢，撥轉過來再次向鐵爪進迫。

「怎麼辦？」小鴉的心亂極。他從沒想過，鐵爪四爺親自率領的部隊也會有天如此狼狽。是要救援被圍攻的兄弟？還是趁這機會全速趕回漂城？但是己方的馬匹已經走了一天路，對方卻以逸待勞，現在即使脫走，始終也會在回到漂城前被追上……

然後小鴉看見更令他絕望的情景：

在西首的路道末端，又有另一路敵人出現。

龐文英、于潤生和齊楚率領著二百多名主力，這時終於抵達。爲了避過在岱鎮駐守的鐵鎚，他們必須繞往北面另一條道路行走，再南下到來。幸而于潤生對時機的掌握甚準確，提早了出發的時候，恰好在這重要時刻趕上。

「豐義隆」的兵力驟增至七百餘人。除非在岱鎮的鐵鎚率領六百人來援，否則鐵爪的騎隊難逃全軍覆沒的命運。但那根本不可能發生——鐵鎚帶著的全是徒步的部下，現在有三分一已在岱鎮睡覺。

「四爺，你回城吧。」小鴉忽然說。「這裡由我擋著。」

「你說甚麼？」鐵爪怒然說：「你要我放下這些兄弟不管，獨自逃生嗎？」

「四爺，是爲了大局。城裡還有過千的『屠房』兄弟。要是朱老總有甚麼不測，只要你能回城去，就能夠把他們召集起來。」小鴉說話時神情極冷靜。「五爺或許仍能夠守住岱鎮。明晨我們集合起所有力量，對上『豐義隆』仍在人數上佔了優勢。」

「不對！應該由我擋著！」鐵爪激動地說：「你回城去找救兵來。朱老總不會有事的。我在這裡，最少比你多殺三、四十人！」

小鴉搖搖頭：「四爺才是『屠刀手』。全幫上下沒有人不敬佩四爺。你不可以犧牲在這場必敗的仗裡。接著的反擊，才更需要你帶領。」

小鴉的每句話，鐵爪都無從反駁。

「四爺快走吧！別像個女人，他媽的在這裡拖拉！」小鴉罵著時，嘴唇在顫抖。

「你這小子……」

鐵爪把馬首撥轉，並且回頭說：「不要死掉！」再掃視一下其他部眾：「你們也是！」

他說完迅速回過頭，不讓部下看見自己的眼淚。把騎隊留了下來，鐵爪低著頭，全神驅策坐騎，在黑夜裡往漂城全速急馳。

沈兵辰看見鐵爪四爺竟拋下了部屬一個人逃走，大感意外。但他馬上就明白了鐵爪趕回漂城的用意。

——絕不能讓鐵爪回漂城！

——他是想趕回城去重新召集部眾，爲「屠房」翻盤！

沈兵辰馬上重新組織起旗下「豐義隆」戰士，準備第二輪衝鋒。

小鴉則號令騎隊盡量往横擴張。

「不得讓任何敵人衝過去追四爺！要用一切方法把北佬擋下來！槍桿、刀子斷了就用馬去撞！馬死了就用身體去擋！」

這時在龐文英的主力部隊加入之下，後頭那半支「屠房」騎隊已被迅速剿滅。道路上只餘小鴉所率領的二百孤軍，無畏地面對著七百個敵人。

□

查嵩原本想出動守城軍隊壓制漂城內的亂局，然而狄斌的行動實在太快，查嵩才剛召來軍官，就收到「大屠房」被攻陷的消息，同時城內各派系的「屠房」人馬也已停戰。現在才出動軍兵已經變得毫無意義，反而會引起朝廷注意和查問。

收到南門守衛軍官的投訴後，查嵩馬上召見雷義。

「你這小子！我不該讓你坐上這個位置！」查嵩怒瞪著看來毫不在乎的雷義：「你這樣做，知道我可以依法把你就地處斬嗎？」

雷義仍是神態自若，對「處斬」這詞絲毫未動容。

「知事大人，算了吧。你應該知道，一切都已經完結了。」

「你……說甚麼？」

「你以爲我放進城內的那夥人是『豐義隆』嗎？」

查嵩皺眉：「不是『豐義隆』又是誰？」

「是腥冷兒。」雷義笑著說：「一夥與『豐義隆』結盟的腥冷兒。」

查嵩極是愕然。他在心裡盤算：最初以爲雷義被「豐義隆」收買了，那麼把他除掉也沒大礙，以後還可以直接與龐文英談；可是現在多了一班可怕的腥冷兒，實力足以在短時間內把朱牙消滅，那將是漂城內一股不可忽視的新勢力……

「你跟這夥腥冷兒……走得很近嗎？」

雷義的表情帶著神秘：「他們的頭領，跟我是好朋友。」

——那麼說還需要借助這小子，穩住那個厲害的傢伙……

「雷義你給我聽著：再有這種擅作主張的動作，就是找龐老頭出面也保不住你！」

雷義早就摸透查嵩的想法，對於這恫嚇完全不為所動。不過他表面上還是要對這上司表示尊敬，也就俯首說：「是。」

「還有……等城裡的事情全平息了後，你就正式升為役頭吧。」

——哼，我早就是役頭了。

雷義在心中冷笑。

□

狄斌的奇襲隊仍然駐守在「大屠房」的前院裡。其中大半的人在四側圍牆及鐵門內戒備著，餘下則是傷者，經過包紮後圍聚起來休息。

「你們要小心。」狄斌指向仍在焚燒瓦解的城樓。「別給上面跌下來的東西打中。」

龍拜現在變得憂心：後頭是燒得正旺的「大屠房」；圍牆外則是滿街的敵人。

「白豆，我們不如趁這時候撤出漂城再說。」

「不行。」狄斌決絕地搖頭：「現在城裡局面還未完全定下來。『屠房』仍有許多部下。要是其中一系的頭目到來奪回『大屠房』，也許就會重新把『屠房』的部眾集結起來。我們必須死守這裡。是老大的命令。」

「大屠房」城樓雖毀，但這地點仍然是權威的象徵。城內不少「屠房」頭目確實都想過進攻「大屠房」的念頭——誰親手替朱老總報仇，就能迅速樹立自己的威信。只是「屠房」兩派剛剛才敵對，此刻仍在互相牽制，誰也不敢再胡亂出陣。

現在除非有一個在「屠房」裡具有壓倒威信的人出現，才會改變這個局面。

□

鐵爪四爺單騎在官道上奔馳。由於已是末秋，天色久久還未轉明，前路一片晦暗。

他從未感覺像如此孤寂。

這時鐵爪聽到了道路前方傳來馬蹄聲。鐵爪馬上提高警覺，高舉從敵人手上奪來的腰刀，作出騎馬迎擊的姿勢。

來者只有孤單一騎。

「四爺！」那騎者呼叫著。原來就是從漂城來的「屠房」急使。

「甚麼事？」鐵爪到了使者跟前時勒住了馬，焦急地問。

「『大屠房』……」使者喘著氣回答：「『大屠房』被敵人突襲啦！我剛才看見城裡冒著煙火，恐怕情形很兇險……」

「別跟著我。你向南面逃。有敵人從後追著我。」鐵爪說完拋下那使者，冷冷地驅馬朝漂城急奔。

——朱老總眞的出事了……

鐵爪不欲再多想，可是他始終無法擺脫強烈的懊悔。要不是因爲被私仇沖昏頭腦，違抗了朱老總的回師命令，就不會出現這種局面……

鐵爪一邊策馬，一邊發出苦悶的吼叫。

□

小鴉的頭顱穿在槍尖上，被卓曉陽高高舉起。

這一仗「豐義隆」雖然在人數上佔優，又成功運用了伏擊圍剿戰術，但亦折損了五分一人。鐵爪的直系精銳戰力之強，出乎龐文英意料。

于潤生也料想不到，鐵爪竟會拋下部眾獨自突圍逃亡。看來鐵爪的性格比于潤生想像中還要冷靜理智。

龐文英、沈兵辰和于潤生馬上就率領二百名精英騎兵，全速向鐵爪追擊。

絕對不可以讓鐵爪回到漂城。他的威望與漂城「屠房」殘部的兵力結合，將產生未可預計的力量。

□

到達漂城北面半里外時，鐵爪的坐騎終於不支倒下。他及時翻身躍起，離鞍著陸。

天色微明，漂城北門已近在眼前。鐵爪已十分疲倦，卻仍沒有停步，朝著城門奔跑過去。

這時他看見漂城上方那大團烏雲似的濃煙，已可確定焚燒中的就是「大屠房」……

——復仇！

胸中血氣翻湧的鐵爪四爺，奔上了跨越漂城下游的北橋。牛皮快靴在石橋上踏得登登作響。

他卻在這時突然停步。

因爲他看見，在緊閉的北城門之前，出現了一條身影。

一個像刀的人。

鐵爪已許多年沒有感受過如此強烈的殺氣——即使敵人仍在三十尺之遙。

那甚至不是一般的殺氣。其中隱透著對天地間一切生命都無視的魔性。

鐵爪知道，此人必然就是「屠房」部下間流傳那個雞圍「惡鬼」。

但這確實是個人。

只要是人，就能夠殺死。

鐵爪緩緩步向北城門，走近對方，這才終於看清葛元昇的臉。

一張沒有頭髮、沒有眉毛、沒有鬍鬚的臉。乾淨得就像今夜月色。

鐵爪卻看不見葛元昇的兵刃。

葛元昇右拳反握著刀柄，把刃鋒藏在手臂後。

即使看不見，鐵爪卻憑經驗和直覺判斷，對方兵刃甚短，最多不滿兩尺。敢用這種短刃的人，第一擊必定非常精準致命。

鐵爪知道，此刻已不容試探對手虛實。雙方的第一次攻擊，也將是最後一次。

鐵爪因此拋去了腰刀。他必須在一開始就使用自己最強的武器：雙手。

葛元昇同時也朝鐵爪邁步。

就像高超的棋士能夠記憶自己弈過的每一局，鐵爪也深刻記得生命裡每一場搏鬥的過程——即使是年輕時與恩師及兩個弟弟的對練也不例外。這種對武鬥的虔誠，就是他至今不敗的秘密。

反手握刀和使用短刃的敵人，鐵爪過去殺過不少。就在與葛元昇拉近距離同時，鐵爪迅速回想過去每一次相近的戰例，再把那些敵人與眼前葛元昇的身材、姿勢及神態做出比較，預測葛元昇可能作出的各種動作，擬想應對這每一動作的招術。

經過如此精確的計算，鐵爪迅速決定出對付葛元昇的戰法。

可是還有一個因素鐵爪永遠無法預計，那就是速度。葛元昇的刀到底有多快？鐵爪不能斷定。

鐵爪對自己的速度也有充分信心。可是「快」是沒有上限的。

兩人接近到五尺半時就同時停步。兩人心目中的最佳攻擊距離竟不謀而合。這刻鐵爪更加肯定，葛元昇也是習慣以快招取勝的高手。

雙方一時都無法出手。鐵爪知道後面的「豐義隆」追兵很快就要趕來。他告誡自己這時絕不可焦急。在實力如此接近的對決裡，心靈的一點點漏洞都足以致敗。

「你……叫甚麼名字？」鐵爪問。

葛元昇只是搖搖頭。

「我叫鐵爪。」

葛元昇點點頭。

「你知道就好了。」

在說完最後一個「了」字同時鐵爪就發動，比葛元昇稍早一剎那。

鐵爪的左手往葛元昇握刀的右腕抓過去，同時右手則化爲插掌，疾攻葛元昇喉嚨。他以挺直的指插代替屈曲的爪狀，是爲了爭取每一分寸的距離優勢。

——他看出葛元昇既然以反手握刀，攻擊必定呈弧形進行。自己只要用直線出手，就能夠彌補在沒有兵刃下攻擊距離的不利。左爪擒向對方握刀的手腕只是虛招，以延緩對手出擊。

一切都在鐵爪計算之內。葛元昇也一如他預料，刀刃從斜下方反撩向他的左腰。

——勝了……？

當鐵爪的眼角餘光瞥見「殺草」那閃動寒芒時，才知道自己錯了。

葛元昇揮刀的速度，遠超鐵爪猜想！

——不可能！

鐵爪判斷出來：葛元昇的刀將比自己手指更快擊中目標！

——他同時明白了葛元昇快刀的秘密：那動作根本全無自保意識。眼前是一頭連自己的生命亦無視的怪物。

——不行！要變招！不變就是死！

鐵爪下了一個痛苦的決定。

他把左臂迎向「殺草」刃鋒！

「殺草」爽快地切進了鐵爪左前臂皮肉。就在將要把骨頭也砍斷之時，鐵爪的臂肌卻強烈緊縮，從而把「殺草」的刃身吸住！

葛元昇首次露出錯愕神情。他從來沒想過，世上竟有這種慘烈的戰法，能夠阻止「殺草」的刀刃前進。

鐵爪知道這方法阻止不了刀鋒多久。葛元昇的刀招仍在運行中。「殺草」比鐵爪預想更要鋒利。那寒霜般的兩尺鋒刃，將要把他的手臂連同身體斬破。

因此鐵爪放棄了對葛元昇咽喉的攻擊。右掌化為爪狀，自上而下劃出一個美麗的彎弧，抓住了葛元昇握刀的右臂！

葛元昇把所有的力量貫注在刀刃上。鐵爪的左前臂完全切斷。

然而「殺草」已再無法繼續前進。

因為鐵爪的右手五指，陷進了葛元昇握刀手腕的肌膚。

鐵爪無視斷臂之痛，雙足發力一蹬，身體朝上翻旋，將這所有力量集中在右爪上，硬生生把葛元昇的右手拔離了前臂！

而那隻右拳仍然握著「殺草」。

兩人的熱血同時噴灑在石橋上。

鐵爪著地時一陣昏眩，左膝因乏力而跪倒。他仰起蒼白的臉瞧向對手，卻發現葛元昇已陷入崩潰。

葛元昇剛才那股充盈殺氣完全消失。體勢軟弱得像突然衰老了三十年。所有的分泌都失控了：眼淚、唾液、冷汗、糞便、尿液……眼睛失神地瞧向天空。

鐵爪不知道：葛元昇身體與心靈徹底崩壞，不是因爲失去了右手。

而是因為失去了「殺草」。

葛元昇此刻腦海裡不斷迴響著父親的聲音：「昇……我說過，不要拔『殺草』……不要……」

鐵爪結束了這個場面。他把手裡那隻握著刀的斷掌，猛力搗向葛元昇咽喉。

於是葛元昇終於完成了家族的神秘宿命：他死在自己手掌緊握著的「殺草」上。

——而他這短促生命的所有黑暗秘密，也隨著死亡而湮滅，成爲永遠無法解答的謎。

鐵爪半跪在橋上，看著這個奇異對手的屍體，一時無法平復激動的心情。

西面遠處傳來的馬蹄聲驚醒了他。在鐵爪耳裡，那大隊人馬的蹄音，就是絕望的喪鐘。

——一切就這樣完結了嗎……不可以，我要活下去……要報仇！我不要死在這裡！我的命不只屬於自己，也屬於所有兄弟……

鐵爪勉力俯身，撿起自己的斷臂，塞進早就沾滿血的衣襟裡。他攀過石橋旁的欄杆，縱身躍入漂河。

鐵爪的身體在漂河上隨水漂浮了一會，然後就沉進了混濁的河水，消失不見。

□

漂城黑道的權力交替，就在一夜之內完成。

第十一章
遠離顛倒夢想

由於忙著收拾漂城內的局面，于潤生足足等了五天，才能夠爲葛元昇舉行葬禮。

冥儀在破石里的「老巢」裡秘密進行。龍拜曾經堅持要公開發喪，並且把葬禮辦得隆重一點，卻被于潤生反對。

「現在不是張揚的時候。」于潤生斷然說：「老二，給些耐心。等兩年吧。兩年之後，每年老三的死忌，全漂城的人都會知道，所有人都會在那一天悼念他。」

返回漂城之後，于潤生取回「老巢」繼續作根據地，並馬上招納更多城內的腥冷兒。「大屠房」一戰，令于潤生和他的結義兄弟迅速成名。如今「屠房」已然瓦解，漂城又再次充滿機會，腥冷兒都希望尋得強大靠山。于潤生的部眾，在短短幾天內就增加到三百餘人。

葛元昇的葬禮儀式十分簡樸。龐文英送的那口上好棺木放在正中央。靈牌前供著香燭果品，還有橫放在木架上的「殺草」。

全身披麻的狄斌跪在瓦盆跟前，不斷把紙錢撒進火焰裡。自從當天黎明得知葛元昇的死訊，狄斌至今沒說過一句話。他是攻破「大屠房」的最大功臣，理應在這時享受著讚美與榮譽。可是他一閉起眼，想到的就是在戰場上葛小哥的身影；還有葛元昇幾次拯救了他性命的情景；在猴山裡一起喝血時那滋味；三哥耐心地教他用刀的每一課……

鎌首這幾天也一直沉默著。他心裡生起了不必要的自責：要是有我在，三哥就不用死。三哥跟我聯手，必定能安然擊敗鐵爪……

「于爺……」吳朝翼問：「鐵爪的屍身還沒有找到嗎？」

于潤生搖搖頭：「『豐義隆』的人沿河找了好幾天，還是沒有發現。」

「鐵爪還沒有死。」鎌首忽然說：**「他殺了我一個義兄。我也殺了他一個親弟弟。總有一天我會跟他相遇。」**

鐵爪的另一個弟弟——僅餘的「屠刀手」鐵鎚五爺，在激戰的次日就被部屬刺殺。駐在岱鎮的那些「屠房」人馬，其實早就對個性暴烈的鐵鎚不存好感。得知「大屠房」陷落，朱牙、阿桑和鐵爪都相繼敗亡後，他們知道跟著這個腦袋有問題的傢伙沒有前途。活命的唯一方法，就是向「豐義隆」獻上鐵鎚的首級。

此外在已焚燬的「大屠房」裡，找到了阿桑二爺燒焦的屍體。那柄象徵「屠房」權威的屠刀遺留在他頸側，也已燒得焦黑扭曲。

于潤生派葉毅把這柄已經無人重視的屠刀撿回來，用作葛元昇的陪葬品。

龍拜是眾兄弟中比較開懷的一個。他當然也因爲葛元昇的死亡感到哀傷，但同時禁不住爲勝利和新得的權力而狂喜。在葬禮中他盡量壓抑著興奮的心情。

不過龍拜還是有點不快：自己明明是親手取「屠房」朱老總性命的人，部下的讚揚卻一面倒地投到狄斌和鎌首身上……

不過此刻龍拜暫時拋開了煩惱。他從祭台上拿起一杯酒，自己仰首乾掉了，又拿另一杯澆到土地。

「『漂城刀神』葛老三，『無影箭』龍老二敬你最後一杯……」

齊楚的憂愁不下於狄斌，卻有一半並非因爲葛元昇之死。

他在回城後知道寧小語成爲了查嵩的女人，哭著去找于潤生。

「老大，完了……我完了……」

于潤生在得知原因後，苦笑著拍拍齊楚的頭。

「我以爲有甚麼大不了。原來只是爲了個女人。」

「不，老大，這個女的很不同……」

「你擔心甚麼？忘了老大的承諾嗎？我說過，你一定會娶到她。」

「可是，對方是查知事……」

「查嵩不過是個戲台的人偶。」于潤生冷冷說。「老四，你要振作起來。現在我才最需要你的才能。我們兄弟好好幹，幾年後整個漂城都是我們的！查嵩算甚麼？他的女人又算甚麼？到時候我們要討，他連老婆也要送出來！」

雖然有于潤生的承諾，但齊楚一想到心愛的女人正被別的男人擁抱，就痛苦得發瘋……

「雷役頭。」自從撤離漂城後，于潤生這時才首次與雷義再次見面。「恭喜你升官啦。」

「不用多說。我問你，還記得之前的承諾嗎？」

「我已經掌管城裡一半的腥冷兒。」于潤生點頭。「而且是最強悍的那一半。」

「好。」雷義在祭台前上香，忽然又問：「你這位兄弟的刀法很快，刀很鋒利，是嗎？」

「嗯。」

「他長著紅色的頭髮？」

于潤生感到不安。葛元昇死後，于潤生固然哀傷，但他暗裡其實也鬆了口氣。他無法想像，日後在掌握大權時應該如何處置瘋狂的葛元昇。

而鐵爪替他解決了這問題。

可是原來雷義也知道葛元昇的秘密。

「人都去了……」于潤生淡淡說：「頭髮長甚麼顏色，又有甚麼關係？……」

「嗯。」雷義理解地點點頭，然後告別了于潤生而去。

等雷義離開了，于潤生走到棺木旁邊。

「白豆。」于潤生俯首向仍跪著的狄斌說：「夠了。」

「三哥死了……我難過得想死……」

「老三沒有死。」

狄斌霍然抬頭。全場人的目光也落在于潤生身上。

于潤生從祭台上握起「殺草」，向眾人展示。

「他仍然活在這裡。」

狄斌不禁站起來。

「我現在宣佈……」于潤生朗聲說：「追封義弟葛元昇爲本堂副堂主兼刑規護法。家傳佩刀『殺草』立爲鎮堂聖刀，所有違反堂規者，皆以此刀處刑。」

于潤生把「殺草」拔出鞘。他凝視那晶亮的寒芒。

「葛老三在天之靈，必定護佑本堂壯大……」

狄斌同樣看著「殺草」的刃鋒。每一次瞧見它，他就感到那強烈的不祥。

——現在連三哥自己也死在「殺草」上。誰會是下一個……

□

這時京都也發生了一件不大不小的事情：前「平亂大元帥」、「安通侯」陸英風突然失蹤，侯爵府的書房內整齊地擺放著爵袍和冠帽，卻沒留下任何信函。

于潤生不久後也聽到這消息，但並未多加留意。

——他沒有預見，這件事日後將令他的命運產生重大轉變。

□

「豐義隆漂城分行」已被鐵鎚摧毀，龐文英只得暫以安東大街上的「江湖樓」為根據地。這幾天以來他一直忙於重新佈置城內兵力，並與查知事和城裡幾個富商進行交涉。

漂城黑道的形勢已然明朗。「豐義隆」重返後已成為單一的最強勢力；而「屠房」殘存的舊部崩解，分裂作廿多個山頭，一時間新幫會名字紛紛冒起，城裡的人連記也記不完。

要收拾這些小勢力，最快也得兩年。不過靠著現有的力量，「豐義隆」已經能夠全面展開漂城的鹽運生意了。等一切穩定後，龐文英還得回京都一次，去總行向韓老闆正式報捷。

他知道經過這次漂亮的勝仗，自己在京都的威望不止完全恢復，更升上了前所未有的高峰。他渴望快點回去享受這些讚譽。

于潤生這天登上「江湖樓」頂層來探訪他。

「潤生，坐。」

龐文英親手把一杯酒遞給于潤生。「還記得嗎？我第一次就是在這裡遇見你。」

「不。」于潤生把酒杯接過。「是在那天的早上，北城門前。你經過時曾經跟我對視過一眼。只是你不記得我的臉了吧……」

「是嗎？」龐文英嘆息。「怎麼說也好……你拜進我門下才不過半年，就打下今天的江山……潤生，我沒看錯你。」

「這都是我們應得的。」于潤生呷了口酒。「朱牙不配活在漂城。我早就說過了。」

「說起『屠房』……」龐文英皺起眉頭：「那些原屬『屠房』、現在自立山頭的小幫會，要一一收服很是麻煩。潤生，你有甚麼好辦法嗎？」

于潤生微笑放下酒杯。

「你這小子！」龐文英笑罵：「我早猜到，你甚麼都已想好！」

「祭酒，全漂城的人都知道，擊敗『屠房』的是『豐義隆』。你打著『豐義隆』的名號去吞併那些原屬『屠房』的人，當然比較困難。他們面子難下呀。

「我看最好的方法，是另立一個幫會的名號。這個新幫會，也許人人都知道附屬於『豐義隆』，可是只要名堂分開來，『屠房』舊人也就有個下台階。」

「嗯……你是想領導這個新幫會吧？」龐文英問時揚了揚眉毛。

于潤生用力地點了點頭。

龐文英想，這不失是個好辦法。他當然同時了解，于潤生這個提議亦是爲了擴張自己的權力。但龐文英欣賞他這種野心。

「好。我答應。新幫會的名字有了嗎？」

「**就叫『大樹堂』。**」

□

歷史是用鮮血奠基的。

「大樹堂」的歷史也沒有例外。

于潤生在度過二十九歲生辰之前，成爲了「大樹堂」的于堂主。

他同時正式跨進了歷史。

《殺禪》卷三【極惡地圖】·完

卷四【野望季節】

Karma Vol. 4 Savage Season

第十二章
大神咒

最遼闊的天地，同時也是最狹小的囚籠。

鎌首騎著馬停在看不見盡頭的曠野上，心頭泛起這股空茫無助的感覺。

挾著細砂的寒風，冷得彷彿令人血脈凝固。半邊缺月升得高高，那發光的形狀，銳利得像懸在世人頭頂一把刀。

藉著月光，鎌首僅僅辨出西面遠處模糊的山稜線。那是曠地上唯一能指示方向的事物。

鎌首不禁想像：假如獨自一人走在這荒野裡，會是甚麼感覺？看似永遠走不完的野地。凌厲不斷的風聲。酷熱的白天與冷徹的黑夜。會感到恐懼？還是絕望？沒有盡頭的地方，也就是世界盡頭。

可是鎌首此刻並不孤單。在他身後百步處燒著旺盛的營火，上面烘烤著分辨不出是甚麼動物的肉乾。圍坐在火堆前那三十幾個男人正在豪邁地談笑：美食、家與女人。在這一無所有又氣候嚴酷的貧乏野地當中，那都是他們最懷念的東西。

鎌首從鞍上躍下來，輕輕撫摸坐騎被吹得蓬亂的鬃毛。他穿著一件染成銅鏽般淡青色的寬袍，頭臉包裹著粗糙的麻織布巾，只有雙手與眼睛暴露在風中。

他這身衣服，是五天前停留在那邊荒小鎮時，一位熱情的茶館老闆送給他的。茶館裡有賣一種加進羊奶、糖、薑和其他香料的異族香茶——同行的「豐義隆」人馬都不愛喝，就只有鎌首津津有味地喝了四杯。老闆因此十分高興。

當天那老闆跟鎌首說：在西方遠處的國度裡，男人們都穿著這種寬袍和頭巾。那裡的人們深信，天下大地都扛在一隻大海龜的甲殼上，而海龜則由四頭大象扛著。

鎌首問：那四頭大象的腳底下又有甚麼？

「問問別的吧！」老闆笑著拍拍鎌首壯碩的胸膛。

此刻鎌首閉上眼睛，聽著凜冽的風聲。營火在下風處，男人們的談話聲並沒傳到他這裡。鎌首享受著這黑暗中的孤獨時刻。風在他耳畔唱出一首意義不明的歌。

一張張熟識的臉，隨著這大風歌在他腦海浮現。白豆。老大。龍爺。齊四。死去的葛老三。他記起跟兄弟們踏入漂城的第一夜，六個餓壞的大男人瑟縮在街頭，分著吃一碗冷粥。

不久後老大找到善南街藥舖的那份工作，問老闆借了點錢，把他們帶到破石里那座小屋去住。老四當時高興得哭了，龍爺大聲取笑他，兩個打鬧了起來……

有次龍爺偷了白豆辛苦儲下來的錢，統統賠光在賭桌上，龍爺吃了白豆狠狠一記拳頭，右邊臉腫得半天高；葛小哥偶爾從他幹活的飯館帶些好東西回來，龍爺卻每次都問老三爲甚麼不順手偷瓶酒；齊四有空就教鎌首寫字認字，他學得很認眞，常常在門前的沙土地上練字，有時候卻不知怎的畫出一堆花朵飛鳥……

「跟我結義爲兄弟。誓同生死。」于老大這樣說過。「請你們都把命交託在我于潤生手上。可以嗎？」

「人死了不就甚麼都沒有了嗎？那爲甚麼有的東西，我們又會願意拿生命去換？」鎌首曾經這樣問狄斌。

「一個人生下來，就是想活下去。這沒有甚麼原因。而且活著有許多想要的東西呀。」狄斌這樣回答過他。但這算是個答案嗎？那時候連白豆自己也不肯定。

鎌首胸中充塞著一股澎湃的感覺，卻無法確定那來自甚麼。是想念兄弟嗎？是因爲雙手沾過的無數血腥？是許多個解答不了的人生謎題？

站在黑暗與空茫之中，鎌首感覺自己很渺小，卻又似乎正在接近某種真理。

□

天明時他們把帳篷拆下，繼續運鹽的旅程。四輛滿載私鹽的馬車上都插有黑底金字的「豐義隆」旗幟。

車隊的頭領馬光乾坐在爲首那輛馬車上，呼呼抽著煙桿，一柄皮鞘殘舊的大砍刀安然放在膝上。他那久歷風霜的臉皮，粗糙得彷彿刮得出鹽粒來。

鎌首策馬走到車旁。馬光乾把煙桿遞給他。辛辣的氣味進出喉嚨與鼻腔，鎌首從中找到一股獨得的甘美。

「終於也學懂抽啦。」馬光乾咧嘴笑時，露出兩排焦黃的牙齒。他是在第一代老闆韓東開山立道後的第一年就加入「豐義隆」，被派到西南方的「噶拉穆分行」也有十二年了。馬光乾在噶拉穆的三個老婆、十一個子女，全都靠這鹽運吃飯。此刻他的三兒子馬吉正坐在身旁馭車。

這一趟旅程，讓鎌首認識到「豐義隆」力量覆蓋之廣：從沿海的曬鹽場、關中的集散站到西南內陸的噶拉穆城，他眼看著由海水曬製出的鹽是如何一地轉一地，每通過一道關卡，價值就暴升一次。

在曬鹽場，鎌首初次目睹了大海。他感動得流淚，看著拍岸的波濤許久。海洋那壓倒一切的巨大力量；撫慰心靈的聲音；振奮精神的氣味……令鎌首情不自禁脫光衣服，跳進反射著波光粼粼的藍色海水裡。

他差點就溺死了。七、八個曬鹽工用漁網好不容易把他救上岸來。學懂游泳是半個月後的事。鎌首到現在還很懷念在海邊吃生魚片的味道。

他隨著鹽場出發的隊伍前往關中，途中經過幾個跟漂城差不多的繁華大城。在那種環境裡他就會格外想念兄弟們。每個城市都溢著相同的氣味。在每一地的娼館，他成了最受妓女歡迎的客人。

旅程中他仍一直帶著大鐵矛，名義上是兼任鹽運隊的護衛。可是他從來沒有一次把包裹著矛尖的布套取下來。那面「豐」字旗幟，已足夠確保所經之處暢通無阻。

有兩次鹽貨要移上大船沿江運送。鎌首自願加入了縴夫的行列，以粗麻繩把船逆流拉動。繩索在他兩邊肩膊遺下了磨痕。他跟眾縴夫一起打火造飯，直至吃飽也沒有交談過，只是相視微笑。臨離去時他留下了一些銀子。

關中那個充當西路集散站的城市，據說曾是古代某個王朝的首都。鎌首留意到城牆確實很高，有幾處因戰爭而坍塌的地方至今還沒有修復。風沙把城裡一切蒙上黃色。除了看著不斷來往進出城門的人馬和貨物，鎌首對這古城沒甚麼印象。妓院裡的女人都平凡得很。酒很辣，可沒甚麼味道。吃的東西都像隔夜剩菜。他只待了三天，就決定跟隨第一支鹽運隊離開。

前往西南的必經之地是羊門峽。鎌首早聽說過，那是最後一次「平亂戰爭」的決勝地。策馬經過山峽時他在想像，座下的四蹄正踏著多少個沒有標記的墳塚……

羊門峽山腳處有個叫石寧的小鎮。處在如此偏僻的地點，石寧卻異常富足。鎌首細心觀察，發現幾乎半個鎮都是鐵匠舖。後來他得到了答案：每家店舖後面都存放著「關中大會戰」遺下的許多舊兵刃。

鎌首從中挑選了幾把上好的貨色。有一柄雙刃匕首，柄上鑲著顆貓眼石，他準備送給狄斌：一個雕刻手工頗不俗的獸臉銅圓盾，掛在老大的座椅後面會是個不錯的裝飾。

他很感謝老大讓他走這一趟。「大樹堂」草創之初，加上葛老三去了，于老大對四個義弟都極是倚重。可是當鎌首提出想出去走走時，老大答應了，還說：「順道看看人家的運鹽生意是怎麼做的。」

鎌首並不是「豐義隆」的正式門生，本來沒有資格跟運鹽隊伍同行。龐文英答應他時，卻似乎比他本人還要興奮：「年輕人，出外面多看看天地，是好事。」更傳話下去要各地部下好好照顧這個大塊頭。

如今鎌首離開漂城已快八個月。在到達「噶拉穆分行」與馬光乾父子認識時，他走過了三千四百多里的路途；身體瘦了十八斤；跟九十一個女人睡過覺；學會了奏弦琴和吹短笛；身上多了十三個刺青圖案：

在他左胸心房處細緻地紋了一隻三個頭的凶猛黑犬，那個刺青師說這是異族神話裡守護地獄門戶的妖犬，是鎮鬼的象徵；左小腿直列著一串彎彎曲曲的南蠻咒語，可預防肌肉抽筋；左邊肩頭有一條躍起的海豚；右腕圍繞著三條交纏的細小鎖鍊；左手五指爬滿了荊棘；以肚臍爲中心刺著一隻憤怒的大眼睛；右大腿長了一叢有刺的薔薇；從後頸到背項，一個奇特的十字狀標記在火焰裡燃燒——他聽說這個記號，在西域遠方代表光榮的死亡……

鎌首沿途也見過許多佛像：有小山般高的巨型石佛；在廟裡貼滿金箔、不斷被香火圍繞的華麗佛相；當然也有荒廢廟宇裡或是山路上無人打理的許多佛像——缺去了頭或手臂的、被蔓藤纏滿了的、給風霜侵蝕得面目模糊的……鎌首在這段日子裡雕刻佛像的手工又進步了，可是他刻的佛像仍然沒有臉孔。

「還有多遠？」鎌首問，把煙桿還給馬光乾。

馬老爹從鼻孔噴出一股煙霧，指向遠方的山脈。「快啦。過得這山，就是黎哈盆地。」

鎌首察覺到，正在駕車的馬吉露出憂心的表情。他聽說發生了甚麼事：黎哈盆地的土著羅孟族，幾年前在附近發現了一個岩鹽礦——除了海鹽之外，鹽湖、鹽井以至崖岩砂石也能產鹽。假如有人動手開發那鹽礦，將嚴重影響「豐義隆」在西南地區的控制權。黎哈盆地一向是西南邊荒地帶的私鹽集散站，「豐義隆」與羅孟族保持著良好關係，所以這矛盾才一直沒有爆發。

「勿害擔心。」馬光乾仍然平靜地抽煙。他已習慣馬車的顛簸，身子順著震動而搖晃，一臉悠然。「這族長瓦馮拉共吾是老朋友。恰似龐祭酒共何太師一樣。」馬光乾跟龐文英同期加入「豐義隆」，他常常以此自豪。

鎌首伸出手，把煙桿從馬老爹手上取過來，笑著啣到嘴巴上，猛地又抽一口。

□

狹隘的山路無法讓馬車行走，運鹽隊要在山腳下的小鎮銅溝停歇，並把鹽貨卸下來改馱上馬背，把車子暫寄在鎮內唯一的客店旁。

銅溝鎮口有座木搭的瞭望台，不知道過去有甚麼用途。鎌首握住台基，試試是否仍然穩固，然後才一步步攀上台頂，深深吸了口清冽的空氣，眺看這個破陋的城鎮。它讓他有點想起破石里來。

「大塊頭！」馬光乾在台下仰首：「你等在這鎮子，勿共吾們進山咯！」那濃重的口音加上距離，鎌首只是僅僅聽得明白。出門以來他聽過許多不同口音方言，早就習慣靠表情和手勢猜度對方意思。

鎌首從台上直接躍下來，嚇得馬光乾往後跳開。鎌首雙足著地時，膝蓋和臀腿深深屈曲，把大部分的力量卸去。待身體完全穩定後，他才慢慢站直。

「你瘋上頭啦？」馬光乾一拳擂在鎌首手臂。

「爲甚麼不讓我一起去？」

「羅孟族呢，勿愛見生面目。你面目生。」馬光乾說話時眼中有點閃爍。

——看來「豐義隆」跟羅孟族的事，這老頭自己也有些擔心。

「勿要悶。吾們回頭共你四處耍。」馬光乾拍拍他的肩。

鎌首沉默著。他想，看來這趟旅程要在這小鎮結束了。他決定就在這裡安待，要看著這個好心的老頭跟他兒子平安下山回來。

□

森冷的寒氣，從形貌奇異的怪石縫隙之間捲過來，挾帶著淡淡的瘴霧。樹木有如死物般蒙著一層灰鉛。天空一片鬱沉，烏雲像快要壓到頭上來。眾人沿途都看不見一隻飛鳥。

儘管已走過這條山路數十次，馬光乾仍然神色凝重。他長年在旅途中討活，深知任何一刻都不可對山野輕蔑，否則山野隨時可能把你吞噬。

三十多個「豐義隆」漢子牽著馬匹默默前行，途中沒有交談半句。他們腰間都帶著刀，但每逢碰上攔路的樹枝蔓藤都不敢去砍斬，只是小心地撥開走過去。

馬吉走在最前探路——與其說是探路，不如說是當一面會走路的旗幟。他換穿上一套黃色衣衫，胸口繡著斗大的黑色「豐」字。這是雙方許久以前就訂下的規矩。

一條人影在前方的怪岩頂上出現。那人高舉雙手，表示沒有惡意。

那男人高鼻深目，頭髮梳成三條辮子垂在背後。儘管山岩間寒氣逼人，他只穿一件毛皮背心，下身包著一塊布，沒有穿褲子，腰側掛著一柄短小彎刀。裸露在風中的臂腿跟臉，塗上了彩色的花紋。

異族男人從怪岩上蹤下。他沒有說話，只是朝山路前方揮揮手。

馬光乾鬆了一口氣。

□

轉過山頭後視界豁然開朗。長坡之下是一片眾山圍繞的廣闊盆地，中央搭結了數十座大小帳篷與木屋。一條銀白河川橫貫盆地而過，從高可見河畔兩邊築著粗糙的堤防。人與馬在沿河的農田裡辛勤地走動。連天空中盤據多時的烏雲，也在盆地上頭裂開來，露出久未見面的太陽。

在那男人引領下，運鹽隊沿著一條平緩坡道進入盆地。同時有一支爲數近百的馬隊，從聚落處奔過來迎接。雙方在相距三丈處停了下來。

一個個羅孟族騎士坐在無鞍馬上，彷彿比用自己雙腿站立還要輕鬆。羅孟族的馬比中土馬匹矮小一些，但蹄步又密又壯。

馬光乾在馬隊中尋找老族長瓦馮拉的所在，卻始終沒有看見。他皺著眉，此刻他很想抽口煙。

羅孟族馬隊之中，最高壯一騎排眾踱步而出。

這傢伙比鎌首還要高兩、三個人頭呢，馬光乾估量。他認出這個魁偉奇特的男人是羅孟族年輕一輩裡的領袖，外號「十獅之力」的儂猜。

儂猜長著一副輪廓深刻的俊美面目，頭戴一頂鳥羽冠，頸上掛著無數獸牙護符。他一躍下馬，手持一根鐵桿權杖，杖頂上扣著粗鐵鍊，另一端是一具鑄成飛鳥頭骨形狀的鐵製裝飾。儂猜每走一步，那鳥頭也就搖晃一下。

馬光乾感覺口乾舌燥。他只想盡快離開。

——只因他認出來，那鐵杖是羅孟族長的權威象徵。

儂猜有如一條巨柱矗立在馬光乾跟前。馬老爹的鼻尖只到他上腹。

「瓦……瓦馮拉呢？」馬光乾強作鎮定地問。

儂猜猛然高舉權杖。杖端指向聚落處中央的旗桿上。

馬光乾這才看見：旗桿上掛著一顆人頭。

馬老爹眼睛雖然不好，卻知道那顆頭顱屬於誰。

一隻熊爪般的大手掌從高而下，抓住馬光乾的髮髻，把他整個人提起離地。馬光乾吃痛呼叫。

儂猜右手把鐵杖插在地上，然後抽出腰間一柄四尺多長的彎刀。刀刃照出雪白光華，刃形彎弧異常優美，刀柄和護手鏤刻精細。

握刀的手臂往旁揮下。

一匹馱著鹽貨的瘦馬血泉激湧。骨肉被這力量強橫的斬擊破開。四蹄痙攣。包著貨物的油布撕裂。染紅的鹽飛散。

□

這種發酵酸果酒的味道有點古怪，像泡了醋的米酒一樣。鎌首卻仍一直呷著。他心想，這酒附近的人這麼愛喝，總有它特別美妙的地方，要好好再品嘗。紫紅的酒液，染濕了他亂生的鬍鬚。

他察覺在客店裡，有一雙注視著他的眼睛。

他緩緩把頭轉過去。

——這女孩，我好像在甚麼地方見過……

少女帶著異族血統的臉仍未脫稚氣，身體卻早已完成青春期的發育，呈著優美的曲線；健康淺銅色的臂腿皮膚上繪著彩紋；左邊手腕穿著幾只蛇狀銀鐲與皮革繩環；色彩斑爛的粗線織厚衣底下，她的胸脯因急促呼吸而在劇烈起伏；一雙澄亮的棕色大眼睛直視著鎌首。

鎌首呆著，不知如何是好。少女卻站了起來，她的視線沒有離開他的眼瞳。

她伸出手掌。

鎌首的頭巾跌落了。

她撥開他的亂髮。

鎌首額上那彎月狀的黑色疤記，暴露在少女眼前。

「帕日喃……」她聲音略帶沙啞猶如成熟女子，當中透出驚異的語氣。

少女接著拔出腰間一柄彎刃匕首，蹲下來替鎌首剃去鬍鬚。她那些小巧的手指，撫在他黝黑堅實的臉上。鎌首不知爲何全不抗拒，只是閉起了眼睛。

——一把溫柔如母親的聲音，在哼唱著久已遺忘的歌調……

少女把匕首放在桌子上。鬍子散落一地。女孩捧著他鬚根參差的臉。

「帕日喃……」

□

三十幾顆人頭整齊排列在地上。蠅蟲圍繞著首級的斷口處飛舞。每顆人頭的頭髮上結著不同顏色與花紋的繩子，代表黎哈盆地裡不同的氏族。每個氏族都派出一名男丁，把敵人頭顱親手割了下來。待整個祭典完畢後，他們會各自把頭顱帶回本氏族的帳篷，將之剝皮、挖空、洗淨、泡藥，大約一個月後，待藥酒把頭骨泡成拳頭大小，男丁就會將它掛在腹前或頸上，作爲戰士的象徵。

馬光乾父子被皮繩緊縛四肢，俯伏在地上。他們不敢看那些同伴的首級。

上一次馬老爹跟人動刀，已經是二十年前的事。他從來就不喜歡暴力，加入幫會從來只爲了吃飯。此刻他驚恐得全身都在顫抖。

他明白發生了甚麼事。羅孟族裡年輕一輩，自從發現岩鹽礦後就開始變得不安分；他們也一向對老族長瓦馮拉跟「平地人」（羅孟族對中土人的稱呼）太過親近很是不滿。

——祖先的故事告訴我們，「平地人」都狡猾而邪惡；雖然他們帶來的鹽治好了我們的腫病，可也不過是爲了騙取我們的牲口、農物、礦產和皮革……現在我們有了自己的鹽礦，也就不再需要他們……

馬光乾現在只有三個希望：第一是自己跟兒子可以死得爽快一些；第二是家裡的十個孩子不要想報仇；第三是想在死前抽一口煙。

□

整座山林彷彿是有生命的活物。鎌首坐在健馬上，偶爾回頭，看見走過的山路好像又封閉了起來，他有一種被巨獸吞噬的感覺。

鎌首看看在前頭牽著馬的那個異族少女。此刻她背著他，鎌首看不見她的表情，卻聽見她有點急促的呼吸聲。

「快到了。」少女用中土語說。「我們……都等著你。」那聲音裡混雜了畏懼與狂喜。

「你們認識我嗎？」鎌首不解地問。少女卻只是回頭微笑，沒有作答。

「你叫甚麼名字？」

「刺蔓。」

鎌首看著她搖晃的棕色長髮，牽著韁繩的小手掌，強健而曲線美麗的臀腿——他貼著馬背的陽具不禁勃起來。

轉過幾塊高聳灰岩後，一件異物映入鎌首眼簾：一具裸體的無頭屍，倒懸在枯樹上。

鎌首右臂抖動，把套住鐵矛尖的布套揮去。他左手像抓住一隻小鴿般，把少女刺蔓提上了馬背，坐在自己跟前。

鎌首倒提長矛，握住韁繩，雙腿猛地一挾。兩人如疾風般奔馳過倒吊的屍體底下。

□

馬光乾的第一個願望落空了。

站在他們跟前的是新族長儂猜。他此刻換穿了羅孟族祭司的七彩鳥羽袍。馬光乾從前只見過瓦馮拉穿著它一次。當年那場祭典，他從來都不願回想……

儂猜抿著薄薄唇片，露出一副凝重的表情，眼睛在兩個人身上轉來轉去。視線最後停留在馬吉身上。

一隻手掌伸進馬吉的衣襟裡。馬吉從沒有感到如此恐怖，似乎心臟下一刻就要被那隻巨掌挖出來。

儂猜的手收回來，然後一把抓住馬吉衣襟。

「不——」馬光乾在旁拚命咬住馬吉的黃布衣。馬吉被「十獅之力」儂猜拉走後，一小片黃布仍留在馬光乾齒間。

「操你娘！」馬吉在地上狂亂掙扎，聲音在盆地之間迴響：「狗娘養的臭王八！操你娘的狗屎十八代祖宗！幹你囡囡的爛痲屄！有種就一刀砍了——」

一記刺耳的骨折聲，打斷了一切。

馬吉反綁背後那雙臂，呈怪異的角度倒折上頭頂。每一下呼吸都是錐心的痛楚。

他想像不到世上有比這更大的痛覺。有的，他下一刻就感受得到。兩團猛烈的火焰自雙足腳心直燒進骨髓。全身神經立時僵硬，唾腺、膀胱、肛門、毛孔全部失控。

馬吉竭力睜開眼皮，尋找自己雙腿。

他看見的，是兩條雪白腿骨，上面掛著一片片切割成細柳般的皮肉。

親眼看見自己的骨頭裸露眼前，那絕大的震撼暫時蓋過了痛苦。奇臭的汗液流到腰間。顫震的嘴唇發麻。舌頭腫脹蒼白。胃酸湧上喉頭。

儂猜握著沾血的彎刃匕首，騎在馬吉腰間，壓得他俯伏緊貼在地上。

馬吉左邊臉被壓在草地上，眼睛斜斜瞧向父親。

——爹……想辦法……讓我……得個好死……

馬光乾早已不忍看，一頭栽在地上痛哭。

圍在四周的羅孟族戰士沉靜得很。在他們眼中看見的並非血腥酷刑，而是神聖莊嚴的祭祀。有幾個打起手鼓來，節奏不緩不急，嘴巴隨著節奏在低吟：

「帕日喃……帕日喃……」

馬吉的黃布衣被割開撕破，暴露出健壯光滑的背肌。

「瓜羅刺哇，桑帕瓜孟不羅刺哈……」儂猜一邊在馬吉背後切割，一邊唸唸有詞：「羅日哇，刺都桑……摩蘇卡哇！」

儂猜拋去匕首，雙掌伸往馬吉背項中央一掰——

呈各種角度扭絞盤結的紅白肌肉在陽光下抖動，肌紋上滲滿針刺般的小血珠；白森森的脊梁隱現，有如半沉在血海中一條破船殘骸……

被剝離骨肉的兩大片皮膚往橫攤開，好像一雙被烈日曬得枯乾的翅膀；散在腰下被切成條狀的腿肉則像雀尾的羽毛。馬吉軟癱地上的身體，有如一隻飛翔往死亡世界的大怪鳥。

「呀——殺了我——喔啊——我想死——求——」馬吉終於恢復意識，有如一隻溺水的蟑螂般劇烈掙扎。

「求你——死——喔呀——死——操——死——死啊——我——死——」

儂猜在旁冷冷看著。

馬光乾翻滾仰倒地上，反綁背後的手指緊抓著草與泥土。他的腦中一片混沌。

儂猜手握著腰間那長長的彎刀柄。他隨時準備把馬吉的頭割下來。可是他還想再等一會。

他要讓羅孟族人記得這慘叫聲。這是他擔當族長以來的首次祭禮，是他權威的基石。

鼓聲漸急。適百羅孟族戰士高舉兵器，狂亂呼叫著跳起舞來。

他們是山的兒子，只尊敬和崇拜強者。敵人的慘叫，就是強者的證據。

馬吉已無法思考。只有一個思念他仍緊緊抓住：

死。他渴求死。

沒有盡頭的肉體痛苦。比絕望更絕望。

東面山頭傳來一股尖嘯般的破風聲。劃破了戰士的歡叫與祭物的慘呼。

儂猜龐然的身軀翻跳避開。

當他在草地上踏穩時，才發現伏在地上的馬吉，已然停止了一切掙扎與蠕動。

一柄長長的鐵矛貫穿馬吉的心臟，把飛鳥狀的屍體牢牢釘在地上。

□

當鎌首與刺蔓緩緩策騎進入黎哈盆地中央時，儂猜早已脫去了七彩鳥羽縫製的祭衣，露出肌肉豐滿如鋼鐵的身體。他拔出腰間長彎刀，跨上高駿坐騎，擺出隨時衝鋒砍擊的姿態。

羅孟族戰士都聚攏在儂猜身後。有的人也騎到馬背上，提著彎刀、戰斧、尖矛與弓箭。面對這個破壞了他們祭禮的不速之客，眾人眼中充滿憎惡。

族裡許多婦女與小孩也聚集在外。祭典被打斷是過去從沒有發生過的事。那意味著明顯的不祥。

——難道說儂猜不適合當族長嗎？……

鎌首赤手空拳面對羅孟族戰陣，臉上毫無恐懼之色。他心裡只是有點驚訝：敵陣最前頭那個面目英挺的男人，竟然比自己還要高壯好一截。

儂猜戟刀指向坐在鎌首身前的刺蔓，以一輪土語喝問。他的眼睛滿佈血絲，充塞著要爆發的恨意。刺蔓竟然跟這個破壞祭禮的敵人，如此親密地騎著同一匹馬。族長有權娶任何其他氏族的成年女子爲妻。儂猜一直急切地等待著刺蔓滿十五歲，進行成人之禮。

刺蔓靈活地從馬背爬起，像貓般竄到鎌首後面，她雙腿挾住他的肩頸，伸手取下鎌首的頭巾，撥開他額前頭髮。

那個黑色胎記，展現在羅孟族眾人眼前。

「帕日喃！」刺蔓高呼。

群眾發出轟動的呼聲。人頭如浪向前湧來，不斷地接耳交談。有幾個老婦仰天呼叫著跪倒在地，口中大聲吟誦神秘的古咒語，痛哭朝著鎌首膜拜。站立前排的人看清了鎌首的模樣，嚇得驚恐地後退，後排的卻又想趨前觀看，人群亂作一團。

儂猜身後那些戰士，有的也悄悄把兵器收起來。其他則顯得異常緊張。

釘住馬吉屍身的那桿長矛，就插在儂猜與鎌首之間。鎌首的馬仍在緩緩前行，儂猜卻沒阻止。他握住彎刀的手因憤怒和疑惑而在劇烈顫抖。

鎌首並沒瞧一眼臥倒旁邊的馬光乾。但他心裡只得一個念頭：把這位好心腸的老爹帶走。

他鎮定地直視面前那個巨大男人。

儂猜高舉彎刀。

「桑摩哇！」他把彎刀尖指向鎌首，另一隻手掌在自己頸項上迅速劃過。「瓜刺伊多怕日喃桑卡哇！」

鎌首聽不懂他的說話，卻從手勢明白他的意思：儂猜要在眾人面前斬下他的頭顱！

儂猜的眼睛裡只透著一種慾念。這慾念鎌首十分熟識。

鎌首的手掌搭在倒插的矛桿上。

儂猜伸出舌頭舐舐上唇。身後再次響起鼓聲。與剛才祭典時的不同，此刻的鼓樂節奏急促，令人心脈賁張。

鎌首左手伸向頸旁，拍拍刺蔓的大腿。刺蔓輕輕自他身上爬下來，跳到了馬旁。她以迷茫的眼神仰視鎌首。她的下體仍留有他頸項的餘溫。他揮手示意她退開。

儂猜配合著鼓聲呼吸，雙肩和應拍子上下聳動。他在鞍上跳起原始的戰舞，動作充滿粗獷之美。

——這是羅孟族戰士殺敵前向天地的致敬。

那頂族長冠帽上的鳥羽，隨著舞蹈就如有生命般晃動。頸項上的獸牙護符相互碰響。

儂猜上身每一寸都隨著戰鼓在扭動，目光卻始終沒有離開鎌首。

——當中有股殘暴的意念。要把敵人的血肉吞吃。唯一的慾望。

鐵矛從泥土與死屍中拔出來，一股血噴灑在鎌首座下馬腹。

儂猜叱叫著策馬而出，手中銀白彎刀斜斜迴旋揮舞。

鎌首雙腿踢擊馬腹，坐騎驚惶地狂奔向前。

兩騎接近至不足一丈——

儂猜突然急勒韁繩，愛駒蹄下生煙猛然躍起，人馬合一翻跳到半空中。

儂猜乘著躍勢，從最高點把彎刀砍下！

在鎌首眼中，這巨大的一人一馬，有如籠罩向他頭頂的厚重烏雲——

金鐵交鳴。兩騎擦身而過。

兩尺多長一截鐵矛尖，旋飛到數丈之外。

儂猜奔出十多步後，才把馬勒轉回頭。他踏著馬鐙——整個羅孟族裡只有他的坐騎佩了馬鞍——站起身子，高舉雙臂吶喊。

鎌首也勒止了馬，垂頭看著手上只餘四尺的鐵桿。斷處切口斜向形成尖角，甚是平滑，顯然是被儂猜一刀兩段。

——能夠將如此粗壯的鐵桿一擊砍斷，這柄彎刀絕不是凡品。

鎌首第一次遇上這樣的對手：一個無論體格、力量、速度、戰鬥技巧、騎術，甚至兵刃都凌駕自己的敵人。

此刻他想像不到，自己有甚麼取勝的方法。

一向崇信肉體與力量的鎌首，凝視手裡斷矛許久。他的手臂仍因剛才的衝擊在微微顫抖。

——一旦面對遠勝自己的敵人時，強者往往比弱者更容易意志崩潰。因爲他們不習慣。

澎湃鼓音間，儂猜又在鞍上跳起那懾人的戰舞，慢慢前進。馬蹄踏過馬吉的屍體，骨肉爲之碎裂。戰馬帶著一條血路，朝著鎌首再次接近。

剛才的交擊裡，儂猜已經測試出來，鎌首的力量、速度與技巧都不如他。他展露出自信的笑容。下一刀將把鎌首的頸項斬斷。世上沒有任何東西能擋在「十獅之力」跟前。

鎌首完全無法集中心神。他不敢直視儂猜，只是閉起眼睛。

許多影像在腦裡飛快交錯。是他人生的一切回憶。

荒野與古城。他彷彿又再看見海。站在沙濱上垂頭凝視自己的倒影。

燃燒的「大屠房」。鐵釘貫穿自己手掌。牢房。

森林。更幽深的森林——

鎌首滿身冷汗。

——**恐懼**。

于老大異采流漾的眼睛。

鎌首吶喊。

聲音悽厲得教人毛骨悚然，壓倒了羅孟族人的呼號與鼓樂。盆地裡的所有人靜了。儂猜的舞蹈僵硬凝止。

鎌首仰首向天，雙臂張開。姿勢就如他背上那個十字標記刺青。

足下的健馬，也被這嚎叫驚嚇得發蹄狂奔。

儂猜緊握著彎刀與韁繩，向前衝鋒。

鎌首仍然維持著那個仰首張臂的姿勢，全身都是空隙。

儂猜盯視鎌首的頸，舉起了彎刀——

兩馬再次交錯。

鎌首的坐騎繼續奔前，人卻已無力滾跌落馬背，軟軟摔倒在草地上。

儂猜面對本族群眾，把彎刀垂在身旁。他深信剛才那一刀已斬飛對手的頭顱，勝利的笑容紋絲未變。

烏黑的鐵斷矛從他下頜刺進，由天靈蓋穿出。

刺蔓是同族裡唯一有反應的人。她驚呼著跑向鎌首墮馬之處，吃力地把他俯臥的身軀拉起。

鎌首黏滿沙土的臉驚悸得扭曲抽搐，掛著兩行淚水，流過污穢的雙頰，在下巴聚成黑色的水珠。

——比最深的夜還要黑。

羅孟族人的恐懼情緒此時爆發。戰士們一擁而上，觀看儂猜仍騎在馬上的屍體，其中一人伸出木棒輕輕戳了一下，儂猜才從馬鞍滾落。他們彷彿生怕屍體附著惡菌般遠遠走避。

更多的女人與老人跪下來，往天空高聲哭泣禱告。

戰士們繼而包圍在鎌首和刺蔓四周。刀矛與毒箭的尖鋒都指向他們。

刺蔓沒有畏懼，她一面用土語呼喝，一面拿出一塊藍色手帕把鎌首的臉抹淨，再次撥開他的頭髮，讓族人看清楚他的相貌。

「帕日喃！」圍聚的羅孟戰士同時驚呼。

刺蔓用力點頭：「帕日喃！」

「帕日喃！」戰士群中釀起狂亂的波動。鼓聲再起。異形的兵刃陸續拋棄到地上。一雙雙壯健的腿屈膝跪倒，一張張塗著色彩的臉俯貼在地。

那崇拜的情緒往外迅速擴散。朝拜者中有拄著拐杖、渾身皮膚如大象皺摺的老人；有尚在襁褓、被父母抱在胸前的嬰孩；有腰大十圍，一雙乳房鬆弛垂下的婦人；有高壯魁梧、肌肉緊繃的農夫；有眼睛靈動、缺去乳齒的孩童；有目不能見或缺去手足的殘障者；有撐著一副瘦弱骨架的病患……

所有人朝著仍在顫抖流淚的鎌首俯伏膜拜，口中不斷吟誦的只有一個名字：

帕日喃。

□

刺蔓指向岩石間一條狹小山路。鎌首緊緊跟隨著她，後面還有十幾個帶著狩獵武器的羅孟族人。

刺蔓揮刀砍去阻在前面的枝葉與蔓藤。山林裡的樹木茂密得教人呼吸困難，鎌首渾身都是黏黏的汗水。

他回首看那十幾個獵人。他們都不敢正眼看他，只是在注視林木四周，神情凝重。

小路消失了，前方的樹葉更濃密，野草長及膝蓋，每一步都不易走。所有人沉默著。鎌首彷彿聽到深山裡隱隱傳來某種原始神秘的鳴音，似有還無，那頻率恰好停在人類聽覺的界限上。

——還是我自己的幻覺？

鎌首腰間掛著儂猜的遺物。他現在才看清這柄銀白色的長彎刀。烏皮刀鞘上釘著一個銀徽章，同樣是那飛鳥頭骨的造型，刀柄握處則包裹著細細的皮繩。鎌首疑惑，這麼一個小部落，如何能擁有這等巧妙的手工？

刺蔓不時回頭看他，神情很是熱切。

——她想帶我去看甚麼？

鎌首忍耐著渾身疲乏，繼續跟著她走。

他嗅到前頭的空氣忽然變得清新。遠處傳來鳥語。在濃密枝葉的縫隙間，隱約透來了亮光。

鎌首的心跳加速。

穿過一層樹葉後，眼界豁然開朗。刺蔓與鎌首並肩站在一片懸崖上。下面深谷底處的河溪幼細得有如銀線。濃霧裡群山圍繞。

刺蔓指向懸崖對面的山壁。

「啊……」

鎌首眼睛瞪大，嘴巴半張，額上汗水流下。他無法置信。那驚訝的神情，猶如看見天空快要朝自己崩下來。

他一生都不會忘記眼前這景象：

山壁正面清晰地雕刻了一個佔據了整座山的巨大人像。那人像呈安詳的坐姿，雙手搭在膝蓋上，身周被樹木和蔓藤包覆。堅實分明的臉孔輪廓被風雨侵蝕得有些模糊，鼻樑位置有一塊崩陷了，右邊耳朵只餘下半截。

人臉的額頭正中央，突出一道彎月狀的黑色標記。

那巨像的臉，正以冷酷的眼神俯視鎌首。

刺蔓興奮地指著石頭：「帕日喃。」

然後又指著鎌首：

「帕日喃。」

第十三章
大明咒

棗七不姓棗。他叫棗七，因爲在棗樹底下出生，而且是父親的第七個兒子。

他沒有見過父親——在他出生前已經病死了。

棗七的媽媽不是父親的妻子。所以棗七沒有家。

爲了讓棗七吃飽，媽媽每晚都跟村裡不同的叔叔睡覺。

村裡沒有人喜歡棗七母子倆——即使是那些跟媽媽睡覺的叔叔們。村裡的女人常常指著他們臭罵。小孩喜歡朝他們擲石頭——棗七總是擋在媽媽跟前。

在棗七滿十歲那一年，媽媽也死了。他沒有看見媽媽怎樣死，只看見她背脊朝天浮在河上的赤裸身體。沒有人告訴他媽媽怎樣死。他也沒有問。

於是他開始挑糞。每一夜赤足挑著兩大個空糞桶，走到十里外的岱鎮，挨家挨戶把糞桶裝滿，可以換五個包子；再把糞挑回村裡給農戶當肥料，可以換一把米。

每天過了午後又餓起來，棗七就到山上去找吃。能跑能飛的東西他都吃。連骨頭都嚼碎吃下去。有一次棗七遇上一頭比他身體還要大的野豬。他用石頭把牠打死了，左腿卻被豬撞得腫成比平日一倍粗，好幾天不能去挑糞。幸好那頭野豬他吃了三天才吃完。

□

村裡只有一個人不討厭棗七。那個人叫張牛，跟他年紀差不多。張牛喜歡到山上玩，有次遇見棗七，看見棗七懂得許多新奇玩意：抓鳥的陷阱、吹出奇怪聲音的樹葉、磨得圓圓的石彈子……棗七把玩意都教給張牛，於是他們做了好朋友。

張牛常常對棗七說：「村裡的人都說你笨。其實你一點也不笨。」

棗七的樣子看來確是很笨。村民都說他像猴子，他也覺得自己像：兩條手臂很長，垂下來時幾乎碰到膝蓋；四顆犬齒又尖又利；一頭亂髮枯枯黃黃的。可是張牛沒有取笑他，還常常稱讚他力氣大。

有次村裡幾個男孩圍著張牛要欺負他，棗七看見了，想也不想就撲過去。男孩們一個個給打得鼻青臉腫，其中一個手腕還脫了臼。這事情之後，村裡的男孩都不敢再欺負張牛，還很聽他的話，拿吃的東西來孝敬他。他把一半分給了棗七。

直到棗七跟張牛都過了二十歲，張牛卻還是不肯娶老婆。有一天張牛跟棗七說：「這村子眞的悶得要死。我不想一輩子待在這種地方。你聽過漂城嗎？聽說是個很好的地方。在那裡，只要夠聰明的人，可以賺到許多許多錢啊。還有很漂亮的女人，很好喝的酒，也有許多玩意。我想去漂城，可是又有點怕。你肯跟我一道去嗎？」

「漂城比岱鎮還要大嗎？吃的花樣比岱鎮多嗎？」棗七問。

「當然啦！漂城比幾個岱鎮還要大！」

於是他們到了漂城。

□

踏進城門後，棗七覺得有點頭昏腦脹。漂城比張牛形容的更要美麗太多。他們興奮地在街上四處走。張牛比棗七開心，不斷指著街上的店說：「我們賺到錢，就到這裡花！」

可是他們賺不到錢。到了漂城五天，他們都找不到差事。想到店裡頭問，還沒有開口就被人家趕出來，還捏著鼻子罵他們臭。幸好張牛帶著一點錢。他們找到破石里一家木搭的客棧，租了張床一起睡。張牛吩咐棗七睡覺時把東西都抱著，否則會給別人偷走。餓了他們就到市場撿剩菜，胡亂煮一頓吃。

第五天他們在街上遇到一個好人。他告訴張牛可以給他們找個好差事，不過得先給一些錢，好替他們疏通打點。張牛把錢給了那人。然後他們再沒有看見他。

最後還是棗七先找到差事。又是挑糞。棗七很高興。同樣是挑糞，現在賺的錢比從前多許多，夠他跟張牛吃飯和睡覺，而且比從前挑糞來回村子還要輕鬆。

張牛卻沒再找差事。日間棗七挑完糞回來睡覺時，張牛就在街上四處溜，還把棗七剩下的錢拿走，每天回來時都空著口袋。棗七沒有惱他。只要張牛高興，棗七就高興。

□

有一天張牛帶著錢回來，還有一隻燒雞。張牛跟棗七說，他認識了一個叫毛春的大哥，他是個眞正的好人，非但給他差事，還送他錢。棗七問那是甚麼差事，張牛卻不肯說。

不久之後張牛再沒有帶錢回來，而且又開始拿棗七的錢。有次棗七上街去找他，終於在破石里一家賭坊門外找到。

張牛漸漸變得不同了，回來後常常不問情由地罵棗七，又自顧自拿著酒喝，沒有問棗七要不要也喝一口。棗七想，大概是張牛的差事幹得不順利吧，也就沒有惱怒。張牛喝醉了，有時候會大聲說自己去娼館找女人的事，聽得棗七渾身發熱。棗七對漂城裡的女人想也沒想過，因爲他身上怎麼洗都有一陣臭味。

棗七覺得張牛變了，已經不像從前的張牛。棗七希望張牛變回從前那個樣子。棗七有許多次想跟張牛說：「不如回老家吧。」可是總不敢開口。

□

終於有一天，張牛沒有回來。棗七很擔心。過了三晚，張牛還是沒有回來。棗七決定這晚不去挑糞，睡足了就去找張牛。

棗七從客棧的人口中，打聽出那個叫毛春的大哥住在哪裡。從前棗七在客棧門外見過他，認得他的樣子。棗七進雞圍找了好半天，終於找到毛春。

毛春正在跟其他幾個男人賭骰子，沒有瞧棗七一眼。「張牛那傢伙給抓進大牢啦。」毛春說：「他『溜格子』，失手了。」

棗七聽客棧的人說過，「溜格子」就是進別人家裡偷東西。

於是棗七一口氣跑到大牢。他把身上的錢都掏出來交給牢頭，才被准許把張牛帶走。

看見張牛的一刻，棗七整個人改變了。

他看見的是張牛的屍體。他想起母親死時的樣子。屍體的衣衫全剝光了，被裹在一張破蓆裡。身上有數不清的傷痕。屁眼插了一根短木棍。

棗七渾身顫抖，慢慢把張牛的屍體抬上肩膊。站在他背後的牢頭不知怎地有點害怕起來——棗七的背影，散發著一股令人畏懼的氣息。

「這可不關我們的事。」牢頭心虛地說：「是毛春。他偷進善南街一戶人家，把那閨女姦了。後來才知道那人家跟城裡一個角頭老大有交情。是毛春把這小子打成這樣，送到衙門去頂罪的。那角頭老大在牢裡的幾個手下，前晚把他折磨死了。」

棗七揹著張牛的屍體，步過大牢外的荒墳。他要帶張牛回村裡安葬。

他把張牛藏在一座破廟裡——那破廟曾經是漂城最可怖的刀手匿居過的地方——然後到了北臨街的市集，偷偷從殺魚床子取了一柄刀。這是棗七平生第一次偷東西。他用布衫把刀裹著，走進了雞圍。

毛春早就聽到消息，不知躲到哪裡去。棗七那一天從早到晚沒有跟別人說過一句話，沒有喝一口水，沒有吃一口東西，沒有停下半步，只是不停在城裡四處找毛春。

晚上他走到破石里一家賭坊外。賭坊門前站著的三個男人同時注視他。棗七沒有理會，沒有看他們一眼，仍然筆直往前走。

就在棗七快要經過賭坊門前時，三個男人突然撲過來，一個從後勒住他的頸項，另外兩個各抓住他一邊臂胳。

「小子，來找麻煩嗎？」勒頸的那男人低聲在他耳邊說：「拿著甚麼東西？快放下！」

棗七發出一聲震撼街道的叫嚎，旋身揮臂把三個男人同時摔得倒地。

棗七卻沒有跑，仍然維持著剛才的步伐向前走。

賭坊裡迅速又跑出來五個男人，跟剛才三人一起撲擊棗七。其中四個已經拔出了小刀。

棗七的動作令他們不敢相信自己的眼睛：他像猿猴般猛地一蹤，跳得比賭坊前門的框頂還要高，足尖在牆上一踹，然後伸出彷彿會變長的手臂，攀在賭坊二樓一個窗戶邊緣。

棗七的身體撞穿木窗格，滾進裡面一個小房間。

房間裡頭只有四個人。一個坐在桌後，另外三個站著。站著的三個兇悍男人馬上有所反應，分三個方向把闖進來的棗七包圍著。他們都赤手空拳，卻擺出了棗七從沒有見過的奇怪姿勢。棗七用他野獸般的直覺看出來，這三人的拳頭，比山上的野豬還要難對付。

三人並沒有發出攻擊。六隻眼睛緊緊盯著棗七。

棗七半跪在地上，視線卻不禁投向坐著的第四個男人。

這男人比房間裡所有人都要矮小，穿著白色的棉袍，白皙的臉上沒有露出任何表情，手裡仍穩穩捧著一個茶碗。

可是無論任何人踏進這房間，都無可逃避要注視這個人。也許是因爲那從容的坐姿；是那頭臉微微傾斜的角度；又或是那溫和卻不失警戒的眼神，都令人無法忽視這男人的存在。

後來棗七知道，這個男人名叫狄斌。

□

第二天，狄斌的手下把毛春抓回來。他們把棗七跟毛春一起關在破石里倉庫地牢的一個小密室裡，關門前把一柄斧頭交給棗七。

棗七開門出來時，犬齒尖銳的嘴巴間，沾滿了鮮血與肉屑。

□

然後棗七就住在這座叫「老巢」的倉庫裡。

棗七畢生第一次泡了個熱水澡。他從來沒有想過，世上竟然有這麼舒服的事情。他急著想把這種感覺告訴張牛——然後才記起來，張牛已經不在了。棗七泡在蒸氣四冒的水缸裡，又覺得悲哀起來。

身上那陣糞味都消失了，可是穿上乾淨的新衣服時，棗七反倒有點難爲情，好像覺得自己的身體糟蹋了那衣服。

晚上他們讓他睡在裝草的麻袋上，還給他一張溫軟的棉被。那一晚棗七以爲自己會作許多惡夢。他唯一的朋友死了。他剛剛第一次殺人。

可是他沒有作夢，一直酣睡到三更——他平日起床幹活的時分。雖然以後也不用再挑糞，可是身體與腦袋這麼多年積下來的習慣，不是那麼容易改變的。

倉庫裡的燈火昏暗下來。許多人都在睡，還有十幾雙眼睛閃亮著。有的眼睛迅速瞄了瞄剛睡醒的棗七，然後又轉移開去。

棗七呆呆坐在糧袋上，手指緊抓著棉被。他忽然想起毛春。想起那撕裂的咽喉。他又想起從前在山裡獵殺的那頭野豬。沒有恐懼、噁心和懺悔。棗七明白了一個道理：**殺死一個人跟殺死一頭豬並沒有分別。只要你有充分的理由。不管那理由是飢餓還是仇恨。**

日間他就待在倉庫裡，卻不覺得悶。倉庫四周堆著數不清的貨物，已夠他瞧一整天。有許多東西棗七連名字也喊不出來——貨物外面都標著名目和數量，可是棗七不識字。倉庫裡最多的是一排排削得光滑的木材跟堆得比人還高的磚瓦，其次就是各種藥材。不過最吸引他的還是其他奇怪的東西：泛著淡藍色的粗糙礦石；不知從甚麼禽獸剝下來的紫色皮革；一整缸顏色刺眼的活魚；一堆軟軟像稀泥卻發出樹葉清香的東西……

倉庫的人說，這些東西有的遠從大海另一頭運過來。棗七沒有見過大海，卻也明白那必定是很遙遠的地方。

□

幾個月後狄斌再次出現。狄斌跟棗七說，過幾天要帶他去見一個人。

張牛沒有說錯——棗七其實並不笨。他在客棧中聽過不少關於漂城的事情。他猜到自己要去見的人是誰。他聽過那名字好幾次。

那個人叫于潤生。

第十四章
受想行識亦復如是

一個男人的野心與才能不相稱，是世上最悲哀的事。

花雀五左手支著下巴，默默坐在車廂裡觀看窗外風景，不期然回想起四年前「咒軍師」章帥跟他說的這句話。

馬車行走在當年同一條郊道上，方向卻相反了。那時候是晚秋，道路兩旁的樹木漫成一片燦爛的紅黃；如今樹葉都散落凋盡，猶如曾經稱雄漂城的「屠房」般消失無蹤，只剩形貌悽慘的枝椏，在十二月的寒風中顫抖。

——于潤生的那棵大樹，卻成長得多麼茂盛……

花雀五繼續沉默地看著風景。從前的他從來沒有這樣的耐性和閒情。淡淡的皺紋與刀疤在他臉上漸漸融合，令他的面相比四年前穩重不少。

四年前那個宿命的十一月初三。江五放棄了「豐義隆漂城分行」的掌櫃地位，回到了京都。那場震動漂城的黑道戰爭，他並沒有親眼看到最後。後來透過部下聽到關於漂城與于潤生的消息時，他都沒有任何激動反應。反倒是在離開岱鎮的馬車上，章帥跟他說過的話，他這些日子裡總不斷在心底裡反覆琢磨。

「小五，一個人要對自己坦白。」那時候章帥說：「于潤生是個怎樣的人，你心裡有底。你再否認，事情都不會改變。」

當時花雀五當然聽不進耳裡——失寵於義父龐文英，又眼看于潤生著著機先，妒火在他心裡熊熊燃燒。

可是他不敢反駁半句。花雀五自小就認識這個僅比他大十年的六叔叔。在龐文英跟前，花雀五的少爺脾氣偶爾還會發作，可是對著章帥他從來不敢多說話。

「我尊敬韓老闆，卻從不害怕他；可是章帥這個人，我倒有點怕。」 花雀五不只一次，從曾經是「豐義隆」首席戰將的義父口中聽過這句話。

「我知道你不服氣。」章帥那時候又說，一邊在撫摸唇上修得整齊的棕色短髯。章帥看起來比花雀五還要年輕，彷彿自從二十八歲登上「豐義隆」六祭酒之位後就停止了衰老。「我也知道你在悔恨，當初爲甚麼要把于潤生拉上來……」

花雀五今天已經沒有這樣的想法。他終於了解：像于潤生這樣的人，到了漂城這樣的城市，總會有出場的一天。

「五爺冷嗎？」坐在他身旁的「兀鷹」陸隼問：「要不要把窗板關起來？」

「不用了。我想看一看外頭。」花雀五微笑搖搖頭。從前他絕不會對陸隼這樣笑。四年前的戰鬥，陸隼在「豐義隆」陣中立下不小的功勳；然而大局定後他卻悄然返京，回到了花雀五的身旁。對於當時失意的江五來說，那種感動無法形容。這四年間花雀五幾乎沒有讓陸隼離開過自己身旁半刻。

「我已經很久沒回來了……」花雀五喃喃說：「很久沒見義父……」

陸隼不知如何應對。

「不用擔心我。我沒有傷感。這次再跟于潤生見面，我倒是有點興奮。」

在京都的幾年裡，花雀五只見過韓老闆四次——包括上次韓老闆病癒後公開會見「豐義隆」幹部。

最後那一次，卻是在他動身回來漂城之前，韓老闆特別召見了他。就只他一個，連章帥都不在。

韓亮。「豐義隆」第三代老闆，卻也是眞正的創立者。過去歷史上從沒有像今日「豐義隆」這樣的幫會。花雀五偶爾會想，到底需要多大的想像力與膽量，才能夠完成這樣的事業。

那天韓老闆只問了花雀五一件事。

「漂城那個叫于潤生的……是個怎樣的男人？」

花雀五把他所知的一切說出來。期間他不敢停下來喝口茶。

韓老闆默默聽完，然後示意花雀五可以離開。由始至終他都沒有露出任何表情，或者說過任何一句評語。

然而這已經足夠令花雀五下定決心回漂城。

——于潤生，就讓我看看你的野心跟才能吧。還有運氣……

□

于潤生從前當小廝的那家善南街老藥店還在，不過在幾年前更換了門頂上的招牌——如今上面寫著的是「大樹堂」三個金漆大字。

這是漂城裡第一個掛起的「大樹堂」招牌。

——四年前于潤生把這家藥店買下來。他跟從前的郭老闆說：「我想學做藥材生意。」郭老闆瞧瞧于潤生身旁幾個男人，胳臂比他的脖子還要粗；又瞧瞧堆在櫃面上的銀兩。他不情不願地在契約上押下了手印。

「大樹堂」這個名字在人們心目中有兩種意義：假若你問剛到漂城不久的人，他們只知道「大樹堂」是當今城裡最大的藥商，連同善南街這老鋪共有六家分店，最大的一家自然就開在安東大街。

住得較久的人卻都知道，眞正的「大樹堂」不僅僅是一家藥店：這幾年裡，漂城別的藥店一家接一家消失。有的關門結業，又或改做其他生意。平西石胡同那家大藥鋪則在一夜間變成了「大樹堂」的分店。唯一敢向官府告狀的那個老闆，如今還在大牢裡……

這個早上，善南街「大樹堂」後面那個小倉庫裡，沒有人在說話。只有兩種聲音：拳頭擂在肉體上的悶響；嘴巴被塞住而發出的悶叫。

狄斌穿著他最喜歡的白色棉袍，坐在一爐炭火前伸手取暖。對於那「沾搭子」的悽慘啞叫，他似乎充耳不聞。

他的三個隨從則在倉庫一角繼續「工作」。一個把那「沾搭子」的身體按著，另一個把他右腕緊緊拿住，手掌貼在一副磨刀石上。

那隻手掌幾乎已分不出是手背還是手心朝天——五片指甲都剝落，指關節全部扭曲，紫腫的掌肉滲出血水。

「沾搭子」是漂城黑語，指專門在賭桌上出手使詐的老千。這個「沾搭子」已經永遠無法幹那種工作。

狄斌的第三個手下叫田阿火，他一邊右拳同樣滲著血水——不同的是那並非他自己的血。儘管磨刀石上那隻手掌已不成手掌，田阿火還是慢慢一拳一拳地擂下去。因爲狄六爺還沒有喊停。

這三人都是狄斌從大牢「鬥角」拳賽裡親自挑選的好手，六隻硬拳頭曾經歷無數血肉交鋒的淬磨。狄斌喜歡把他們帶在身邊，因爲三個人都不大愛說話。

他們裡最矮小的是田阿火，僅僅比狄斌高半個頭，前胸後背卻厚得異常。狄斌看著他如何一拳接一拳繼續捶向磨刀石。那動作不激烈，卻讓人感覺每拳都很沉重。田阿火在大牢裡是個死囚。狄斌只看過他在「鬥角」中出場一次，感覺就像看著一顆圓滾滾的鐵球怎樣把對方壓碎。狄斌看完那場後，馬上決定花錢把田阿火從大牢弄出來。

狄斌終於站起來。田阿火停止了。那「沾搭子」因爲痛楚而激烈呼吸。另外兩人把他抬起來，讓狄斌正面瞧著他的臉。

狄斌凝視那「沾搭子」的眼睛。「沾搭子」迴避視線——田阿火馬上把他的臉捏住擰過去。

狄斌繼續凝視。

那雙眼睛裡有濃濁的恐懼。

——不，還沒有。

狄斌回頭又再坐下。「沾搭子」被塞住的嘴巴嗚嗚怪叫，似乎有話急著要說，但狄斌沒有理會他。三個拳手又再繼續拷打同一隻已經血肉模糊的手掌。小指終於熬不住捶打而整隻脫落。田阿火的拳頭落下三十一次後，狄斌又再站起來。

之前狄斌已這樣重覆凝視了三次。每次都沒有說話，只是冷冷地、無表情地凝視。然後又是不知何時停止的拷打。

——暴力本身不是最可怕的；更恐怖是不知甚麼時候才結束的暴力與不知目的爲何的暴力。

這次狄斌終於開口。

「我只問你一次。」狄斌說著時仍是毫無表情。

被拷問的「沾搭子」，心裡頓時像得到解脫，不斷在點著頭。

田阿火把綁在他臉上的布條扯下，掏出塞在嘴裡的布團。

「……是……金牙蒲川！……」狄斌還沒有問，他已一邊咳嗽一邊把答案說出來。「還有……那姓汪的……角頭老大……我忘了名字……」

狄斌點點頭。兩個手下把「沾搭子」放開。他的身體像爛布袋般軟倒。狄斌沒有回頭看他一眼，就帶著三人走出倉庫。

坐在店面的掌櫃恭敬地站起來。狄斌沒有說一句話，只是用食指在自己喉嚨上輕輕劃一劃。掌櫃會意點頭。

狄斌四人步出店門。他仰頭看著「大樹堂」的金漆招牌。他其實很討厭做這種事。然而只要是爲了保護這塊招牌，還有所有活在這塊招牌底下的人，他沒有任何慚愧。

□

雷義把役頭制服穿好時，妻子仍在酣睡中。

站在床前看著她露出被褥外的光滑肩膊，雷義不禁默想：

——我還以爲自己一生都不會改變。

有的時候他會瞧著自己十根粗短的手指。這雙拳頭已許久沒有打人了。他感覺指掌的力量比幾年前差了許多。可幾年前他的人生中，除了「原則」之外並沒有多少可以掌握的東西；如今他卻有太多事情不捨得放手。

第一次看見香苗的時候她還穿著喪服，帶著兩個孩子坐在善南街的石板路上，餓得臉色發青。她想投靠的那個親戚早已無法在漂城生活，不知搬到哪裡去。她身上只餘五個銅錢。

現在說出來同僚一定會笑他虛僞，可是那時候雷義確實沒有半點佔她便宜的意思。他只是無法忍受，這麼可憐的一個寡婦跟這麼可愛的兩個孩子，在他的管區裡餓死。

他爲他們租了一間屋，距離衙門不遠——那時候他還寄住在巡檢房裡。

然後是兩個月之後的一晚，當他探訪香苗的時候：她要煮家鄉最有名的辣窩菜給他吃作爲報答。他靜靜坐在飯桌前等待。兩個孩子也靜靜地坐在他兩旁。他瞥見香苗在廚房中弄菜的背影。他嗅著那暖暖的香味。是一種他夢想已久卻從沒擁有過的感覺。家的感覺。他走進廚房，從後面抱住她。

然後他再沒有辭退役頭職位的念頭。漂城還是每天都有人流血，可是他已漸漸不關心——或許應該說，現在的雷義只關心怎麼保護這幾個值得他關心的人。他要他們過更好的生活。他收受賄賂時再也不感到難堪。相反他在夜裡看見香苗脫下衣裳時，還爲自己能夠給她買更多更漂亮的衣裳而暗暗自豪。

不久後他們搬進了桐臺——就是從前「吃骨頭」古士俊的宅邸。于潤生替他講了個好價錢。

雷義俯身嗅嗅香苗的頸項。那香味花了他每個月五十多兩銀子。可是很值得。

他離開了府邸，回到衙門報到。不過他今天不會在巡檢房逗留太久。「大樹堂」的人昨天通知他，于潤生要見他。

他猜想于潤生要跟他談的是兩件事：一是總巡檢滕翊快將告老還鄉，他要如何競爭那職位；另一件是有關金牙蒲川的動向。

現在雷義出入必定帶最少十個人。誰都知道他是于潤生的人。如今漂城黑道上暗流湧動，他不想成爲第二個「吃骨頭」。

雷義知道金牙蒲川這個人許久。蒲川多年來不過是依靠「屠房」吃飯的私梟，錢確是賺了不少，可是從來不是甚麼吃重的人物。他甚至不算是道上的人。

雷義至今都不明白：像蒲川這種人，怎麼會成了于潤生的對手？

□

于潤生的家也在善南街上，跟藥店距離不足二百步遠。

狄斌站在前廳裡細看四周的陳設。跟剛搬進來時幾乎沒有甚麼分別。樑栓門牆都漆著讓人看得舒服的青色，桌椅家具只添了兩件新的，都是普通木材造的。沒有多少字畫裝飾，只在角落處擺著幾個素色花瓶，把宅邸買下時就已經放著。

龍拜不時勸老大替屋子多添些好東西，「不然我們流血流汗，掙來這許多錢幹嘛？」

老大通常只是聳聳肩說：「不過是睡覺吃飯的地方而已。住得舒服就可以。」

于潤生並沒有依隨漂城的傳統，發跡後馬上搬進豪宅林立的桐臺。他在善南街最寧靜的地段，挑選了這座已經建了二十多年的宅院。原來的主人是個木材商，因爲「屠房」敗亡而無法收回大量貨款和借債，一夜間倒產了。因爲有這個背景，屋子建得格外牢固。

宅院外頭四角、前門、後門及對街的房產，也被于潤生逐一買下來，供「大樹堂」的部屬及家眷居住——龍拜夫婦就住在後院對街的屋裡。這個屋陣把于潤生的府邸團團包圍保護著。

齊楚爲了方便日常作息，在安東大街的「大樹堂」總店旁一家客棧長期包了一間上房；狄斌則多數睡在破石里的倉庫「老巢」裡。這是齊楚的主意：破石里、善南街與安東大街三處形成互相呼應的指揮點，這是棋盤與戰場共通的原則。

至於鎌首，他每天都睡在不同的地方……

狄斌撫摸著頸項上那個小小的佛像護符。自從鎌首把它繫上去那夜起，它至今沒有離開過狄斌。也許是摸得太多的關係，佛像的雕刻已經變得有點模糊……

他瞧往窗外。庭園全是光禿禿的碎石地，沒有假山或涼亭，連樹木也沒有種一棵——想循庭院潛進宅邸的人根本無處隱伏，踏在碎石上也難以掩藏足音。

一個只有三、四歲大的小男孩在碎石地上跑過，左邊鼻孔掛著一行已半乾的鼻涕，手裡舉起一個穿著紅衣的小布偶。布偶的頸項縫口裂了開來，隨著男孩的腳步，那個布偶的頭似乎隨時都要斷開跌下來。

狄斌認得他是孩子裡最大的一個，嫂嫂把他喚作「黑子」。

黑子站住了，隔著窗口也望向狄斌。他用手背抹去鼻涕，在衣服上擦了兩下，鼓起圓圓的黝黑臉龐，眼睛定定看著狄斌。

——這神情……跟他爹好像……

在庭園中追過來的女孩比黑子要小一些，踏著剛學會不久的步伐撲到他身上。黑子彷彿沒有感覺，仍舊盯著狄斌。

女孩想把黑子手上的布偶搶回來，結果只把布偶的頭顱摘下。哭聲因天氣冷而顫抖著。

他們擁有同一個父親。這樣的孩子在于潤生家裡養著八個。每一個的母親都不同。有三個還是手抱的嬰孩。父親連名字也沒替他們改。

這些孩子的媽媽當中，狄斌就只認識黑子的母親。那個只會說一點點官話的異族女孩，外表有點強悍，聽說是從西南方很遙遠的地方而來，腰間常常佩著一柄短彎刀。她到漂城來時已經懷著孩子。

生下黑子後不久，那女孩就用彎刀自殺了。狄斌的部下把她收屍，安葬在漂河邊的新墓場裡。他看過她的屍體。女孩死時的眼神，充滿了罪疚與恐懼……

「六叔叔，早啊。怎麼不坐？」

狄斌回頭，看見大著肚子的李蘭，手裡提著冒煙的水壺，朝他搖搖擺擺走過來。

李蘭因爲懷孕而胖了許多，原本顴骨太高的臉也變得柔和。狄斌想起自己的母親。那是同樣的一種笑容：一種可以包容一切、彷彿令四周事物都變得溫和的笑容。當然狄斌知道李蘭的笑容並不屬於他。每個人只有一個母親。可是那借來的快慰，仍足以驅走冬晨的寒意。

他把李蘭手裡的水壺接過，交給身旁的田阿火，再扶著她坐上椅子。另外兩個部下擺開几上的杯碗沏茶。

「嫂嫂，傭人呢？」狄斌皺眉。

「他們在弄早飯。叔叔別惱，水壺是我自己要拿的。」宅裡幾個女傭全是李蘭昔日農村裡的鄰居——于潤生只讓這些足以信任的人接近自己的起居生活。李蘭從沒認眞把她們當傭僕使喚。

在李蘭堅持下，三個手下也跟隨狄斌一同到廚房裡吃早飯，她不知道這三人的過去。或許她根本不在乎。

狄斌是在把田阿火收爲部下之後，才知悉他過去所犯的罪行。要是在幾年前，狄斌只會對田阿火這樣的男人感到畏懼，說甚麼也不會放心讓他跟嫂嫂坐在同一桌吃飯……

于潤生不在家時，李蘭都在廚房跟傭婦們一起吃飯，免去她們許多收拾打掃的工夫。特別在冬天，爐火把廚房燒得暖暖的，比坐在正廳吃飯還要舒服。狄斌看著廚房濕滑的石板地，再次皺眉，扶著李蘭的手不敢放開。

一起來吃早飯的還有龍拜的妻子跟老媽。狄斌每次看見她們就覺得頭疼。

三個部下默默把熱呼呼的麵條啜進嘴裡，再默默地咀嚼著。同桌就只有馮媚跟龍老媽在不停說話。傭婦們偶爾才插口一兩句。

狄斌看著馮媚那蓬亂的頭髮，想不通二哥怎會娶個這樣的女人。就爲了那雙快要跌出衣襟的奶子麼？

「六叔叔我問你，怎麼還不娶妻子？年紀不小了嘛！」

又來了。狄斌裝作沒聽見。

「漂城這麼大，難道沒有一個六叔叔喜歡的嗎？我早跟你說過，把我幾個標緻的舊姊妹帶給你相一相……」

婊子。狄斌馬上又把腦海中這兩個字抹去。他不容許自己對二哥有半點不敬——儘管只是在腦袋裡想一想，儘管龍老二在外面還有許多女人。他挾一個肉餃子塞進嘴巴。

「你這種婆娘，也只有我家孩子才受得了。」龍老媽半帶玩笑地說。龍老媽是半個胡人，膚色比李蘭還深一些。狄斌第一次看見她，才知道龍拜那豪爽的笑聲原來遺傳自母親。她對兒子娶了個妓女並沒有太介意。有一次她曾跟狄斌悄悄說：「只要她能生孩子就好。」不過幾年下來龍拜還沒有當得成父親。龍老媽常常看著于潤生家裡那些孩子說：「該生的生不了，不該生的卻生下這一大堆。」

幾個孩子早就吃飽，圍著飯桌團團轉。李蘭抓住黑子，拿布巾替他抹去嘴角黏著的飯粒。她輕輕把黑子抱在懷裡，又撫撫自己的肚皮。「我這孩子真好運氣，還沒出生就有這許多哥哥姊姊等著陪他玩。」

黑子的臉貼在李蘭胸前，眼睛又再瞧著狄斌。那細小的腦袋在想著甚麼？狄斌不知道。他再次撫摸著佛像護符。

傭婦把碗盤收拾了。狄斌吩咐田阿火三人先回前廳等著，然後陪李蘭走到後院。

「叔叔，我的二哥甚麼時候回來？」馮媚在門前一把拉住狄斌。他沉默了一會。龍爺一向由老大直接指揮，負責押運「特別」的私貨，狄斌並不知道詳情。他只好把一個大概的日期告訴她。

馮媚瞧著他倆走往後院，露出神秘的暗笑。她懷疑狄老六對大嫂有點曖昧。否則這傢伙怎麼連女人都沒有一個？說不定嫂嫂肚子裡的……

好不容易終於只剩下他們兩人——不，還有抱在狄斌臂彎上的黑子。

李蘭低頭看著她在後院劃出來的一小塊田地，看看田裡種的瓜果有沒有給凍壞。「叔叔，你有甚麼話要跟我說？」

黑子的鼻涕又流下來，這次沾到狄斌的白棉袍上。他沒有理會，還用手替黑子擦鼻。

「大夫說過甚麼時候要生？」

「大概還有兩個月吧。」李蘭左手撐著腰肢，右掌感受著肚皮底下胎兒的蠢動。先前那笑容又再出現了。

狄斌不禁把黑子抱緊。這麼一個細小的生命就在自己懷裡。另一個又將來臨……

——**我願意用生命保護這一切**。

「嫂嫂，你別怪老大，這種時候還不在家……」

「我已經習慣了。」李蘭的心在那麼一瞬間，飛回城外老家那倉庫的某個上午。陽光曬過的乾草堆很溫暖。還沒有成爲她丈夫的于潤生，赤裸躺在她的身旁，默默凝視著倉庫的屋頂……

「潤生他也好久沒有這樣子。每次他有要緊的事情，總愛獨個去想，身旁的人他都好像看不見……叔叔別擔心，我沒惱他。我怎麼能惱他？」

李蘭垂頭看著肚子，彷彿在跟未出生的孩子輕聲說話：「他跟我說：『我們小時候沒有的東西，這孩子都會有；我們從前看過的許多不想看的東西，他一生都不會看見。』」

于潤生的話從他妻子口中說出來，狄斌覺得格外有一種安慰感。

「倒是你啊，六叔叔。」李蘭看著狄斌臂彎裡的黑子，眼中看見的卻是孩子的父親。「你還在惱五叔叔？」

狄斌把臉別過去，沒敢直視她——他怕被她看見自己的表情。

「我……沒甚麼好惱的。他喜歡怎樣過活，是他自己的事。老大也許比我還要失望吧？」

李蘭搖搖頭。「不會的。幾個兄弟裡，潤生就特別疼你跟五叔叔。你也知道的。」

「就是疼他，看見他現在這樣子才更……」狄斌不想再說下去。他垂頭逗著懷裡的黑子玩耍。

「你這小傢伙叫黑子嗎？」狄斌跟孩子互相貼著額頭：「人家叫我白豆。我們剛好湊個一對呢。」

貼得這麼近的近距離裡，狄斌又再看見那孩子凝定的眼神。真的像極了他爹。

——二十六年後，這兩個年齡剛巧也相距二十六年的男人手握白刃對峙時，狄斌看見的也是同樣的眼神。

□

茅公雷每到一個城市，必定到那城裡最好的娼館，跟裡面最好的妓女睡覺。

昨晚這個叫春美的女人還不錯。腰略粗了一點，但很有力。茅公雷習慣在性交時把注意力集中在女人的腰上。神情、聲音、四肢的興奮反應都可以假裝，唯有腰肢假裝不來——蓄意的扭動與不由自主的掙扎有很大的分別。每當女人到達那肉慾的頂峰時，激烈的搖撼自腰肢傳達到乳房、頸項、雙腿……然後全身瞬間僵硬了。那一刻，女人暫時到了另一個世界。

以身體把美麗的女人暫時送到另一個世界；用刀刃把可憎的敵人永遠送到另一個世界——這是茅公雷平生最引以自豪的兩件事。

茅公雷喜歡女人。他相信一個城市的女人有多棒，也顯露了那個城市有多棒。漂城是個很棒的地方。

春美終於醒了。她伏在他堅突如岩石的胸膛上，顯得比他還要累。她看看他，沒有說甚麼恭維奉迎的話，只是滿足地笑笑，撫弄他那頭像被電殛過、又硬又濃密的鬈曲亂髮。

別的男人大多賤視妓女。茅公雷沒有。他甚至對她們有點尊敬。妓女有著洞察男人的驚人能力。她們永遠知道哪種男人最愛聽見甚麼話——或是甚麼話都不愛聽。

春美起床，穿上薄薄的衣裳跟木屐，到房外吩咐小廝打些熱水來給茅公雷梳洗。就在她開門時，茅公雷瞥見對面另一個房間也打開門來。一個妓女穿著跟春美同樣少的衣衫，手裡捧著個銅盆，從對面房間盈盈步出。春美跟她點頭，輕聲叫了一句「姊姊」。

茅公雷像忽然被蛇咬到般跳下床，赤著上身和雙足衝出房門，從後探視走在廊道上那妓女的背影。妓女似乎聽到後面的腳步聲，略一回頭，接著又向前行。

他媽的一個好女人，茅公雷心裡嘆息。白得像雪的臉已不年輕，大概已快三十，可是細長的眼睛跟豐厚的嘴唇卻足以說服人，現在這個年紀才是她最美麗的時候。步行時肢體的動靜，馬上讓男人想像著衣服下的身體是如何溫暖柔軟。茅公雷昨夜經過三次激烈性交的陽具，現在又迅速勃起來了。

這種女人茅公雷過去也見過幾個。是那種天生能教男人瘋狂的女人。她們的命運通常都不太好。

春美沒有因爲茅公雷的舉動而覺得難受。她也了解「姊姊」這種吸引力。過去「萬年春」裡就只有寧小語一個能夠稍稍蓋過「姊姊」。

茅公雷心中暗暗咒罵鴇母。昨晚他很清楚地跟她說過，要「萬年春」這裡最好的女人。結果那最好的女人，昨晚睡了在對面的房間。

茅公雷把視線轉向那房間。他並不眞的惱怒，倒是好奇這房間裡的是個怎樣的客人。

他在房門上敲了三下，唬了春美一跳。

「茅爺，還是不要……房裡……」春美也看出茅公雷並不是普通的客人——他有兩個隨從就睡在左右隔壁——然而跟這房裡的人相比……

——可是世上沒有茅公雷不敢見的人。

「你知道裡面的客人？」

「他不算客人……他跟琳姊是老相好，偶爾就住在這裡……」

房裡沒有反應。茅公雷把房門推開，輕鬆得就像回到自己家裡一樣。

那「客人」全身赤裸地盤膝坐在床上。

茅公雷過去也見過幾個胖得過分的人。有兩個是在京都當官的。看見這種胖子時他都會想像，自己的硬拳頭捶在那種肚滿腸肥的身體上會有甚麼後果？也許要擊倒這麼一條肥豬也不是易事。

可是他從沒見過這麼高的一個大胖子。連盤膝坐著也令人感覺到那高度。胖子通常膚色都比較白——常在陽光底下勞動的人胖不到哪裡。可是這胖子的皮膚卻黝黑得像熟銅。身體與手腳滿是斑斑的舊傷疤——高聳肚皮上的那些更是格外明顯。身上許多處都紋著刺青圖案，有的看來因爲身體長胖而變了形。圖案的風格與墨色各有不同——這胖子必定到過許多地方。

他坐著的那張床恐怕是特別訂造的，否則早就塌了。茅公雷看得出來，這胖子的脂肪底下還留著過去吃苦鍛鍊的肌肉——他必定比另一個與他同一大小的胖子沉重得多。他並不髒，指甲都剪得短短，烏亮的長髮與鬍鬚修得很整齊。胖子通常都給人一種意志不堅的印象——連自己的體型都控制不了的人，茅公雷認爲沒有任何意志可言。但眼前這張圓胖的臉，五官輪廓仍予人堅實得像鋼鐵的感覺。

胖子額頭中央有一點黑得發亮的疤記，形狀像彎月或是鐮刀。茅公雷馬上就知道他是誰。

「你好。」茅公雷逕直走進房裡，坐在小几前的椅上。几上有一壺昨夜的殘酒，茅公雷拿起來，含著壺嘴就喝起來。

「你的女人挺騷的。」茅公雷抹抹嘴角又說。

「嗯。」鐮首點點頭，他瞧著茅公雷的神情很輕鬆，兩個男人彷彿早已相識許久。

「叫甚麼名字？」

「曲琳。」

「滿好。」茅公雷站起來，活動一下肩頸，像要準備工作一樣：「讓這女人給我一晚如何？」

鐮首聳聳肩：「我不是她老公。她是個賣身的，要跟誰睡覺，我阻不了。」

「不見得吧？我看她只跟你一個睡。因為你，沒有其他人敢嫖她？」

「我不大清楚。你可以問問她。」

曲琳剛巧回來，捧著一盆剛換的熱水。看見一個陌生男人赤著膊出現在房間裡，她捧著銅盆的手沒有搖動一下，只是微微一笑，然後把銅盆放在床上，拿起盆裡的布巾替鐮首抹臉。

「果眞是個好女人。」茅公雷這次忍不住說了出口。他毫不避忌地瞧著她的胸脯跟腰身。看著她細心為鐮首抹拭，他明白了：不是別人怕了鐮首而不敢嫖她。是她沒有把鐮首以外的男人看在眼裡。

茅公雷即使多喜歡女人，還沒到會為女人跟別人動氣的地步。只有對那些打女人的男人除外。有次他在京都街上，幾乎徒手把一個愛打老婆的男人那話兒扯下來。後來他老婆去偷漢子。那男人也不敢吭一聲。

曲琳正在替鎌首抹著腋窩。茅公雷走前一步，伸手抬起她的下巴，正面端詳著她的臉。曲琳沒有迴避，也沒有閉上眼，鎮定地回視茅公雷。仍然是那個笑容。

「就可惜太命薄。」茅公雷看了好一會，才把她的臉放開。

「你會看相？」鎌首問。他伸出舌頭舐舐嘴唇。茅公雷把几上的酒壺遞給他。鎌首同樣就著壺嘴大口地喝。

「我不會。只是有這感覺。」茅公雷拉拉褲子：「趁還有緣分，多疼她一點。」然後他揮揮手推門離開。

「到下面喝一杯如何？」鎌首放聲問。

「下次見面再喝。」茅公雷的聲音隔著門板傳來：「你胸口刺的那隻三頭犬很好看，下次我也找人替我刺一個。」

「他是你朋友？」曲琳摟著鎌首的肩問。

他搖搖頭。「不過這傢伙好有意思。」

「嗯。」曲琳點頭同意：「這麼誠實的男人，這年頭快死光了。」

鎌首撫摸肚皮。曲琳馬上揪住他耳朵：「又餓啦？你這死胖豬！」她笑著輕輕擂在他肚子上。

鎌首笑著倒在床上，床架大力震動了一下。他輕輕把身體不及他一半的曲琳擁在懷中，同時嗅到窗外安東大街傳來濃濃的烤肉氣味。

他決定了今天的早點。

□

茅公雷的兩個部下早就在廊道上等待——剛才他衝出房門的聲音已把他們驚動了。三人梳洗更衣後離開了「萬年春」，找尋吃早飯的地方。

——接著就要去見龐祭酒了。

茅公雷昨天傍晚已經到了漂城，本應馬上到正中路的「豐義隆漂城分行」打個招呼。可是龐文英對宿娼頗有點厭惡，茅公雷也就先去痛快一番。

三人在一家飯館胡亂點了些麵食和餡餅。茅公雷很喜歡南方的這些食物，比起京都的東西精緻得多。

茅公雷沒有穿上外袍，只是搭在肩上。漂城的冬天對他而言不算冷。

吃飽後三人還在安東大街四周閒逛。茅公雷對部下從來沒有架子：他吃甚麼他們也吃甚麼；他嫖的時候他們在鄰房也有姑娘侍候——老大在快活，小的卻要站在門外喝風，茅公雷覺得那多麼沒意思……

是做正事的時候了。手下昨晚已經聯絡過城裡提供消息的人。他們確實見過好像管嘗的男人。另外二十三個部下已經守在三道城門前——眞正同時進行監視的只有九人，其餘的則定時換班及負責通信。茅公雷經常都準備充足的人手，以免部下太辛苦。而他信任這二十三人裡的每一個。每道城門佈置三個人已經足夠。

當然在要緊關頭，他還是可以借助「豐義隆漂城分行」的力量，只要告訴掌櫃文四喜一聲，隨時可以動員一、兩百人。可是他不想讓別人分享功勞。這次追捕行動，他已走了一千多里的距離。

管嘗，「平亂大元帥」陸英風的心腹隨參。幾年前與元帥的另一親信翼將霍遷三人一起失蹤。

——管嘗的頭顱值上二百兩黃金。這是大太監倫笑在江湖上宣佈的暗花。當然，聰明人會跟蹤管嘗找出陸英風所在。那位曠世名將的首級，價值更高十倍。

茅公雷當然不是爲了黃金。倫笑與當今「豐義隆」大祭酒容玉山關係極是密切；而追捕的命令來自容祭酒的長子容小山。

——那個只會倚仗父蔭的混球……

發現管嘗是很偶然的事：他在東淮城跟一個老鄉遇上了，彼此談了幾句話；那傢伙兩天後犯事被抓，亮出了同鄉的名諱官階來求情——他不知道管嘗早已揹著逃軍之罪。據那人說，尚有幾個男人與管嘗同行。

茅公雷一直沿海南下，直至到達漂城才追上來。他相信對方到漂城來並不是偶然。也許這裡就是他們的目的地。

自從「平亂戰爭」以後，商旅繁忙的漂城漸漸成爲重要的情報交流站。南方的叛逆勢力雖然在戰後元氣大傷，但並沒有就此根絕。不論南北雙方的線眼探子，還有爲錢賣命的情報販子，都利用商業作僞裝而活躍於漂城。茅公雷很清楚這些事，因爲龐文英也有在漂城爲朝廷重臣收集情報。這一向是「豐義隆」重大的政治本錢。

陸英風若想東山再起，最直接的途徑就是跟南方那些充滿野心的藩主合作——儘管他們過去曾是死敵。把持著朝廷權力的倫笑，最害怕的事亦莫過於此：南方豐饒的軍事資本，與陸英風的軍事天才結合。

「漂城這個地方眞有趣……」

茅公雷又想起剛才在妓院「萬年春」裡遇上那胖子。按情報描述他就是于潤生的結義兄弟之一。本來他對漂城這股新冒起的勢力興趣不大，可是看見鎌首後他改觀了。

——像這樣的男人，于潤生手底下有多少個？

□

「于潤生那渾蛋，到底在打甚麼主意？」

汪尚林咬牙恨恨地說，把茶碗猛摔到牆角。在成爲「戳眼」吹風三爺手下頭目以前，他曾是城郊令旅人喪膽的翦徑強盜，那暴烈性情跟從前的吹風有點相像。

坐在另一邊的魯梅超，把食指按在嘴唇上。「別他媽大嚷，要讓漂河上下的人都聽見嗎？」兩人不約而同瞧向窗外。漂河上游的河彎處，那座新埠頭在清晨就繼續動工了。看來已快要建好。

「那姓于的，不知哪來這許多錢……」魯梅超雙眉緊皺。「你確定龐文英沒有參一份嗎？」他說時看著金牙蒲川。

蒲川咧開嘴巴，露出一貫的笑容。四隻鑲金門牙反射著晨光。

「我肯定。『豐義隆』要是有出錢，根本就不必隱瞞。」

跟高壯的汪尚林與精悍的魯梅超相比，金牙蒲川卻反而是三人裡面最鎮定的一個。

他們坐在漂河「合通埠頭」二樓一個帳房裡。在這地方他們很安心，因爲金牙蒲川就是這座漂城唯一埠頭的老闆之一，佔其中三成的權益。另外三個合資人，兩家分別是漂城最大的米糧行與酒莊，各佔兩成半；餘下那兩成原本屬於「屠房」，不過三年前三家股東就同意了把它轉送給龐文英，以確保生意繼續順暢經營。

「合通埠頭」仍像往常般繁忙。埠頭那細小規模，早就跟不上漂城的商業增長，故此每天幾乎都要通宵運作。卻也因爲這麼緊張，金牙蒲川才能夠把裝卸貨物的費用抬得高高。

——然而待上游那座新埠頭建成後，一切都會改變……

汪尙林和魯梅超兩個角頭老大都是「屠房」崩潰後分裂獨立的新勢力，幾年來一直負責照保蒲川的私貨買賣，經常出入「合通埠頭」。三人在這裡會面，絕對不會惹人生疑。

「于潤生怎麼會忽然答應跟你談判？是不是他已經知道我們的打算……」汪尙林盡量壓低著聲線：「要是失了先機，跟那些腥冷兒硬碰起來，誰也不知道結果會如何！」

這句「腥冷兒」格外突兀：自從四年前那一役，城裡幾乎再沒有人用這稱呼于潤生跟他的勢力。只有仍然眷戀著「屠房」輝煌時代的前幹部，偶爾還會把這貶稱掛在嘴邊。汪尙林正是這類「屠房」舊部裡最頑固的一個。

「汪哥哥怕麼？」蒲川的笑容未變：「我不覺得有甚麼好怕的。他要是想動手，根本就不用答應見我，現在就可以開戰了。是我們把他逼到這地步的。」

「說不定他想借談判作幌子，令我們鬆懈。」魯梅超從前替「窒喉」陰七爺做事，性格比較謹愼。

「那麼我們就要更小心。」蒲川說：「不過你想想，他有這個必要嗎？要在談判中暗算我根本太困難。他不會笨得以爲我會全無準備就赴約吧？」

「那麼……」汪尙林焦急地問：「我們原來的想法……」

蒲川伸出舌頭舔舔金牙。「當然繼續準備。不過先聽聽他有甚麼話要說。我始終是個生意人嘛。」

蒲川那四顆牙齒，是在他十五歲時給鄰村流氓打掉的，直至三十六歲發跡後才補上金牙。

在那二十一年間，他靠著一張缺牙的嘴巴，打滾於黑白二道之間。

在「屠房」全盛時期，蒲川仗賴與「剝皮」老俞伯的關係，包攬了全漂城私貨販運的四成，住進了豪華宅邸，一口氣娶下三個小老婆，在安東大街開了兩家娼館跟八所飯館酒家。他經手的各種私貨：木石、布帛、皮革、糧油等都印有自家的標記。

藉著私貨生意的資本，加上「屠房」的拳頭，他半強逼地取得「合通埠頭」半數權益——他掌握那三成擁有權，最初其實只是「屠房」授權代管。

四年前「屠房」倒下了，金牙蒲川並不太憂慮，反而慶幸自己並非「屠房」的正式從屬。只是漂城黑道換了個主人而已，蒲川深信不管誰當家作主，始終也需要他——還有他手上牢牢掌握著的販銷網路。

在霸權易手之初，金牙蒲川的生意接近全面停頓。「豐義隆漂城分行」正式鞏固了在漂城的地位後，蒲川才有機會透過查嵩拉線（當然其中免不了花大把金銀），跟龐文英交涉成功，重開所有的私貨買賣。當然「豐義隆」自己的私鹽生意，是不會讓蒲川這個外人沾手半點的。

「屠房」原有的勢力分裂成爲十幾個新的幫會，他們爲了在新秩序中爭取財源，不時爆發衝突。手握大生意的蒲川趁機把其中最大的幾股勢力招攬了過來——私貨買賣，總需要有黑道的力量照保，否則寸步難行。他與幾個角頭老大可說互相依存，而當那些老大之間出現重大分歧時，蒲川則儼然成爲當中的仲裁者。相比過去要對「屠房」唯命是從，蒲川如今在道上的地位反而日益吃重。

在漂城的新時代裡，金牙蒲川掌握著前所未有的機遇，正在逐步冒起。然而他這時遇上了「大樹堂」。

于潤生的「大樹堂」。漂城黑道上從來沒有人聽過的名字，卻突然成爲城裡僅次「豐義隆」的新勢力。整個幫會彷彿從天而降一樣。

「屠房」朱老總是誰幹掉的，「大屠房」是給誰攻破燒掉的，從來沒人正式承認，可是全漂城的人心裡都知道。那夜的事情經過，眞正目擊的人其實不多。但在黑道上，過程是不重要的，重要的是結果。結果是「屠房」的漂城一夜之間變成了「豐義隆」的漂城，並且平空冒出了一個「大樹堂」。單從這一點就知道，這時勢是由于潤生創造的。

「大樹堂」這幾年在私貨買賣上迅速擴張，已經嚴重威脅著金牙蒲川的生意。如今于潤生又在漂河岸邊興建比「合通埠頭」大一倍的新埠頭，更是有如在蒲川生意王國的心臟插進一把尖刀。

蒲川很早以前就多次派人去探聽于潤生的口氣，希望能夠談一談雙方合作——他深信這對大家都有利。即使合作不成，至少也應該把兩個埠頭間劃清一條經營的界線。但令他大感意外的是，于潤生竟然完全拒絕談判，似乎一開始就認定蒲川是對頭。這教蒲川甚爲惱怒——在他的世界裡，沒有甚麼是不可以坐下來談的，分別只是誰佔多少利益而已。他許多次暗裡咒罵這個不懂生意爲何物的小子。

雖然惱怒，金牙蒲川並沒有因此就下定決心與于潤生做正面對抗。他是個很實際的人。不過預先作一點最壞準備，也不是壞事。

蒲川花了很長時間，不著痕跡地把城裡眾多反「大樹堂」的勢力拉攏到一起。最初他只是想增加日後談判的籌碼，然而隨著策劃漸漸成熟，他越來越深信，就是用武力打倒于潤生，也並不是作夢。

當然蒲川很明白另一件事：跟于潤生開戰，不是掌握了力量就夠，還要看漂城裡兩個人的面色：龐文英與查嵩。

「姓于的這幾年生意越做越大是事實，可是還不至於富有得能獨資建這麼大的新埠頭吧？」魯梅超擔心的，始終是「豐義隆」的立場。「你確實跟龐老頭談過嗎？他真的沒有反對……我們除掉那姓于的嗎？」

蒲川用力地點點頭。

兩個月前蒲川曾經拜訪龐文英，暗示可能要與「大樹堂」開戰。龐文英當時只是神秘地微笑，沒怎麼回應。蒲川相信這微笑代表了默許。

誰也沒法確定「豐義隆」跟「大樹堂」的關係。「大樹堂」成立之初肯定有「豐義隆」支助，但除此以外這幾年兩邊的合作不多──相比起來蒲川跟「豐義隆」的生意關係還要更密切；龐文英從沒公開承認過于潤生是他的部屬；而「豐義隆漂城分行」新任掌櫃文四喜，與于潤生也甚少交往。

可以說，這四年裡「大樹堂」只是藉著「豐義隆」庇蔭而獨自在壯大擴張。兩者之間的關係從沒有人證實——這四年裡「大樹堂」好幾次遇上衝突，都是以自己的力量解決，「豐義隆」並沒出手協助。

如今于潤生建這新埠頭，跟「豐義隆」在「合通埠頭」的利益，其實也有直接衝突……

江湖上「兔死狗烹」這種事並不新鮮。「屠房」既已不存在，于潤生這頭猛犬，在龐文英眼中到底還有多少價值，是一個疑問。

至於漂城知事查嵩，蒲川跟他本來就是老朋友。查嵩更打從一開始就討厭于潤生——聽說起因是于潤生的結拜弟弟搶了查嵩的女人……想到這裡，蒲川更覺得于潤生做事實在欠缺火候。爲了一個女人——而且不是自己的女人——而得罪查知事這樣重要的人物，簡直是愚蠢。

蒲川跟查嵩很快就達成了協議：一旦蒲川動手，查嵩必定會站在他這邊。要是「豐義隆」有不滿，查嵩更會出面擺平。

然而蒲川並不希望眞的演成全面戰爭。這對於生意的損害太大了。

——要是能夠直接把于潤生這個人，從漂城剔除去……

蒲川對於自己有這個想法，最初也有些驚訝。他過去從來沒這麼渴望把一個人殺死。可是自從「屠房」消失後，漂城的規律似乎時刻都在變。蒲川感到很不安。他要盡快定下有利於自己的規則……

「我看沒有甚麼好談的。倒不如先下手爲強！」汪尚林是最渴望血腥的一個。四年前「屠房」失敗的屈辱，他至今仍未能吞下。「就趁他去赴約途中……」

「太沒把握了。」蒲川考慮了一會後搖搖頭。他的腦袋經常也在衡量風險與報酬。這是他天生的本能。

「那萬一談判不成，就馬上做掉他幾個義弟！先砍去他的左右手！」汪尚林始終堅持。

「『拳王』那個傢伙最容易。他已經胖成這個樣子，要逃也跑不動。而且他幾乎每晚都宿娼，身邊又很少護衛。」魯梅超負責盯住「大樹堂」每個幹部的行蹤，對他們的起居習慣十分清楚。「還有管帳那個齊老四，每天都出入相同的地方，要在路上截擊他也很容易。」

汪、魯兩人都躍躍欲試，他們期望成為前「屠房」眾勢力中復仇的先驅。這名聲在道上將成為重大資產。要是順利的話，甚至可能再次揚起「屠房」的大旗……

蒲川在沉思。幹掉于潤生兩、三個兄弟，確實能打擊他於一時……不行，他覺得風險還是太大。蒲川時常都提醒自己：他要面對的是把「大屠房」燒燬了的人。要麼在第一擊就把于潤生殺掉，要麼就不動手。

要是真的成功刺殺了于潤生，之後要怎麼辦？趁著消息未傳開去前，也許可以再幹掉他一、兩個義弟，餘下那些再跟他們談判。對方最初的反應必定是全力報復。可是只要于潤生不在，他們很快就會看清現實，甚至可能為了爭當老大內訌起來。

到時城裡其他懂得看風向的小勢力，也會迅速聚攏過來這邊，蒲川作為牽頭人，地位將會水漲船高。他可以一邊侵吞「大樹堂」的利益，一邊與「豐義隆」討價還價。要摺倒「豐義隆」，大概是這輩子也辦不到的事，但起碼能夠跟對方分享漂城。蒲川知道，那將是自己人生的頂峰……

他努力教自己不要受那想像的誘惑，因而影響了眼前的判斷。他瞧向漂河。曾經漂洗出各種彩色布匹的河水，多年前已變得如此混濁。越是混濁，像他這樣的人才越容易生存。

「我們繼續準備一切手段。」蒲川說。「可是先聽聽于潤生開出甚麼條件來。**記著，這是生意。**」

□

那天日出時分，龐文英等待著第一線曙光從城東的地平線泛起來。他帶點浮腫的皺褶眼皮瞇成幼縫，彷彿徘徊於清醒與睡夢的邊界上。

日出與日暮的景象，看起來是如此相似。分別也許只在乎觀者的心境。龐文英明明是看著朝陽冒升，可是感覺卻像是目睹夕陽將盡。

——十三年前的那個夕陽跟前，他身上處處包紮的傷口都滲出血，疲勞像尖錐般刺進每一個關節……

龐文英，京都黑道霸主「豐義隆」二祭酒暨首席戰將。當年已經五十三歲，卻仍然擁有跟三、四十歲時無異的鋼鐵身軀。可是經過整整一天的慘烈戰鬥後，他第一次有「老了」的感覺……

不。那只是肉體的疲勞。一個人眞正感覺年老，是當他發覺人生未來的各種可能已經漸漸消失的時候。那是精神上的「衰老」。

對龐文英來說，這「衰老」並非僅僅一種感覺，而是一件實物。一支箭。

夕陽。燕天還當日從西方背著光芒騎馬而來，龐文英只能看見那英姿爽颯的身影。他最鍾愛的大弟子。他的未來。他的延續。

龐文英試圖在記憶裡加入燕天還的笑容。那眼睛與嘴唇……可是十三年已經太久了。那張臉變得模糊。還漸漸變變成了于潤生。

——是眞的因爲我的記憶變淡了嗎？還是現在于潤生的存在太過鮮烈？……

破風聲。箭命中了胸膛。心臟溢血。燕天還/于潤生的身影倒在馬鞍上。

龐文英閉起眼睛一會，才再次張開來。陽光更盛。他努力告訴自己，這是旭日，不是夕陽。

胯下愛駒紋風不動。牠也老了吧？這是龐文英人生中第十一匹馬。也許是最後一匹。他喜歡馬。喜歡牠畢生都站著。那是一種尊嚴。

而尊嚴這東西，在龐文英的世界裡沒有價碼。

所以這幾年他都喜歡到城郊騎馬。大多在清晨——早起的習慣這麼多年都沒有改變。策騎不爲了甚麼，只是想感受那種單純的速度。當風沿兩耳獵獵而過時，他可以暫時忘卻自己老去的現實。

每天陪伴左右的當然是沈兵辰與卓曉陽。這已足夠了。漂城裡再也沒有敢與「豐義隆」爲敵的人。

一切流血都是值得的。打下漂城後，「豐義隆」南方的私鹽販運大增三倍——這增量相當於全盤私鹽生意的兩成。龐文英在「豐義隆」裡的聲望，恢復到十三年前的最高峰。

勝利，是一種切切實實的快樂；可是當你知道，這已經是你人生裡最後一次勝利時，那同時亦是一種切切實實的寂寞。

而每天這樣漫無目的地策馬，多少能夠把這股寂寞驅走一些。

三騎凝立在漂城河邊上。太陽此刻已經完全升起。河水漫成一片金色。

沈兵辰還是一如往日地沉默無語。夾著灰白的長髮，飄飛到他背後的劍柄上。兩個師弟在四年前喪生，可他從來沒有激烈表露過悲痛。沈兵辰已經不年輕了，他跟大師哥燕天還同年。看見他，龐文英才記起：要是燕天還沒死，也快將五十歲了。

——五十歲才接掌我的權力，會不會太遲？

龐文英回憶自己四十歲登上祭酒之位時的心情。

要不是燕天還死了，也許十年前龐文英就已經完成了權力繼承的交接。

沈兵辰年紀確實大了點，可這並非龐文英的最重要考量。才幹、名聲和威望，沈兵辰都具備——京都黑道大戰裡，沈兵辰一天內砍斷了八柄劍與數不清的頸項。

可是沈兵辰就只是一柄劍，鋒利得容易傷害身旁任何人。要繼承「豐義隆」二祭酒的權柄，一個先決條件是能夠把人們聚攏在身邊，而不只是令他們戒懼。

至於義子江五，當年在漂城經營數年的成績就已證明，他不是能獨當一面的領導人才。龐文英至今仍然很疼江五——甚至曾親口請求章帥在京都好好照顧他。但是龐文英很清楚，把不相稱的權力交給他，就只會害了他。

龐文英撥轉馬首，朝向漂城。

——我根本沒有選擇，也不必選擇。

于潤生。這個名字對京都「豐義隆」總行的人卻太陌生——他們沒有多少個確實知道，征服漂城的戰爭裡于潤生到底有多重要。這無疑是他繼承權力的障礙。

龐文英的眼睛這時才像完全睡醒。河水反射的陽光映入他的眼瞳。他彷彿比先前年輕了一點。他渴望眞是如此。要培植于潤生這棵大樹，還需要幾年時間。龐文英第一次爲自己的年紀感到擔憂。

——做得到的……

龐文英想到這裡，精神振奮不少。因爲他的人生裡還有目標。

他回想起來，金牙蒲川有一次來見他，向他暗示想要除掉于潤生……龐文英只是冷笑。

——蒲川你這混球，不知道你想殺的那個男人就是我的繼承人嗎？

□

欄柵的縫隙透出躍動的光，投映在粗糙的牆上。斷裂的人影。搖晃的動作。狄斌透過那些縫隙瞥見進行中的「鬥角」。觀客的呼聲蓋過了對戰二人的叱喝。他偶爾看見一條手臂猛揮。人叢上頭噴冒起血花。

漂城大牢有名的「鬥角」拳賽。而曾經在這裡被冠以「拳王」稱號的男人，只有一個。

四年多前，鎌首在他短短的兩個月牢獄生涯裡，震撼過每個觀者的心。那十四次搏鬥的過程，至今仍在這圈子裡為人津津樂道。

「懷念嗎？」狄斌問他的三個部下。

三人無語看著欄柵另一頭的人叢。田阿火在「鬥角」也從來沒有敗過。要不是遇上狄斌，他也許能夠打破「拳王」的連捷紀錄。可要是這輩子都離不開大牢，那只不過是無聊的虛榮。所以他很感激狄六爺。

田阿火瞧瞧身旁的棗七。棗七穿著一襲大斗篷，完全掩藏著面容。田阿火想起那天在賭坊二樓，看見棗七從窗口跳進來的情景。他心裡很想試試，自己能不能赤手殺死這個如此古怪的人。

坐牢之前，田阿火曾經是「屠房」的弟子，可是不夠一個月就給攆出幫會——連兇悍著稱的「屠房」也容不下他。因為他不要命。人們甚至覺得這傢伙其實想死。他沒有一次賭錢不跟人家吵得要動刀。有幾個陌生人給他打得半死，只因為走路時碰到他的肩膊。他就像一片沒有柄的刀刃，誰也無法控制。直至狄斌發現他。

五人默默穿過大牢走廊，步下通往地底的石階。

他們在階上迎面遇見齊楚。田阿火等三人恭敬地喚了聲「四爺」，垂首站在一旁。棗七有點不知所措，也站到一旁。他仔細看這個「四爺」：瘦削的臉秀氣得有點像女人，沒有鬍鬚，鼻和嘴唇紅得像發亮，不時咳嗽出一團白煙——他手裡拿著一片白絲巾，咳嗽時就用它掩住嘴巴。

狄斌笑著趨前，輕輕擂了齊楚肩膀一下。「四哥，這麼早啊。」

齊楚顯得有點靦腆，側身想閃過那拳頭，手裡抱著的帳簿和卷宗幾乎跌下來。接著他又開始咳嗽。

「怎麼啦？病了？」狄斌皺著眉：「別累壞身子。吃了早飯沒有？」

齊楚邊咳嗽著邊點頭，嘴裡含糊地應著，那表情倒像個給哥哥問得不耐煩的弟弟。

「那傢伙是誰？」齊楚下巴朝棗七揚一揚。

「是我找回來的……」狄斌自豪地微笑。「這傢伙……搞不好是另一個葛老三。」說時聲音壓得很低。

「我看他比較像老五……」齊楚仔細看了看棗七後說。

一提起鎌首，狄斌的臉色變得陰沉。

「我先走了。老大在等你。」齊楚沒有揮手，只是垂頭拾級離去。咳嗽聲在大牢石壁間迴響。

在地底最盡頭的鐵柵前，有兩個獄卒跟一個身穿便服的男人守著。狄斌遠遠已認出那穿著棉袍的人是葉毅。兩個「獄卒」事實上也是由「大樹堂」的護衛扮演。

「六爺。」葉毅躬身。狄斌拍拍他的肩。他一向把這個親手拉進幫會的小子當作弟弟看待。不過近年來老大把葉毅收作近身，他倆見面的機會就比從前大減了。

「雷義正在裡面跟堂主談話，六爺稍待。」葉毅帶點不好意思地說。這小子吃得苦，嘴巴也緊，就是膽氣還欠一點磨練——狄斌心裡這麼想。

左邊有另一個開了門的牢房，打掃得格外乾淨。狄斌示意棗七待在裡面。

這是棗七第二次進大牢來。他再次想起張牛那悽慘的死狀，很不願意留在這陰森的石室中。可是他知道不能回頭。

每個人一生中總有認清自己命運的時刻。對棗七來說，就是現在。

□

一隻老虎在裡面沉睡。

——這是雷義進入牢房時的感覺。

地底的空氣很冷。石壁與鐵柵結著水珠。這裡並非完全在地下——對面那高高的牆壁頂處有個小窗口，外頭正好對著地面。冬晨的陽光稍稍透過發鏽鐵枝射下來。那窗外面就是荒墳吧，雷義心想。從外其實無法窺視牢房——裡頭總是比外頭黑。

牢房內裡打掃得異常乾淨，擺放著桌椅與杯碗。左面牆壁立著一個塞滿帳簿和卷宗的大書架。放在角落那張床很厚很柔軟，上面放著摺疊整齊的棉被跟寢具。

于潤生就坐在床上，身上披著巨大的虎皮。

認識于潤生也有五、六年了，雷義回想。他記不起于潤生的樣子哪裡改變了。除了蓋在唇上那修得很適中的短髭。那髭鬚令他的臉變得更令人難忘，五官輪廓彷彿都因此變得深刻了。

三十二歲的于潤生看起來像三十二歲，而且是很好看的三十二歲。

包裹著虎紋的身體，周圍飄浮著淡淡的霧，乍看彷彿發出熱氣。

牢房裡再沒有其他人。半個護衛也不在。雷義知道，于潤生在大牢裡絕對安全，因為就是他替于潤生拉線結識大牢管事田又青的。在于潤生的參與下，大牢「鬥角」賭博業務擴展到了牢房以外。喜歡新鮮事物的漂城有錢人，對這種刺激的賭博方式生起莫大興趣——把金錢押在活生生的人身上，比賭在骰子上有趣得多了。他們更有興趣臨場觀看殘忍的搏鬥，特別富有的甚至開始自己豢養拳手參加。田又青的財富因此暴漲了好幾倍。他從此親切地稱呼于潤生作「老哥」。于潤生要在大牢裡闢一個安全的辦公起居地，當然完全沒有問題。

「坐。」于潤生向一張椅子擺擺手。那聲音跟神情裡，再沒有過去那份尊重。雷義已經習慣了。他坐下去。

「滕翊那邊怎樣？」于潤生馬上就問。沒有半句寒暄客套。

「已經決定了，下個月就辭官。」雷義回答時也是毫無表情。

「他跟查嵩關係如何？」

「很好。他知道查嵩不少事情，可是他說要走時，查嵩沒有多挽留。那就是說，查知事對這老頭很放心。」

于潤生沉默了一會。「我會送滕翊一份禮餞別。你自己也送一份。其他的，我會替你打點。安心準備當總巡檢吧。多找查嵩談談話，吃個飯之類——他不答應也不打緊。讓他對你安心就可以。你們以後共事的機會多著。」

「可是以你現在跟查嵩的關係……他不可能讓我坐上這位置。」

「那些我會解決。」

于潤生說完就揮揮手。

雷義站起來，轉身面向鐵門。沒有甚麼值得不甘心的，他想。今天的他，不過是漂城裡另一個瀆職的役頭。而且有了不願失去的家人。他已經沒有資格跟于潤生並肩說話了。他不過是于潤生手上另一件資產。而資產是可以隨時交換和買賣的。

——他甚至沒有跟我談金牙蒲川。

有的時候雷義會懷念從前的自己。然後討厭現在的自己。他會忍不住喝酒。只有香苗的臉可以給他安慰。

「你家人好嗎？」于潤生忽然又在背後問。

「還好。」雷義點點頭。

于潤生沒再說話。雷義等了一會，就敲敲示意葉毅來開門。

——雷義始終不知道：他遇上香苗跟她的兩個孩子，全都是于潤生安排的。

□

「小四你覺得嗎？漂城好像已經變得太小了……」

于潤生這句話，仍然在齊楚腦海中迴響著。

離開大牢後，齊楚到了破石里的倉庫「老巢」看看。他大概每隔三、五天都會親自點算存貨一次。這當然不是真的有必要——要認真查點整個倉庫的貨物，最少也得花上一整天。他只是要讓倉庫的部下看見自己出現，好給他們知道：齊四爺隨時從背後看看你在幹甚麼。

他知道在「大樹堂」部眾心目中，齊四爺是個怎麼樣的人；他也明白，永遠只有像龍拜跟狄斌那種戰將，才會真正獲得這群人的崇拜。他不在乎。即使他很清楚有的部下甚至討厭他。齊楚知道，在一個成功的團夥裡，總得有一、兩個讓人討厭的人，負責所有讓人討厭的工作。

他想起剛才碰見狄斌的情形。齊楚不能否認，自己對這個六弟確實有一點妒忌。不過幾年前，狄斌還是那個容易被人家看輕的小矮子。在當時的「腥冷兒」眼中，溫文的齊老四與羞怯的狄老六，還相差不遠；可是今天的狄六爺，每走一步路都散發著前所未有的自信。「猛虎」狄斌，「大樹堂」在漂城黑街的代表。

齊楚離開了「老巢」，經過一條濕冷窄巷，登上停泊在大路上的馬車。齊楚知道自己每次經過這條窄巷，都有被人伏擊的可能。可是他並不特別感到害怕。要是連他也遇襲，就意味著于潤生、狄斌跟「大樹堂」其他重要人物都必定已經受到攻擊——單是齊四爺一條性命，沒有甚麼奪取的價值。要是到了這種時候，已經是整個「大樹堂」的存亡關頭了，個人的恐懼相比之下微不足道。

齊楚坐在車廂中，隨從馬上遞來布巾讓他抹臉。齊楚用手巾掩著嘴巴，又再咳嗽起來。

他瞧著街上風景，默默計劃今天的工作：下午必須到城外視察新埠頭興建的進度，因此要趕在出城前把店裡幾條大帳目計算好。今天也是破石里賭坊的上繳日——那是「大樹堂」直接擁有的四家賭坊裡最興旺的一家。總額雖然不多，但全是零碎銀錢，點算比較花時候，齊楚知道自己今晚整夜都得留在安東大街的「大樹堂」總店了。

除此之外，他還要安排把一筆錢調給「承館」的監工，及聆聽手下打探到甚麼房產買賣的情報。同時「老巢」裡積存的木材跟磚瓦都不足，他已經派人催促貨源。桐臺那邊有四座宅邸這幾天就要動工，可要命的是新埠頭使用的材料比預期增加了許多……

自從七年前「平亂戰爭」之後，朝廷對各種物資包括銅鐵、木料和建造材料等大加監控，供應非常不足，加上又濫徵賦稅，官貨的價格完全超出常理，造就私貨冒起。

天下各樣逃稅的私貨中，當然以「豐義隆」獨佔的私鹽利錢最爲豐厚；其他貨物，在漂城一向由「屠房」及其保照的私梟（例如金牙蒲川之流）把持著。四年前「大樹堂」成立，首務正是接管「屠房」遺下這些私貨網，其中主要集中在木料及磚瓦等建材上。于潤生借助已有的藥材販運渠道，不久就把走私生意建立起來。

同時于潤生又成立了「承館」，表面上是承接建築工程及招募工匠的行館，實質上卻逐漸把漂城的工匠師傅全部壟斷在手——最初過半工匠都拒絕加入，那是在十幾根指頭被敲斷之前的事。

不久之後，漂城裡任何人要建屋，都得于潤生點頭。用的材料當然也全是「大樹堂」進口的貨。其他建材走私者發現自己生路被于潤生截斷時，已經太晚。

齊楚則爲這建築生意再添神來一筆：在工程中滲進低價劣材，或是指使工匠作些外行人看不見的手腳。結果是屋宇建起了不到兩年，往往又要修修補補。屋主當然不敢討賠償，因爲誰都知道「承館」背後就是「大樹堂」。而這些修補的工程，仍然只能光顧「承館」的工匠……

車子往東駛出破石里，在平西石胡同口停下來。齊楚跟手下步入了胡同裡的「大樹堂」分店。

「四爺，藥煎好了。」藥店掌櫃早在店前迎接，陪伴齊楚直走到後面的倉庫裡。倉庫中央生起一爐炭火，上面溫著個瓦罐。齊楚深深呼吸著那溫暖的藥香。

他跟手下圍坐在爐火四周，伸出僵硬的指掌取暖。瞧著掌櫃把藥傾到碗裡時，齊楚忽然想起小時候家裡一個老僕人。那印象很模糊。同樣是這種天氣，齊楚小少爺半臥在床上；老僕人用皮膚粗糙的指頭剝開柑子，把果肉送到他嘴邊……

藥汁一口氣灌進肚裡，那苦味從鼻孔湧出來。

齊楚放下了藥碗，看著火光。

于老大那句意味深長的說話又在他心頭響起。

——漂城變得太小了？……

剛才當于潤生突然說出這句話時，齊楚從堆滿桌案的卷宗和帳簿間抬起頭來，不解地看著老大。

六個結義兄弟裡，齊楚是唯一在城市出生的一個。那時候他家裡還有錢，他的爹還每天穿著威風的官服……那城市曾經是少年齊楚人生的一切。如今回想起來卻發覺，那裡跟今日的漂城相比，只能算是窮地方。

牢房壁頂那個小窗透射著淡淡的陽光。于潤生躺在床上，身上仍披著虎皮，仰視粗石砌成的天頂。

齊楚疑惑地瞧著他。

「我已經看見了……」于潤生的視線一動不動。「兩、三年後的『大樹堂』是甚麼模樣……」

于潤生的王國現在真正有多大，每個月調度的資金有多少，除了他自己之外，就只有齊楚清楚知道。他倆每次見面時從不打招呼。于潤生也很少對四弟說甚麼勉勵的話。只是這份信任已經足夠。

「大樹堂」旗下業務有三大支柱：私貨販運；「承館」的建築生意；大牢「鬥角」博彩。新埠頭建成後，河運則將成為「大樹堂」的第四個主要財源。

之下則是「大樹堂」在漂城裡擁有的四家賭坊與十二家娼館。骰子與婊子，從來都是黑道賺錢最多最快的工具。「屠房」各殘餘勢力，大多都專注在這兩門行生意上，城裡的競爭異常激烈，所以「大樹堂」這些業務反而不算突出。

倒是藥店的藥材生產和販銷，雖然毛利不豐，但因爲在漂城及鄰近鄉鎮都形成壟斷，這盤生意的盈利遠比外人想像還要可觀。

齊楚原本建議盡量利用這個壟斷形勢，把藥材價格抬高。但于潤生斷然反對，相反更每月初一十五向城裡窮人贈藥。齊楚明白老大的用意，也就沒有異議。

「大樹堂」最下層的生意包括三家飯館酒家與一家客棧，與及十幾條街商舖攤販定期奉納的「規錢」……這些就是于潤生手上所有「可見」的生意。

這經營規模當然不小，「大樹堂」成立最初那兩年，齊楚時常緊張得失眠。如此大量的金錢在自己手底下流動，他過去從來沒有想像過，剛著手時十分害怕會出錯，斷送兄弟們用命換來的基業。現在他已經完全習慣了。

當齊楚在牢房聽老大說話時，手邊正放著一疊契約，上面押了好幾家大商號跟船運老闆的手印。他們都已答應日後棄用「合通埠頭」，轉而使用于潤生的新埠頭起卸貨物。

他們兩人沉默著。「漂城太小了」，老大的意思是把生意從漂城擴張開去嗎？首先是四周的縣鎮，再來就是州內其他大城……這並不容易，也許要花上十幾年，但是絕對值得。

可是那都是以後的事。現在一切都這麼順利，爲甚麼老大忽然有這樣的喟嘆？

「關於金牙蒲川……」齊楚遲疑了一會才開口。「對方已經答應會見面了。」

于潤生似乎早就知道。他仍然躺在床上，身體在虎皮下縮起來，側臉對著齊楚。

「小四，你贊成我們跟那傢伙合作嗎？」

「合作對我們有利。這個蒲川是個生意人，而且很有辦法。有了他，能夠穩住許多人事：河運、私貨、從前『屠房』的人，甚至……查知事。」

提起查嵩時，齊楚仍禁不住有點難爲情。畢竟「大樹堂」就是爲了他而得罪了漂城知事。

他繼續說：「那就是說，可以穩住整個漂城。然後我們就再專心搞其他生意。」這包括往外地擴張的計劃。

于潤生沒有點頭，也沒有搖頭。「金牙蒲川……這個人確實有點價値……」

齊楚聽得出來，老大似乎有別的想法。

——是我說錯了甚麼嗎？還是有甚麼遺漏了？

「那天你不用跟我去。」與蒲川的談判定在五天後：「之後我要跟你詳細商量談判的結果，所以那天你要好好休息。不用做任何事情，就留在客店裡等我。正好，可以陪陪你的女人……」

眼前炭火發出破裂的脆響。齊楚的臉通紅。藥味在喉嚨裡翻湧。

他在想念寧小語。有的時候他忙得好幾天沒法見她，就用想像來滿足。那眉毛，那手指，那腰腿，那嘴唇……沒有一個部位不完美。人們在想念自己的愛人時，腦海裡總是把對方美化。可是齊楚沒有。他閉起眼睛時看見的她，跟睜開眼時看見的她，完全一樣。寧小語就是這麼可怕的存在。一個活生生會笑會喝酒會嘆息會交歡的夢。看見她，你會馬上想像到失去她時有多心痛。

失去她……齊楚不敢想。

「你一定會娶到她。」

為了這句承諾，為了這個女人，于潤生與「大樹堂」犧牲了許多。

□

自從寧小語離開以後，查嵩每天都起得很早，就跟寧小語還沒有來以前一樣。不同的是，他起床後吃過早點就要喝酒。

——滕翊慶幸自己快要退休了。查嵩這樣喝下去，只會變成越來越可怕的酒鬼。一個酒鬼當自己上司，不是好玩的事。

這個早上，當金牙蒲川來到桐臺的知事邸拜訪時，查嵩已經半醉。蒲川沒有陪他喝——自從計劃對付于潤生開始，他就很少喝酒，要時刻保持頭腦清醒明快。

兩人坐在前廳，只是閒聊著城裡最近發生的瑣事。查嵩大概每說三句話就喝一口。幸好他說話不多，否則早就躺到地上。

金牙每次拜訪查知事都不會空手而來。這個早上他帶來的是一對小巧的羊脂玉馬。查嵩收禮時只瞄了一眼，沒有露出甚麼笑容。

——看來這傢伙眞的想那女人想慘了……

他們聊天時沒有談到女人，也沒有談于潤生。

然後家丁進來通傳：雷役頭求見。

蒲川親眼看見，查嵩本已紅透的臉變成紫色。酒杯被摔碎。

「那姓于養的走狗，還敢來見我？趕他走！叫他少作夢了！這總巡檢的位子，他下輩子也別想！」查嵩畢竟是讀書人出身，喝醉了酒罵人仍沒半句髒話。

「老爺，眞的要我這樣說？……」那家丁遲疑著。

蒲川按著查嵩的肩頭讓他坐下來，再吩咐家丁，推說查知事抱恙在身，請雷役頭改天再來。

家丁退下後，查嵩又再發作。「姓于的，你不給我面子，爲甚麼我要給你面子？我要你在漂城沒一天好日子過！」

心愛的女人竟然從自己府邸出走，跟了黑道一個小白臉——查嵩至今都沒能吞下這口氣。他無法忍受自己成了漂城街頭巷尾的笑柄，更無法忍受失去寧小語。

查嵩好幾次向于潤生施壓，要他把人交出來。甚至有一次連龐文英也來勸于潤生：「爲了個女人，不值得。」

然而于潤生沒有動搖：「那女人是我義弟未過門的妻子。這是家事。」

「你道他派人來傳話怎麼說？」查嵩這般失態，蒲川過去從沒有見過：「每個字我都記得！

他說：『下次查知事召我見面，要是又爲了爭一個女人，我不會來。我不想跟查知事這麼重要的大人物，一起浪費時光。』他以爲自己是甚麼？敢這樣跟我說話？他曉得漂城誰才最大嗎？」

是龐文英，蒲川想。他心裡暗喜，卻不動聲色，只是讓查嵩繼續發洩下去。

「蒲老弟，我跟你說：這不只是爲了個女的。我坐在這樣的位子，卻連個小流氓都夠膽搶我的人，那我還算是甚麼官啊？……」查嵩的說話開始含糊：「老弟，你上次說的，甚麼時候幹？」

蒲川慌忙伸手，掩住查嵩那透著濃濃酒氣的嘴巴。

查嵩把他的手撥開。眼睛已快睜不開來，卻也懂得把聲音降低：「你要幹掉于潤生……我支持你，放膽去幹……」

蒲川的心怦怦亂跳。查知事說出這樣的話不可能收回——即使是在醉中出口。他手上的籌碼又增加了。可是仍未拿得定主意。

這一刻金牙蒲川又再露出那四隻大金牙。他失笑。假如于潤生最後因爲一個妓女而掉命，那確是很可笑的事情。

蒲川想：待一切了結後，我倒有興趣去看看是個怎樣的女人。

□

烤肉確實很香，包著肉塊的油紙仍然溫暖。可是烤肉不是曲琳吩咐「萬年春」的小廝買的，而是寧小語親手帶來。

寧小語坐在大廳裡，把大包小包的禮物分派給姊妹、鴇母和下人們。眾妓女輪流撫摸她那件雪白棉袍領口上的貂毛。然後她們圍坐在二十人的大桌前吃早點，面前擺滿了寧小語帶來的各樣肉食果品。早上的「萬年春」很少像今天這麼熱鬧。

春美收到的禮物，是一條鑲著寶玉的銀項鍊。她一邊高興地戴上，一邊奔上階梯。

「琳姊你看，這項鍊好美……你也下去啊，小語姊說有禮物送給你……」

可是當想起鎌首就站在曲琳身旁時，春美馬上住聲，伸了伸舌頭。

鎌首倚在二樓走廊一根柱子旁，隔著欄杆俯視樓下的大廳。他只在肩上披著一件黑色錦袍，手裡握著煙桿。曲琳手肘支在欄杆上，雙掌托腮，同樣看著下面的熱鬧。

幾個鴇母圍著寧小語吱吱喳喳，爭著提起她們往日給她的好處。她微笑虛應著，一直沒有抬頭看樓上兩人。

「小語眞有本心！你看其他的姑娘，嫁了好人家就不認得人啦……」

「對了，還記得上次我在街上碰到愛娟，那臭婆娘連滾帶跑地躲開，好像生怕惹上痲瘋病……」

「小語妹甚麼時候請吃喜酒啦？四爺還沒提親嗎？……」

寧小語沒有回答，只是繼續微笑。

「你看她給纏得慘了……」曲琳笑著說：「你還不下去看看她，不是太沒良心了嗎？」

「你在說甚麼？」鎌首抽了一口煙。

寧小語終於仰起頭來，視線卻只瞧向曲琳。曲琳朝她揮揮手。寧小語笑著，招手叫曲琳下來。曲琳搖搖頭。寧小語又垂下頭，喝了口茶。

她始終沒有正眼看鎌首。

「你以為她眞的來找姊妹們聚舊嗎？」曲琳說：「她是想來看你。」

「胡說。」夾著煙霧吐出的聲音很小。

曲琳笑著沒有反駁。

鎌首轉身回到房間。

寧小語繼續跟姊妹們談笑，可是那笑容有點僵硬。

□

狄斌進入牢房時，于潤生正蹲在角落的爐火前，拿起溫在爐上的水壺。

狄斌把桌上的帳簿收拾到一旁，擺開兩個茶碗，從鐵罐子裡掏出茶葉放進去。

「這茶是老五送我的。」相比見齊楚時，于潤生此刻神情輕鬆得多。他慢慢把沸水沖進碗裡。「很昂貴啊。就這兩碗，從前夠我們吃三天。」

「老大，跟金牙蒲川的約會，你別去。那叛徒供出來了。是蒲川和汪尙林。」

藥店內那個被拷問的「沾搭子」，在漂城已經住了六、七年，早就因爲面目太熟無法在賭桌上混。「大樹堂」約一年前僱用了他，負責監視賭坊裡有沒有人動手腳。

「那傢伙收了他們的錢，洩露我們幾兄弟的日常行蹤。」狄斌呷了口茶。「金牙爲甚麼要知道這些？我想不到其他原因。」

「金牙蒲川？他沒有這個膽量。」

「話不可這麼說。人有時候幹的事情，自己都不明白。」

「蒲川若是這種人，不會像今天這麼有錢。」

「人心會變。」狄斌說這話時，眼中有點哀愁，只因他聯想起鐮首。他頓了一頓又說：「老大若是堅持要去談判，讓我來安排護衛。」

于潤生斷然搖頭：「那天你如常工作就行。讓葉毅陪我去。雷役頭也會在場。」

「我不是不信任他們，可是——」

「我已經決定了。」于潤生的聲線告訴狄斌，他不想解釋自己的決定。「說下一件事吧。」

狄斌嘆息了一聲，繼續報告：「是『豐義隆』京都總行。有個叫茅公雷的人來了漂城。爲了甚麼原因，我還沒有查出來。」

于潤生聽過這名字：據說「豐義隆」還未雄霸京都前，立有最高指揮「六杯祭酒」，當中三個在大戰中喪生了；茅公雷就是其中一人的兒子，是現今「豐義隆」總行年青一輩的好手……

于潤生一邊眉毛揚起來。狄斌察覺了。于老大很少表現出這種關注。看來他對京都「豐義隆」，比起對漂城的事情還要關心。

「他帶了多少人來？」

「最少有二十人，看來都是硬手。這茅公雷，單看外貌就知道，不是個好惹的傢伙。」這幾年在漂城黑道上的功績已然證明，狄斌的眼光與直覺非常準確。

「別理會他。」于潤生說時沒有表情：「也不要跟得太緊。只要知道他是否還在城裡就夠了。」

狄斌終於忍耐不住：「老大，你對『豐義隆』總行的人，眞有這麼顧忌嗎？就因爲……兩年前那次？」

于潤生仍然沒有表情。

兩年前，突然有許多生面目的外地人湧到漂城來。他們既不是來做生意，也沒有光顧賭坊或娼館。有的住在安東大街的旅館客店裡，特別是臨近正中路口那家——「豐義隆漂城分行」就坐落在正中路；其餘的散佈各處，特別是接近破石里和善南街一帶——即「大樹堂」的主要活動範圍。

他們全部是男人，有的兩、三人結伴而來，有的單身，多數操著北方口音。日間他們都坐在酒家飯館裡，或在街上來回閒逛，彼此間很少談話。

三天之後于潤生才知道：在京都，「豐義隆」的韓老闆生了重病。

大概過了二十天，這些人又陸續離開漂城。于潤生也就知道，韓老闆的病好了。

這件事情，于潤生從來沒有跟義弟們談論。漂城大部分人也漸漸淡忘。可是狄斌沒有忘記，也知道老大從來沒有忘記——誰會忘記自己頭上曾經懸吊著一柄利劍？

「白豆，你是說我害怕嗎？」

狄斌抬頭，仔細看著面前的老大。那披著虎皮的身軀有點消瘦。鼻孔與嘴巴噴著白霧。臉色不知是因爲寒冷，還是爲了某種神秘的情緒而透紅。

然後又是那種狄斌很熟悉的眼神。

就跟第一次看見時一模一樣。已經相隔差不多八年。一想起那個刺殺的黑夜，狄斌背脊又再滲出汗珠來——是對可怖記憶的反應。戰場上那個夜晚，于隊目的眼睛異采流漾；權力的瞳光，鎮住了步弓手狄斌的懼意。

現在這種瞳光又再閃現。于潤生似乎想掩藏它，但是沒可能騙得過他的六弟。每一次看見這種眼神，就會有重要事情發生。每一次狄斌都記得。每一次刺殺。每一次奪取更大的財富與權力。每一次澎湃地湧上腦袋的恐懼。每一次戰勝恐懼後的快感。

于潤生腹中必定藏著某種計劃。這眼神已經證實了。可是狄斌看不透——儘管今天漂城的一切形勢，他都熟知如自己的掌紋。他實在想像不到：金牙蒲川與京都「豐義隆」，可以有怎樣的關係？

可是他不會問。于潤生不說，自有理由。

「大樹堂」的組織制度，這幾年來已經完全成熟。安排一切崗位與權責，對于潤生來說就像呼吸般自然。他的意志能夠迅速傳達給「大樹堂」每一人。各種生意運作也都徹底掌握了。其實也沒有很大難度：只要有拳頭和刀子在背後支持，任何生意也穩賺不賠。

可是這一切對狄斌都不重要。在他眼中，「大樹堂」就是他們六兄弟——包括死去的葛元昇。

——而老大卻有不能告訴我的事情……

于潤生握住狄斌放在桌上的手掌。那突然的接觸令狄斌愕然。縱是過命的兄弟，狄斌很少跟他們握手和擁抱。

只見于老大的眼神變得柔和。那異采已經隱去了。

「白豆，我明白你在擔心甚麼。我也曉得你在懊惱。可是我知道，我可以完全信任你。我知道你永遠不會懷疑我。即使我叫你做一些莫名其妙的事。即使我有些事情不對你說。」

「老大放心，我沒有……」狄斌臉頰通紅，急欲轉換話題：「剛才我探望過嫂嫂，她很好。要不要多派一些人到你家？或者送嫂嫂出城外靜養？」

于潤生搖搖頭：「一切照常就可以。」

又是這樣的反應。狄斌猜出了一些端睨。每當一隻老虎快將撲向獵物時，總是仔細調整自己的呼吸與步履，避免擾亂山林的寧靜……可是對付金牙蒲川這種傢伙，有必要如此嗎？先發制人全力撲殺，豈非更直截了當？

——難道對手不是金牙？可是除了他，「大樹堂」在漂城還有其他敵人嗎？……

「你看看。」于潤生指向牆壁前那個書架。一排排的卷宗和帳簿，就代表著「大樹堂」累積四年的一切財富與權力。

「我想，在京都『豐義隆』總行，必定也有一個像這樣的房間。不知道那裡的卷宗數量，是這裡的多少倍？」

瞧著于老大的神情，狄斌明白了他為何要住在這牢房。于潤生正在享受一種他人無法理解的東西。也許連他自己也無法解釋那是甚麼，亦懶得向人解釋。所以他寧可獨自一人。

狄斌再次想起鎌首。自從那次旅行回來以後，幾年來五哥完全改變了。直覺告訴狄斌，鎌首在那趟旅程中遇上了一次很大的衝擊。也許同樣是無法解釋的東西。所以鎌首從來沒說。

「老大……五哥不能再這樣下去……你有跟他談過嗎？你可以勸勸他嗎？世上只有你一個，能夠讓他聽話。」

「是嗎？」于潤生微笑，滿有深意地凝視狄斌的眼睛。「眞的只有我一個？」

狄斌把臉別過去。

「白豆，還記得四年前你攻打『大屠房』時的心情嗎？」

狄斌記得。那夜胸膛裡沸騰的熱血，至今還未冷卻。就是在那天，他靈魂深處某一個「我」甦醒了。那個「我」成為了當今黑道的「猛虎」狄六爺。

「世上有種答案是別人無法告訴你的。只有靠你自己領會。這個道理我很清楚，你也很清楚。現在是讓他去體驗的時候了。」

□

鎌首已經許久沒有騎馬。

他的馬車比查知事的座駕還要大。可是他一登上了車廂，裡面頓時就顯得狹小。車底的台架跟輪軸被他的體重壓得吱吱作響。車廂內裡鋪滿了很舒服的厚厚獸毛皮，車窗下排著各種酒瓶。

鎌首朝「萬年春」二樓瞧了瞧，就把頭縮回車裡。曲琳在陽台上朝著看不見的他揮手。

在安東大街另一頭，寧小語站在一家布匹店前，默默目送馬車離去。

車子沿途惹來無數注視。道上流氓每個都想瞻仰「拳王」的風采。他是世上唯一曾經攻進「大屠房」正門的男人。

這等盛名，只有從前的鐵爪四爺可以相比。漂城人茶餘飯後常常都會談論：鐵爪與鎌首若是單挑，誰會打死對方？

這種話題在鎌首變成大胖子之後就漸漸消失了。可是鎌首已然是個值得景仰的傢伙：喝最好的酒，吃最好的肉，玩最好的女人，坐最大的車，睡最軟的床，其他事情一樣也不幹。就這樣過了三年。對於在黑道上混的人來說，這又是另一種傳奇。

除了流氓，對他最感興趣的是出賣身體吃飯的女人。「拳王」出手之豪爽，在富裕繁華的漂城裡也數一數二，否則像曲琳這種級數的名妓，當初不可能讓他當入幕之賓。城裡沒有富商敢跟鎌首爭女人，免得最後連面子也丟了。

然而用著最熱切眼神觀看這馬車經過、盼望鎌首從車窗露臉的，還是漂城裡的少年。

他們有的學著鎌首抽煙桿，強忍著喉管辛辣的嗆味，裝出輕鬆微笑；有的趁夏天時赤著胳膊，希望曬成跟鎌首一樣的銅色皮膚；有人模倣鎌首把頭髮披散不肯結髻，下巴蓄著稀嫩的幼鬚。更多少年互相在身體上紋下拙劣的刺青。

當然，誰也不敢刺鎌首本人身上的圖案。

自從大牢的「鬥角」成了半公開博戲以後，血氣方剛的少年們都憧憬成爲未來的「拳王」。門牙脫落了。鼻樑打塌了。在「鬥角」裡出場還是個遙遠的夢，可是每次互相把拳頭擊往對方身體時，他們在這座只有赤裸慾望的都市裡，暫時找到一種眞實的存在感覺……

可是他們不知道，這個他們視同神祇的男人，獨自盤膝坐在顛簸的馬車裡時，眼神卻很落寞。

馬車停在雞圍的木圍柵外。裡面的街巷太狹窄，車子走不進去。這裡是北臨街市集的一邊入口，幾十人聚集著，遠遠觀看鎌首。

——其中一個扮成賣橘子的，就是魯梅超的線眼。

看著的人群沒有歡呼，也沒有叫喚鎌首，只是遠遠看著他胖得過分的身體，並熱烈地交談著。

「你猜朱牙跟他比，誰更胖？」一個魚販子突然出口。

沒有人回答。從前很少人親眼見過「屠房」的朱老總，現在更不可能比較。朱牙已經變瘦了——瘦成一副埋在泥土下的骨頭。

鎌首在街上每走一步，都好像快把地面踏陷。他身上穿著的錦袍雖然寬闊，隱隱還是看得見上下跳動的贅肉。

他沒有帶任何隨從或護衛。在「大樹堂」幹部裡，只有他一個沒有任何直屬的手下。他甚至不能眞正算作幫會的頭領之一：「大樹堂」成立這四年裡，當龍拜經常親自千里押送貴重的私貨，狄斌領著大群刀手不斷四出搶奪地盤時，鎌首卻在溫柔鄉中度日，生下一堆不同母親的孩子。

于潤生至今卻沒有責備過他半句。

鎌首穿過雞圍內裡的陋巷。他那寬廣肩膊，讓人感覺像幾乎擠不進去。

雞圍裡有一群露宿的小乞丐，每見到衣著光鮮的人經過就會纏著討錢。可是他們不敢去纏鎌首。倒是鎌首主動走了過去。他摸摸其中幾個孩子的頭髮，然後掏出身上所有的錢和碎銀。小孩們仍然猶疑地瞧著他手上的錢，不敢伸手去拿。直至鎌首把錢撒到地上轉身離去，他們才蜂擁而上，低身爭著搶拾。

「大樹堂」在雞圍的唯一根據地位於東南角，他們喚它作「穴場」，是一幢兩層高的木搭樓房。下層的前面是飯館，也賣酒。門前疊著十幾個竹籠子，裡面囚著蛇、猴子、狸貓和各種喚不出名字的野味，旁邊掛著幾條已經挖清內臟、剝光毛皮洗得白淨的狗。

飯館後面隔著一重布簾就有十幾張賭桌，跟廚房緊緊貼著。人群的體溫加上廚房的熱氣，薰得內裡個個臉紅耳赤。可是賭客不在乎。

「穴場」二樓的娼館佔了全層，用木板跟布帛分隔成一個個小房間。最前面近著階梯的那十幾個房間最小，裡面連床板也沒有，只有椅子。在這種房間裡妓女只用嘴巴和手。可是價錢比後面的房間便宜一半。

飯館的店小二遠遠已看見五爺到來，馬上出門迎接。鎌首微笑接過小二遞來的熱毛巾，直走進後面的賭坊。

負責保護這「穴場」的頭目叫陳井，是當年跟隨狄斌越牆攻入「大屠房」的其中一個腥冷兒。那次死戰的功勞得到了回報——「穴場」三十名部屬和一成收入都歸他。

上午還沒有過，賭客很是稀疏。可是即使只有一個賭客，賭坊一天到晚都開門。陳井坐在賭坊一角，一邊呷茶一邊監視著賭局。鎌首一進來，他馬上恭敬地迎上去——只要四年前那一夜親眼見過鎌首怎樣殺人，都無法不對他格外尊敬。

「媽的臭小子，你也會來這種地方？」

說話的不是陳井，是坐在其中一張骰寶桌前的一個中年賭客。他身旁每邊坐著兩個妓女陪著賭錢。

「這地方是我老大的，我要來就來，你這混蛋還管得著？」鎌首拍拍陳井的背項示意他退下，走到那賭客跟前，不跟他打招呼，卻先擰了他身旁妓女的屁股一下。那女孩吃驚嬌呼。

「來，先喝了它！」那賭客把一碗酒遞向鎌首。「不喝，你休想離開！」

那碗酒幾乎沒有碰到鎌首的舌頭，直接就從喉管一口氣倒進去。

下一局骰子快要揭盅了，那賭客隨隨便便地押了注，又跟鎌首聊起來，並不理會輸贏。

他確實不必理會。即使是安東大街最貴的酒和女人他都付得起。可他偏偏只愛「穴場」這種地方的氣氛。

他叫小黃。沒有人知道他的名字，只知道他來自南方。

——在漂城裡，只有很少人知道小黃幹的是甚麼生意，他的錢從何而來。

像小黃這種男人，在漂城裡有一大把。只是跟他相處得久的人會發覺他有點不同：那副暴發相，總好像刻意裝出來……

小黃揪住鎌首的衣襟。「小子，甚麼時候再帶我去看『鬥角』？這次我要坐近一些。近得血花噴到我臉上！」

鎌首笑了笑，沒有回答他。他明知小黃來漂城不會只是爲看人打架。是爲了查收龍拜押回來的貨吧？一想到快將見到二哥，鎌首又笑了。

「愣小子，自己在傻笑甚麼？」小黃把玩著右手無名指上一只鑲著綠寶石的金指環。他突然收起笑容，悄聲在鎌首耳邊說：「我的人告訴我，有一批京都來的人。『豐』字號的。」

「我今早見過。」鎌首從容地說。「很有意思的傢伙。」

「為了甚麼來漂城？」小黃的眉頭顯現少許憂慮。

「不知道。」

鎌首知道小黃有擔心的理由。販運軍資品予南方的藩屬，是株連同族的叛逆死罪，像他這等販子買辦，當然要小心京都來的密探。

在三次「平亂戰爭」裡戰敗的南方十四藩，藩主為保存本族財富和地位，集體領罪而喝下皇帝賞賜的毒酒，藩地則要貢獻巨額的賠償。

然而把持當今王政的權臣，已經習慣於享受北陸軍事優勢的保護，欠缺防患未然的警覺。南藩長期向北方派來的官吏施以賄賂攻勢後，原本加諸於戰敗者的苛刻條款都疏於執行。眾繼任藩主這幾年藉助南方豐富的天然資源與肥沃多雨的土地，又漸漸恢復了元氣。而上一代含屈而死，更堅定了他們復仇的決心。

鎌首不清楚于老大跟小黃合作的生意有多大，龍老二每次秘密押運的又是些甚麼東西。他只知道這門生意才是「大樹堂」現今最大的財脈，而且秘密得連龐文英也不知情——龐祭酒與當今朝廷太師何泰極是知交好友，他肯定會反對這盤威脅朝廷的販運生意。

「今次的貨不少。」小黃說：「這些『北佬』要是衝著我們來，會是個大麻煩。你替我查一查對方來意，行嗎？」

鎌首聳聳肩：「你也知道，我這個『大樹堂』五爺，連個下屬也沒有。」

「狄六爺總會查出點甚麼來的。這漂城裡他不知道的事情恐怕很少。」小黃堅持：「替我問問你義弟。」

「你會留多久？」

「最少半個月。然後要到州府走走。」

鎌首知道，「大樹堂」並非小黃唯一合作的夥伴，亦不是最大的一個。他懷疑小黃本來就在南方某藩裡當大官，甚或是貴族。

「州府裡的女人，跟漂城的比怎麼樣？」

小黃把手臂搭在右邊那妓女肩上，親一親她的臉：「每次我離開漂城，都覺得心痛。」

「別再賭了。跟我上去喝。」鎌首說著，再捏了那妓女的豐臀一下，然後拉著小黃的手登上二樓。

陳井早已爲他們準備了最大的房間。桌上擺著一整窩狗肉，當然還有許多酒。三個妓女脫得赤條條躺在大床上等著。

小黃那四個女人也跟隨著進來。在狗肉與烈酒之間，柔軟的手把兩個男人衣服褪去。

鎌首已不知道喝了第幾碗酒。窗外好像變得更亮。大概是正午吧。小黃已經不見了。腦袋跟胃腹同樣的脹。他感覺柔軟的髮絲搔著他的胖肚。兩隻手不知抓著哪個女人的哪個部位。血氣在翻騰。腦海一片空白。他閉上眼睛。

不行。他看見的仍然是寧小語那張絕美的臉。

□

地窖牆壁的粗石呈暗紅色，像血。也許這裡過去曾經是個屠宰場。蒲川卻嗅不到半點腥。

下面的石室並不大，長寬不過十步，頂卻很高，蒲川不用彎腰。

室內只點著一盞油燈。三個男人的身影完全靜止。蒲川看得出，那種「定」是經過嚴格訓練得來的。

坐在中間那個男人動了。他的右手把握在左掌裡的書卷翻過下一頁。他就著燈光繼續閱讀。

「是兵法？」蒲川趨前，坐在桌子對面。

男人搖搖頭。書卷合上，平放在桌上。書旁橫放著一柄五尺長的大鐵劍。烏黑的皮革劍鞘很舊。

燈光之下，男人半閉的雙眼四周皺紋滿佈。

「是詩。許久以前一位朋友送我的。」

「待在這裡難受嗎？」

「我曾經露天席地在雨裡睡了四天。」

「酒和肉合胃口嗎？」

「是好酒。」既是好酒，肉也必不差。

「不要女人嗎？」

左邊的男人一拳擂在桌上。右邊的則呼喝：「無禮！」這幾乎令蒲川以爲兩人是雙生兄弟。當然不是。他知道他們一個姓霍，一個姓管。

「我已經對女人沒有興趣。」坐在中間的男人揮手止住部下，然後淡淡地說。「不是因爲身體不行。」

他伸手撫摸桌上鐵劍的長柄。「從前好幾次帶兵攻城，我爲了激勵士氣，向麾下士卒應許：一旦攻破城池，他們可以肆意姦淫城內婦人三天。我不後悔。只是自此立誓不再沾女色。」

蒲川沉默一會，然後鞠了鞠身：「對不起。是在下說話太輕佻了。」

他接著看看石室內的角落。兩罈酒還沒開封。食物也沒有動過。

「爲甚麼不吃？」

「我在城外的舊部，此刻正餓著。」

「我們不是來當客人的。」右邊姓管的部下焦急地說：「是來借糧。」

「你們有多少人？需要多少錢？」

「十多人馬。白銀十萬兩。」姓管的清晰地回答。

「他日起事成功，自當十倍奉還。」中間的男人說。

「行。」蒲川說時沒有皺眉：「這數目不小，我可先準備一半，交付你城外的人資用。」

「謝。」

「而且這錢不用還。」

那男人一邊眉毛揚起。

「你們要借糧，我卻要借人。你和你那十幾人。」

「你要殺人？」

蒲川點頭。

「誰？」

「有關係嗎？」蒲川微笑。

那男人沉默。他提起桌上鐵劍。「嗆」的一聲，鞘口吐現寸許寒光。

劍光映得蒲川眼睛半閉。他心裡有股寒意，心裡想這柄劍飲過多少人的鮮血。

刃光返回劍鞘。石室又復昏暗。

男人點頭答應。

「多謝元帥。」

「我已經不是元帥了。」

當今世上，曾經擁有「元帥」稱號而仍然活著的，只有一人。

□

大牢管事田又青有時會想：自己要是沒當官，必定是個成功的商人。

漂城大牢建成至今七十餘年，只有一個人成功逃獄。就在田又青升作管事之後不久發生。

他不知道那條地道挖了多少年。許多年來一個接一個囚犯用手挖掘，他們還沒有完成已經死掉或者獲釋。最後挖通它的犯人叫馮華，入獄前喜歡狎玩男童。田又青至今仍然記得這名字。

他把這事情壓了下來。沒有多少人知道，大牢地底那個小囚室有一條直通城外的地道。可是他也沒有把地道封死。田又青知道總有一天，這個秘密可以賣個好價錢。

他猜對了。買家是于潤生。

于潤生穿著一件潔淨的淺藍棉衣，騎在普通的棕馬上，看來只像個偶然經過城郊道路的旅人。葉毅也策騎跟隨在後。

棗七沒有騎馬。他不懂騎。他走在于潤生鞍旁。馬兒跑得不慢，棗七用兩條腿卻竟然跟得很輕鬆。

連葉毅也對棗七投以驚奇的眼光——四年前的大戰裡，葉毅負責在岱鎮和漂城之間來回奔走傳送命令和消息，一天間騎馬和用腿跑過的路程，足以圍繞漂城三圈。

「你知道我是誰嗎？」于潤生把馬步放慢。

棗七點點頭，他不敢瞧馬鞍上的人。他是個挑糞的，而挑糞的迎面遇上任何人也只可以低頭。

「你那位朋友的遺體，我已派人送回你們家鄉安葬。我的人替他換過一套新衣服。他的家人看不出他是怎麼死的。」

棗七突然跑到馬前十幾步外，朝著于潤生跪地叩頭。于潤生和葉毅慌忙勒住馬，恐怕會踏傷他。可是棗七對馬蹄沒有一點害怕。

棗七額上沾著黃泥。淚水和鼻涕流到下頷時變成了灰黑色。

于潤生跨下馬鞍，掏出一面絲帕。起初棗七想躲開——從來只有別人躲他這個挑糞工。于潤生替他把臉抹淨，把他扶起來。

壯碩的棗七縮起肩膊，臉孔擠成一團，用力想收住淚水。那模樣活像個被父親責罵的孩子。

「你有甚麼打算？」于潤生問。「想回家鄉嗎？」

棗七張開口好一會才說出話來：「我……沒有家……」語音很是生硬。

于潤生指一指遠方的漂城。

「那麼你就住在我的地方吧。把這裡當作你的家。」

他重新跨上馬背，俯視著棗七。于潤生的表情很輕鬆平靜，就像跟自己親人談話。

「跟我走。」

——跟我做朋友好嗎？

這是當年張牛對棗七說過的話。現在的棗七，跟當年一樣的激動。

一輛馬車此時從郊道遠方另一頭緩緩駛過來。

□

「他著我問你：『你是不是已經下定了決心？』」

「是。」

「不後悔？」

「不。」

「你知道，只要開始了就無法回頭……」

「我當然知道。」

「……值得嗎？冒這麼大的險？你已經贏了許多，不害怕一夜間再次失去一切嗎？」

「自從答應替你殺人那天開始，我已經沒有選擇。」

「……我明白了。還有一件事。」

「？」

「他又想問你：你還記得上次跟他道別時，他對你說過的那句話嗎？」

「我記得。每一個字我都記得。『**我們在京都見面**。』」

第十五章
空中無色

李蘭感覺肚子很和暖。于潤生的手掌整夜都放在她肚皮上。他、她和他們的孩子，三人的血肉在漆黑中緊緊貼在一起。

于潤生在幾天前回了家裡。她看見他輕鬆的臉，而家裡也沒有增加護衛的人數，知道丈夫的難題已經解決了。她親手弄了一窩老雞燉湯。他喝飽後睡得像個孩子。

這是李蘭最自豪的事情：于潤生只有在她面前才能夠完全放鬆。

漂城每年冬天總有幾天要下大雨，冷得像冰的雨點彷彿石頭般重。李蘭昨晚就知道今天要下雨，她是農家出身，看天氣很準。于潤生還沒起床，她已為他準備了蓑衣和加厚的棉袍。袍子是李蘭親手做的，外面用上最貴的絲綢，織得很密，沒那麼容易弄濕。

于潤生出門時，李蘭為他披上蓑衣。葉毅就在一旁，于潤生卻突然低下頭來，在李蘭腮邊吻了一下。李蘭滿臉通紅。縱使他們已做了幾年夫妻，于潤生卻很少對她如此親熱。尤其是在部下面前。

李蘭就在這時候感覺腹中有一陣衝擊。因為臉紅的關係沒有人看得出來。她強忍著沒有跟他說。她知道他今天有場很重要的談判。她不能令他分心。

她盡量放輕呼吸，緊握的拳頭收在腰後。當于潤生踏出家門時，李蘭仍然在微笑。

□

「已經出門了。」魯梅超的手下報告說。

金牙蒲川在桐臺擁有三座大宅。這是最小的一座，也最少使用，位處東桐路旁，跟安東大街相隔不足百步。

談判地點就在安東大街「江湖樓」裡。那是「豐義隆」的地盤，對雙方來說等於中立地，而且誰也不敢在「豐義隆」的地方妄動。

蒲川準備比于潤生遲一些到達。正午的安東大街太繁忙，汪尚林和魯梅超的人要多花點時間，確定街上沒有埋伏。

他跟魯梅超，還有另外四個已經加盟的「前屠房」角頭老大，全都聚在這宅邸裡等待消息。汪尚林則留在自己位於雞圍的據點，集結著大量手下，隨時應變。

另一名線眼又傳來了通報：「于潤生已經進了安東大街的南口。沒有坐車。」這天雨不斷下著，大街上撐滿大大小小的傘，人們走得很慢，車馬根本不能通過。

「有多少人？」魯梅超問。

「大約十個。」那線眼說：「裡面沒有他的義弟。」

這與蒲川獲得的其他情報吻合。他已掌握于潤生幾個義弟的行蹤，除了在外押貨仍未回漂城的龍老二。

「別忘記，還有雷義的人。」魯梅超總是這麼謹慎。

今次的談判早已通報了查知事，他派遣了差役來大街維持場面。當然查嵩刻意不指派雷義，可是這個不聽話的役頭，還是自行帶著管區裡的三十人到來。魯梅超的手下早就發現他們，而雷義顯然無意掩飾。

「那狄老六沒來，反而用上雷義來護衛……」蒲川想了一會。「這麼看他確實有點談判的誠意……」

「那你決定了嗎？」魯梅超問。

蒲川點點頭：「等他到了後，我就出發。」

正當蒲川準備進臥室更衣時，第三名線眼回來。此人呼吸重濁，一身濕淋淋，似乎用盡了渾身的氣力，用了最快的腳程跑回來。

他的臉色白得像紙。

蒲川看見手下這副模樣，知道一定有非常不得了的突發事情發生。

□

羅壽志看見了流星。

白天，在大雨裡。

那時候他正坐在安東大街的茶館「茗眞寮」地下臨街的桌前，呷著第二盞龍井。午飯剛吃飽，沒有比舒舒服服坐著呷茶更快樂的事。

羅壽志當時舉起茶碗，頭向上微仰，流星就在他眼前遠處的空中出現。

只要你那一刻看的方向對，沒可能看不見。可是走在雨中街道的人，有多少個會仰頭往上望呢？

羅壽志當然知道，那其實不是流星。他見過眞正的流星——一個常常趕夜路、在山頭露宿的茶葉商人，對這些天象不會陌生。眞的流星不會飛這麼低。

可是那劃過安東大街上空的物事，羅壽志看見後，心裡第一個反應就是用流星去形容。那令人屏息的速度。

「流星」在雨中穿過，帶著激烈的水花，急墜向街心的人叢裡。

羅壽志捧在手裡的茶碗，那一刻幾乎跌了下來。

接著就是許多男人驚懼和憤怒的呼叫，從「流星」墜落之處爆發出來。整段大街上的行人都停下了腳步。茶寮夥計與客人同時轉過頭，呆呆瞧向騷動的方向。

那個時刻，羅壽志感覺世界的一切就像突然靜止。

然後街上人群開始朝著那「流星」的墜落點聚攏過去，很快就積累出五、六層人牆。羅壽志在茶館裡完全看不見發生了甚麼事情。他並沒有走出去看熱鬧的意思，不想把衣衫弄濕。

在他的視覺記憶裡，仍然殘留著剛才「流星」飛行的軌跡。他確定這東西是從大街北面某座高樓上的窗戶飛出來的。

然而這是安東大街啊。隨手一指，就是一座高樓。

羅壽志放棄了找尋。他低頭正想繼續喝茶，這時卻又看見一個有點奇怪的人。

這人沒理會街上的騷亂，默默低頭走著。這並不奇怪。也有其他不想惹麻煩或者有事情要忙的人這樣走著。城市裡本來就充滿冷漠的人。

她是個身穿深藍色粗布衣的孕婦，撐著一把油紙傘。這也沒有甚麼特別。

羅壽志之所以注意起來，是因爲他覺得這個孕婦似乎不是女人。走路時臀部搖擺的幅度；手指握著傘柄的方法；腳步的重量，都有點不對勁……

「孕婦」似乎察覺了，稍抬起頭來，與羅壽志四目交投。

這次羅壽志手上的茶碗眞的跌下來了，摔得粉碎。他低身竄到桌子底下，卻不是爲了撿拾碎片，而是躲起來不想看見這「孕婦」。他背汗濕透了。冷汗。

剛才那短促的對視裡，他感覺自己雙眼像被箭射穿了。

然後羅壽志明白，那「流星」是甚麼東西。

□

四名趕回來宅邸的線眼，證明了同一個事實。他們當時站在大街不同的地點，從四個不同的視角，同時看見一個情景：

不知何處飛來一枝暗箭，射中了于潤生的胸膛。

蒲川幾乎無法呼吸。他已不用更衣了。

「他有沒有死？」魯梅超焦急地喝問：「射中左胸還是右胸？有沒有看見血？」

「有！」其中一人肯定地回答：「我看見！雖然只是瞥見了一眼，但確實有血水從他胸口噴出來！」此人過去曾參予過「屠房」跟「豐義隆」的拚鬥，見過許多死傷場面，不會看錯。

「是右胸。」另一個線眼說。其餘二人也點頭同意。「可惜他的手下很快就把他包圍起來，接著我們就再也看不見甚麼。」

蒲川現在只關心一件事：

——是誰下的手？

「會不會是……汪老大幹的？」魯梅超說。他目中閃著興奮之色。「屠房」破滅的那口怨氣，他已經憋在心裡許久。

不管是誰幹的，蒲川只知道：那人現在等於用刀架著他上戰場！

「我們要趁機發難嗎？」其中一名角頭老大憂慮地問。

大廳內異常寂靜，只有雨點打在屋瓦的聲音。所有人都默默注視金牙蒲川。蒲川沒有露出金牙來。這種時候他怎麼笑得出。

——是難得的先機。趁消息還沒有傳開之前……

可是蒲川有三件擔心的事：第一是誰想暗殺于潤生，那人目的是甚麼？第二是于潤生現在是生是死？若沒有死，傷得重嗎？還能指揮嗎？

最後一件，也是蒲川最擔心的一件事，是「豐義隆漂城分行」對此會有甚麼反應？

然後蒲川就得到其中兩個答案了。

僕役進來通傳，外面有人求見。

蒲川很少發怒，現在他卻幾乎忍不住一拳擂在那僕役臉上。

——現在是甚麼時候了？還要我見客？

可是蒲川沒有失去冷靜。他想：知道他所在的人根本就不多，此時此刻要來見他的，不會是個普通的客人。

果然不普通。那兩個人的臉，都有缺陷。

當先一個高大兇悍的男人，鼻頭缺了一塊肉——在場所有人都認得，他是從前「豐義隆漂城分行」的頭號打手、「屠房」的多年死對頭「兀鷹」陸隼。

隨後那個中年人，則滿臉都是刀疤。

蒲川張開嘴巴，幾乎失聲。

「江……掌櫃！」

「我沒當掌櫃好久啦，蒲兄。」花雀五微笑說。一般人都稱呼蒲川作「蒲老闆」。然而凡是「豐義隆」的人都不會這樣稱呼他。在他們心目中，「老闆」只有一個。

「江……江老兄，許久沒見……」

「蒲兄，于潤生已經倒下了，你還在等甚麼？」花雀五目光裡有一股狂熱火焰。「過了這天，我們兄弟倆就平分漂城！」

平分漂城。多麼美麗的幾個字。很少生意人能夠抗拒。

蒲川靈活的腦袋飛快地運轉，把手上一切的資本與面對的所有風險，重頭再計算衡量一次。這盤帳目，現在減掉了于潤生；加上了「豐義隆」花雀五。蒲川眼前的野心道路，豁然開朗。

他瞧向魯梅超。對方朝他微微點頭。

沒有回頭路了。

□

昨晚「萬年春」盛宴遺下的殘羹剩菜，滿佈桌子和地上。鎌首睡醒後已經忘記了，自己昨夜請過甚麼人。他只感到全身乏力，打了個大大的呵欠。

「好臭！」伏在他胸口的曲琳捏住鼻子。

鎌首不在乎地笑：「拿些酒給我漱口。」

「就是因爲每晚酒肉不停，你的嘴巴才這麼臭。怎麼一覺醒來又要喝酒啦？」

「開始管我啦？」

曲琳突然坐起身，跨騎在鎌首肚臍那變了形的刺青上。她沒有笑。曲琳很少時候不笑。她不笑的時候樣子都變得特別認真。

「我可以永遠跟你一起嗎？」

鎌首沉默。

曲琳卻笑了。

「你知道我喜歡你這死胖子甚麼嗎？」她再次伏下來。髮絲搔得他下巴好癢。「在這城裡，就只有你一個從來不對我說謊。」

她的指甲輕輕劃在他肩臂上。「你逃不了。我跟定了你。你再胖，我也跟定了你。」

鎌首坐起來，把曲琳整個人抱起。她看見他澄澈的眼神。

——這個女人，也許可以成爲我生存的理由……

「你知道現在你最需要甚麼？」曲琳掙開他的手臂跳下床，匆匆穿上衣服。「一缸熱騰騰的洗澡水。你要好好洗一洗。」

他臥倒床上，側臉瞧她走出房門的背影。

他忽然很想見狄斌。他想起來，已經許久沒有看見狄斌笑了。他想再次看那笑容。

□

狄斌整整有兩個月沒跟鎌首見過面。他怕一看見五哥又忍不住動氣。

「你看你像甚麼？像頭豬！像個廢物！」

那次一開口說出這句話，他就馬上後悔。更難受的卻是：鎌首這樣被義弟罵，只是聳聳肩，不在乎地笑了笑。

——他連我怎麼看他，也已經不在乎……

雖然沒有見面，狄斌還是不時派人去探探鎌首，看看他夠不夠錢花用……

狄斌瞧著窗外的雨想得出神。

田阿火等三個親隨護衛，以爲狄六爺神情恍惚，是因爲憂慮于堂主與金牙蒲川的談判。現在已過了正午，談判大概已經開始了吧？

樓下的賭廳並不熱鬧。冷徹的冬雨令賭客也卻步。外面平西石胡同行人冷清。只有雨聲。

田阿火也瞧向窗外。他想起幾個月前從這窗口跳進來的棗七。

「那個怪傢伙……我還會看見他嗎？」

狄斌知道田阿火說的是誰。自從幾天前把棗七送到大牢後，狄斌也沒再看見他。顯然于老大有重要事情交給他幹……

「暫時不要再提那傢伙。不論對任何人。」狄斌說。于潤生沒有明確這樣下令，但狄斌意會到，老大不想太多人知道棗七的存在。田阿火馬上也明白了，沒有再追問。

負責打理平西石胡同這家賭坊的部下叫杜秋郎，兩年前才加入「大樹堂」，本來在州內幾個城鎮間流浪，偶爾幹些詐騙的勾當維生。狄斌發掘了他精細的心思和幹練的交際手腕，把他拉進幫會來。果然杜秋郎馬上把賭坊生意管理得很好。狄斌已經準備提拔他幫忙經營城裡的私貨買賣。

——狄斌知道「大樹堂」還會不斷擴張下去，插手的生意也將越來越多，他每天都在留意身邊有甚麼值得吸納的人才。

杜秋郎就坐在這二樓帳房的一角，隨時準備回答狄六爺的任何問題。

「最近有沒有發現蒲川甚麼奇怪動靜？」雖然現在才問也許已經太遲。

杜秋郎思考了一會。賭坊除了是賺錢的門路外，對「大樹堂」來說也是收集情報的場所。

「好像是這兩天的事……蒲川旗下一家商號買了批馬。是中上貨色。」

「有多少？」

「不知道。可是既然傳得出消息，最少有十匹以上吧？最近的馬價沒有甚麼浮動，也沒聽聞有甚麼大買家來了漂城，這倒奇怪……」

狄斌沉思。這消息也許根本沒有意義。一小批馬的價值，在蒲川的生意王國裡微不足道。

可是當過兵的人總是對某些東西特別敏感。狄斌一聽見馬，不禁就會聯想到戰爭……

他突然臉容收緊。

「我好像……聽見馬蹄聲……」

田阿火走到窗前觀看。

「沒有啊……我只聽見下雨。」

狄斌閉上眼睛一會。「沒有了。也許是我聽錯。」

「要不要派幾個人去外頭瞧瞧？」杜秋郎問。「畢竟今天……」

這次眞的有聲音。是腳步聲。比雨聲更急。

狄斌站到窗口往下俯看。兩個「大樹堂」的部下出現在胡同裡，全速朝賭坊跑過來。

狄斌臉色大變。他認出這兩個人，是他派到安東大街負責監視的手下。

狄斌飛快躍下階梯，看見那兩個人站在賭坊門內，身上滿是雨水和泥巴，背項冒出水氣，口鼻吐著白煙。

其中一個才剛加入「大樹堂」不久的小子只有十七歲。稚氣的眼睛裡溢著淚水。

——不！不要……

那小子跪倒，雙手支地。既因爲疲倦，也因爲打擊。

隨後下樓來的杜秋郎，迅速把僅有的廿幾個賭客趕走。

狄斌突然無法控制自己。他撲前抓著那小子的頭髮，把他整個人揪起來——別人絕對想不到，矮小的狄斌竟有這樣的力氣。

「說！快說！」狄斌的唾沫，吐到了那小子臉上。

「堂主他……中了暗箭！在胸口……」

狄斌感覺自己整個人像瞬間被抽空了。他抓住部下的手緩緩放開來。

「葉毅哥正護著他，撤退到了總店。」另一名回來的手下補充說，他比較年長，情緒也冷靜一些。

「總店」，指的就是安東大街的「大樹堂」藥店。

狄斌咬著牙，茫然地不斷搖頭。他無法思考。一股巨大的恐懼，從脊樑升上頭腦。

——要是老大死亡，一切也從此結束。

他已經許久沒有這麼緊張，連雙手十指因缺血而痲痺。他要驅走這種感覺。他要克服恐懼。否則又會變回從前的白豆……

「金牙蒲川已經是個死人。」

狄斌大步走向大門。

「六爺，先等我把手下點齊！」杜秋郎急忙呼叫。他擔心狄斌已然失去理智。現在最重要的不是復仇，而是保護中箭的于堂主。除非堂主已經沒救了……

狄斌沒有停步，直走出大門外。寒雨迎頭灑下，他渾然不覺。

沒有人敢攔阻他。田阿火和另外兩個拳手已趕到他身旁。

杜秋郎沒必要下命令。憤怒的氣氛在賭坊裡迅速擴散。一個個「大樹堂」的漢子，靜靜地分派兵刃，然後聚集到門前。

他們一致瞧著門外狄斌的背影，眼睛裡帶著無比信任。

狄斌和三名拳手已經走到石胡同上。狄斌一心一意想著要取下蒲川的頭顱。

左方街角有聲音。

馬蹄聲。急激而密集。

狄斌頓時清醒。

狹小的街道上，一支騎隊挾著飛濺的泥水猛襲而來。每兩騎一排的隊形，把整條街都霸佔了，攻勢猶如河道裡突然暴發的洪水，根本沒有逃避的地方。

田阿火等三人迅速擋在狄斌身前。沒有時間躲回賭坊了。他們赤手空拳擺出迎擊姿勢。

狄斌卻知道他們抵擋不了。拳鬥與馬戰，完全是兩回事。

當先兩騎衝鋒而至。騎士一身蓑衣和斗笠，看不見面目，手上握著尖銳的長矛槍。單是看他們這策馬提槍的姿勢，狄斌馬上斷定對方是貨眞價實的軍人。

站在中央的田阿火與狄斌及時偏身閃躲。兩股迅猛的力量，自狄斌身旁左右飛快掠過。

護在他左右的兩個拳手同時消失。

——左邊那拳手迎向騎士刺來的矛槍。槍刺得並不快，拳手憑著過人反應，兩手交叉擒住槍桿。然而矛槍上夾帶的衝擊力卻遠超他想像，裡面包含了健馬的體重與速度。槍桿突破了拳手的握持。強烈摩擦帶來火灼般的痛楚，這是拳手最後的感覺。串刺著拳手屍體的長矛，直舉到了狄斌身後十尺外才不勝負荷折斷。

——同時右邊的拳手僅僅用雙臂把矛槍擋開去，卻無法消解那夾帶的衝力，失去平衡跌倒。馬蹄把他膝頭踹碎。他慘呼著翻滾。

「六爺——」田阿火仍然無懼站在狄斌身前，頭也不回地呼喊。

沒有時間。第二排雙騎又來臨。這次騎士手裡拿的不再是矛槍。田阿火沒上過戰場，並未見過這種長柄寬刃的大刀。狄斌見過，也知道它的威力——尤其在馬背上。

狄斌從後撲到田阿火身上。兩人往前伏倒。

刀鋒削去狄斌腦後一縷濕漉髮絲。

馬蹄在他們身邊踏過。狄斌壓著田阿火，靜止不動。

剛才被撞倒那拳手，被這一輪鐵蹄踹得臉骨破碎。

在第三排騎士殺至前，賭坊裡的部下終於衝到了街外。

幾隻手掌搭在狄斌和田阿火身上，硬把他們沿泥濘地拖到大門前。

另外十幾個人根本沒打算戰鬥，就用自己的肉體抵擋騎隊。

狄斌的眼睛被馬蹄濺起的泥水潑得睜不開來。他只聽見許多令人震慄的撞擊聲音。還有沙啞的馬嘶。

血與雨水混合。其中一人身體平平飛出，撞到胡同的石牆上再反彈著地，腰肢扭折。

平西石胡同中間躺滿了死傷的肉體。有人，也有馬。

緊接而來的第四排騎士來不及勒止。兩名騎士叱喝著收緊韁繩。八隻馬蹄躍起。兩匹馬在空中撞碰了一下，左面那匹因而失去平衡，著地時折斷了左前足。人與馬朝前翻滾仆倒。

繼後不知數目的騎者因此停止了。

這時從賭坊湧出來的「大樹堂」人馬，已超過了五十人。

騎隊一旦停止衝鋒，在狹窄街巷裡立時暴露出移動不便的弱點。

騎隊中有人吹起尖銳的哨音。騎士紛紛下馬，抽出腰間的短兵刃。有的人提著盾牌。

狄斌已被手下扶了起來，站在門邊看見街上的景象：身穿蓑衣的刺客團，朝著「大樹堂」眾人衝殺而來。

——刺客的每一步都井然有序。對方必然擁有一個很可怕的指揮。金牙蒲川從哪裡找到這種幫手？

刃光反射。一個「大樹堂」部下當先衝出，低頭橫斬一刀。速度和時機都掌握極佳。

被攻擊那刺客卻不閃不躲，以腹部硬受刀刃，同時揮起鐵鞭還擊。

刀刃先命中，卻沒把肚腹斬開。

鐵鞭沾滿了腦漿。

蓑衣被那刀砍裂了，露出下面的金屬光芒。

「小心！他們穿著冑甲！」狄斌高呼。

沒有人聽見他說話。混戰已經爆發。「大樹堂」人數雖眾，卻因缺乏準備而陷入劣勢。刺客的行動配合無間，再加上精良的裝備，正朝狄斌推進過來。

「六爺你先走！」杜秋郎在他身後喊叫：「田阿火，護著他！」

狄斌一把推開田阿火，撿起地上一柄大刀。他擔當「大樹堂」的狄六爺，不是為了在危險時有部下保護他逃走。

敵陣裡一人排眾而出。他比現場任何人都要高大。斗笠的邊緣，露出滿佈半白髭鬚的堅實下巴。蓑衣被那壯軀撐得滿滿。雙手橫握著一柄仍在鞘裡的長劍。

這瞬間，狄斌錯覺自己看見了變胖之前的鎌首。他感到後頸像有一陣寒冷的風吹過。

──原來與五哥為敵，就是這種感覺。

那人緩緩把劍鋒拔出。五尺的鐵劍。

四周激烈的血鬥似乎與他無關。他從集體的暴力中央走過來，就像緩步走在輕風中一樣自然。

很少人能夠懾住狄斌。可是他知道眼前這個拔劍的男人，平生殺人的數目在自己的數十倍以上。從那從容的姿勢就看得出來。

男人把劍鞘交給身旁部下，雙手握柄把鋒刃高舉。狄斌卻仍然沒有反應。他彷彿動彈不得。

那斗笠抬高了少許。狄斌看見男人的眼睛。他想像不到，世上有人在殺人時仍能露出如此高貴的眼神。

那雙眼睛像在跟狄斌說話。

——**對不起。請你死吧。**

劍長，路狹。除了躲回賭坊裡，沒有其他退路。

可是狄斌不願退，這裡幾十個部下的戰意，隨時都會崩潰。

田阿火已準備用一條手臂擋下這一劍——就像剛才狄六爺用身體擋在自己上面一樣。

狄斌卻已看穿他的想法，伸腿把他踢開。

劍光像一道變慢了的閃電從高落下。無聲。

狄斌右手握住刀柄，左掌抵著刀背，把刀刃架在臉前。

鐵劍將刀從中砍斷，但因爲這擋架而改變了路線，斜斜砍入了門框五寸。

田阿火趁對方手中劍卡死，從旁躍起朝男人的頭側施以肘擊。

猛烈的撞擊，就像剛才閃電延緩了的雷音。另一個蓑衣刺客及時出現在劍手身旁，用一具銅盾擋下了田阿火的猛擊。盾牌中央凹陷了一塊。握盾者身材厚壯，跟田阿火有點相像。

握劍那高大男人放鬆了斬擊的力量，慢慢把劍抽回來。他的劍根本沒有卡死。那厚實的門框，在這劍鋒下有如朽木。

狄斌看著這張斗笠底下的臉。大概已有五十歲，頭髮和鬍鬚泛著霜白。仍是那種漠視一切的高貴眼神。

狄斌突然想起自己的父親。

他曾經以爲自己有一天會死在父親手上。每一次嚴酷的虐打，回想起來時彷彿背項又生起火辣痛楚。

而父親打他的時候，表情同樣地冷漠……

於是狄斌就像小時候一樣，拚命地想逃。

可是劍很長。他來不及退。

劍鋒再次高舉。

兩條強壯的手臂環繞狄斌腰身，把他整個人抱起。是田阿火。他比狄斌高不了多少，力量和體重卻遠超過他。田阿火硬生生抱著狄斌奔逃進賭坊裡。

握劍的男人邁步追前。他走得並不快，但每一步都跨得比常人遠。其餘的蓑衣刺客佈在他兩側和後方，專心地防禦和反擊殺過來的「大樹堂」眾人。他似乎對部下們具有絕對的信心，視線只是緊緊盯住向內逃走的狄斌跟田阿火。

整隊刺客雖然不足二十人，但陣勢井然堅實。狄斌的部下拚命想把他們阻截下來，但面對冑甲與盾牌卻徒勞無功。

狄斌已掙開田阿火的環抱，卻仍被田阿火拉住手臂繼續往裡面走。他回頭看過去。鎌首的攻擊方法若是像猛烈的風暴，那麼眼前這用長劍的男人，就像壓得人無法呼吸的厚重烏雲。

鐵劍把第三張賭桌絞碎。在那五尺鋒芒下，賭廳內滿地都是桌椅的碎片。狄斌卻不記得聽見過任何聲響。那破壞的過程就像靜靜地進行。

狄斌二人逃到通向樓上的階梯。田阿火正想踏上去，那木搭的階梯卻崩塌。田阿火的腳要是遲一點點縮回來，五根趾頭都要被劍鋒削去。

已經到了死角。狄斌背貼著牆壁。那道磚牆很冷。

他低頭。

看見手上的斷刃。他至今還沒有把它放開。

斷刃只餘兩尺。跟葛元昇的「殺草」同一長度。

——我不再是從前的白豆了……

狄斌的神情變了。剛才的恐懼消失無蹤。斷刃斜斜指向握劍男人的喉頸。

他感覺葛老三再次活在自己的身體裡。

狄斌眼中已看不見那五尺劍鋒。他只看見自己手上的兩尺斷刃和敵人的咽喉。

這就是葛元昇的刀法。他以爲自己已經忘記了。沒有。他微笑。

「唔……」那握劍的男人第一次開口，似乎喃喃說了一句話，狄斌聽不清楚。

鐵劍垂了下來。

他的部下也似乎跟他有某種神秘感應，同時住了手。「大樹堂」的人受這奇怪的氣氛感染，也停止了攻擊，但仍然嚴密包圍著這十幾個敵人。

剛才提盾擋下田阿火肘擊的那名刺客，把劍鞘恭敬地交回主人手上。寒光隱沒。

男人恢復了垂手橫提長劍的姿勢。他回顧自己的部下，然後瞧著狄斌。

「即使殺了你……」男人的聲音帶點沙啞，語氣不卑不亢。「我也難免要受重傷。」

狄斌不知道這算不算是問話，卻也點了點頭。

「要是我受了傷，我的人恐怕無法全身而退。我跟你並沒有私仇。這些人跟我卻比血親還重要。」

「請。」狄斌伸出左手指向大門，右手仍緊握斷刃不放。「我們不會追。」

男人略一點頭，不知道算不算是道謝。

蓑衣刺客們慢慢地往後撤退，行動整齊而緊密，途中仍不忘互相掩護。

「大樹堂」的人恨恨地咬著牙。可是六爺既已承諾，他們沒有一個敢再動手。

刺客退出了賭坊大門，把幾個受傷的同伴扶起，然後接連跨上馬背。其中一個給砍斷了一條臂胳，卻連呻吟也沒有一聲。

那男人把長劍斜揹在身後，領著騎隊望平西石胡同的西口奔去，消失在依舊綿密的雨裡。

他們猶如一道突然捲來又瞬間遠去無蹤的烈風。

「留十人在這裡照顧受傷的兄弟，其餘的統統跟我走！」狄斌的臉並沒有放鬆下來。他頭髮散亂，一身白衣染成一灘灘灰黑，在雨裡單手握著斷刀，仰視天空的眼睛泛著憤怒與焦急。

于潤生中箭後生死未知。

還有快要臨盆的李蘭。

還有文弱的齊楚。

還有鐮首——狄斌知道自己在這裡遇襲的同時，必定也有人去「招呼」五哥……

這幾年裡，狄斌第一次生起一股強烈的無助感覺。

天空很灰暗。

□

陣痛變得更猛烈。

李蘭咬得嘴唇流血。豆大的汗珠凝在額頭上。她沒有呼叫。于潤生隨時會回來。她不要讓他聽見而擔心。

她告訴自己不要緊張。只是孩子提早來了。這小傢伙急不及待要見爹爹。已經派了三個護衛的部下出去找大夫和穩婆來。很快就會回來。

三個人還沒有回來。

于潤生也沒有回來。

李蘭知道是怎麼一回事了。現在這座大宅沒有人能夠出去，也沒有人能夠進來。

痛楚快要教她昏迷。

□

赤裸的齊楚緊緊擁抱著赤裸的寧小語。他把溫暖的被褥蒙過頭，不想去看外面的情景，不想去聽外面的聲音。

寧小語嬌巧的身體卻像蛇般脫出他懷抱。她瞧向客棧房間的門。透過門的糊紙，她看見幾個站立的人影。她想像著，何時那糊紙會染成血紅。

「你還要窩在這裡多久？就靠那幾個傢伙保護你嗎？」

齊楚抓住她的手腕，把她扯回被窩裡。他沒有回答。除了知道于老大中伏之外，他完全不清楚外面發生著甚麼事情。他不要想。他只要摟著她。要死，就死在她懷抱裡。

「你連老大的生死也不理啦？」

齊楚知道她刻意這樣刺傷他。她明知他沒有保護任何人的力量。他繼續把頭蒙在被窩裡。

寧小語瞧向窗外。大街中央的行人都消失了，只剩少許大膽的傢伙站在兩旁看熱鬧。

「大樹堂」總店和這家客棧只隔幾間樓房。她伸出頭去觀看。藥店大門緊緊關著，沒有人影。看來于潤生已不在裡面。

「沒事的……」齊楚隔著被褥喃喃說。「只要龐祭酒出手就沒事……他看待老大就像自己的兒子，沒理由不出手……」

然而街上連半個「豐義隆」的人馬也沒有。正中路那邊的「豐義隆漂城分行」也沒有任何動靜。

這時一群男人在南面出現。大街馬上變得異常寧靜。

那些男人快步走過，腳步聲引得齊楚也湊近窗口。

「不是我們的人啊……」

寧小語的眼睛瞪大了。

他們正走向「萬年春」。

她裸著身子從窗口躍出，站到簷篷上，再跳下地面。

「小語你幹甚麼？快回來！給我回來！你想死嗎？」齊楚半身伸出窗口呼叫，卻又不敢放盡聲音，怕驚動了那群殺氣騰騰的男人。

寧小語沒有任何感覺。齊楚在呼喊。寒冷的雨水淋得她全身冒起雞皮疙瘩。右腳底給尖石扎傷了。街上的旁觀者發笑。她統統看不見也感覺不到。

笑聲漸漸停止了，大街兩旁的人怔怔地看著。繁華的安東大街從來沒有出現過這樣的情景：一個全身赤裸的美麗女人，在陰冷的冬雨中不顧一切地奔跑，全身因爲寒冷而顯得雪白，只有臉頰紅得像桃子。結實渾圓的乳房隨著每一步而跳動，濕髮纏貼在肩背和頸項上。纖細的雙足不斷跑著。

她正奔向甚麼？沒有人知道。

□

查嵩的臉在顫抖。

他想不到金牙蒲川眞的出手了。難道他不怕惹怒龐文英？

官衙內室的桌案上堆滿了等待他批示的文件，可是他無心翻閱。

查嵩當然記得上次喝醉後說過的話。他慶幸那只是在自己家裡說的。

——幹掉于潤生……我支持你……

蒲川難道就是因爲這句話而下定決心？于潤生要是知道，自己因爲一個女人而中箭，必定哭笑不得。

寧小語。一想到她，查嵩的胸口就發熱。沒錯，于潤生要是倒了，小語就會回來……

滕翊就在他身旁。這個即將退休的總巡檢，臉色同樣很不好看。就在他快要回鄉享福時，竟出了這種大事。

「雷義呢？他當時不是在大街嗎？」查嵩問：「他抓不到那刺客？」

「有點奇怪……」滕翊說：「雷義除了派人掩護受傷的于潤生之外，甚麼也沒幹。徐役頭的手下原本正要去射箭的方向搜查，卻被雷義的人阻止了，不知道是有意還是無心……」

查嵩皺眉。雷義的行動確實奇怪。難道這傢伙也有份？他是不是知道，自己一天跟著于潤生，一天也不可能升官，因此變節了嗎？……查嵩有點後悔，上次應該接見雷義，仔細探探他的口風。

最令查知事奇怪的卻是「豐義隆」。龐文英竟然至今也沒有半點反應。蒲川需要依靠查嵩去安撫龐祭酒，而查嵩爲了得回寧小語也十分樂意這樣做。可是龐文英還沒有表態，甚至連人是不是在城內也不確定，這教查嵩無從插手。

於是他只能坐在衙門裡，默默期望于潤生死在那一箭之下。

□

那悽慘的聲音並不響亮。像是嘆息。

鎌首卻還是聽見了。也聽出是誰發出的。他感覺一股冰般的悲哀，滲入身體每一個毛孔。肉體與心靈彷彿分離了。他的靈魂很想相信，那叫聲只是個夢。再睡吧。睡。不要理會。睡了，一切都很好……

身體卻已衝出房門。

「萬年春」大廳充滿肅殺的靜。

鎌首從三樓廊道的欄杆探出半個身子俯看了一眼，十指頓時陷進欄杆的木頭裡。甲縫滲出血。呼吸停頓。流不出淚的眼睛，像蒙上一層哀傷的薄霜。

曲琳仍然站著，雙手緊握著階梯口兩旁的木欄杆。她決心直至自己停止呼吸的一刻，都不讓任何人登上去。

項。

她的衣衫被扯破了。袒露的美麗胸脯上立著一個粗糙的刀柄。刀尖透出她同樣美麗的背

鎌首的十隻手指仍然緊抓著欄杆。這些手指曾經愛撫那胸脯和背項。許多個晚上。溫暖的觸感。而她永遠不會再溫暖。曾經給予他無比歡愉的優美肉體，將要腐爛消失。

十八個男人仰頭，看見了鎌首赤裸的胖軀。為首那個——也就是那柄刀的主人——伸腿踹在曲琳腹上。僵硬的手指鬆脫。失去生命氣息的女體頹然倒下。

那人踏著曲琳的胸口把刀拔出來，然後登上階梯。隨後的人也踏在曲琳的屍體上，彷彿把她當成地毯。

——踏進一場血腥祭典的地毯。

鎌首一直看著。他凝視踏在曲琳身上的每一腳。凝視那快要流光血的刀口。凝視那沒有生機的眼睛。每看一眼，他都像往自己的心裡狠狠扎一針。他要懲罰自己。

正登上樓梯那十八個人，臉上都沒有表情，冷酷得就像他們手裡的十八柄凶刀。內裡十八顆心臟卻在怦怦亂跳。鎌首是個會呼吸會走路的傳說。他們今天將要親手結束這個傳說。然後他們自己也會成為傳說……

一片巨大的陰影籠罩在他們頭頂。

他們悚然抬頭，看見那是甚麼東西。

一個從樓上凌空躍下來的男人。一個很胖、很胖的赤裸男人。

□

「爲甚麼？全漂城的男人都想要我！爲甚麼你不要我？」

「……」

「我不管！我知道你現在很難過，可是誰死了我也不管！我只要你……」

「……」

「所有人都認定我是個邪惡的女人！我不理會！只要你抱著我，我才不要做甚麼好女人！」

「你走吧。我只是個災禍。你看她……她甚至不是第一個……」

「抱我，一次也好，我願意死！」

「可是……」

「你甚麼也可以說，但是求求你不要提你那四哥！你現在還不明白嗎？我跟他，也只是爲了多見你……我從來眼裡就只有你！只要你點點頭，我馬上就去跟他說，你不用開口……」

「……」

「你在怕甚麼？你能夠赤條條對著這許多柄刀，卻害怕抱我？害怕我喜歡你？害怕承認你喜歡我？」

——太美麗的東西，我害怕得到。因爲我害怕失去。

□

狄斌還沒有踏進「萬年春」的前門，已經嗅到那濃濃的血腥氣。強烈的不祥感促使他加快腳步。三十多名部下也從後奔跑跟隨。

「萬年春」的朱紅大門前聚滿了人。他們全都是十幾歲的年輕人，許多袒露出兩條手臂，上面有粗劣的刺青圖案。每個人的雙拳上纏著粗麻布條。狄斌知道他們都是「拳王」的崇拜者。他們一個個背向大街，呆呆地站著觀看「萬年春」前廳的情景。血腥氣味更濃。狄斌扳著其中一個小子的肩頭。那小子轉過臉來。一張被驚嚇得煞白的臉。

那小子赫然看見「猛虎」狄六爺就在面前，還搭著自己的肩，馬上膝蓋發軟，慌忙叫同伴讓開一條路。

然後狄斌就看見「萬年春」裡發生了甚麼事。

血。地板上灑滿都是鮮血。還有桌椅、窗紙、階梯、欄杆……甚至大廳上方高高垂吊那頂大燈都染滿了血。

屍體。

曲琳的屍身仍然在梯口躺著，慘白的身上有幾個清晰的鞋印，胸前的刀口已然收縮。

而她是這些屍體裡最完整的一具。

最接近門口的那個，狄斌看了一會才確定是個死人。他就像被一顆大岩石來回輾過許多次，有的部位被壓成只有寸來厚。

另一個失去了頭顱。正確來說是大半個頭顱，只餘下耳朵和下巴，整條舌頭暴露在外。狄斌想像到那是怎樣造成的：一隻力量極大的手掌伸進這男人的嘴巴，掀起他的上顎，硬生生把他上半個頭撕走。

狄斌沒有再看。他已知道這許多人是誰殺的——要把屍體弄成這樣，只有一個身體很重的人才做得到。

他不由自主踏前一步，差點就滑倒——他踏著一塊不明的內臟。

令他呼吸停頓的，卻是大廳中央的畫面：

在屍叢血海裡，鎌首赤身盤膝而坐，閉起眼睛在劇烈喘氣。同樣赤裸的寧小語背向坐在他腿上，雙臂高舉摟著他的頸項，乳房的尖鋒朝眾人高高挺起。鎌首的手掌扶著她緩緩扭動打轉的腰肢。陰部密貼陰部。愛液與血液混和。她咬著下唇，從齒間發出像小孩哭泣的細微叫聲。

這一黝黑一雪白的兩具肉體，在充滿死亡的廳堂裡靜靜交纏，呈現一種原始而懾人的美麗。崇拜「拳王」的年輕人都感受到了。一根根年輕的陽具在褲裡興奮勃起。

這瞬間狄斌感覺腦袋一片空白，卻又像被各種情感充塞得快要脹裂：寬慰、妒忌、憎厭、不安、失望、羞慚……

狄斌慢慢走過去。地上的血泊黏住他每一步。他脫下自己污穢的袍子，蓋到兩人身上。

「五哥……」

鎌首和寧小語看來陷入了失神狀態，對身邊一切也沒有知覺。

「五哥……」狄斌搖了搖鎌首的肩膊。

□

火。綠色的火。

很熱。陰影在搖動。叢林。叢林更深處。

女體。光滑的女體。腿間的陰影。很熱。在搖動……

禁忌。快樂……

「老大中了暗算！也許已死了！」

□

鎌首睜開眼睛。

他發現狄斌正抱住自己。

他把身前的寧小語舉起來。她因爲強烈的高潮而腰腿抽搐。

鎌首站了起來，用狄斌的外袍包著寧小語。他的神情恢復正常。他沒有看一眼周遭的悽慘情景，彷彿不知道是誰幹的。

他左臂托著寧小語，把她像孩子般抱在懷內。她的手依然摟著他頸項。鎌首另一隻手牽著狄斌。

「走。我們去找老大。」

狄斌的手下早在「萬年春」門外準備好車子。是鎌首專用那輛大馬車。

當鎌首踏出大門時，四周年輕的崇拜者一個個投以無比敬畏的目光。鎌首代表了他們一切被壓抑的青春慾念。他們發誓長大後要成爲像他這樣的人。

——當然他們沒有一個會成功。

在「萬年春」外的簷前，茅公雷半倚著牆壁站立，雙手交疊在胸前。鎌首看見他，頓時就明白了，爲何剛才自己在裡面屠殺那十八人時，對方的後援沒有進來。

「謝。」鎌首朝他略一點頭。

「我來遲了。」茅公雷嘆氣。「否則她不用死。果然是個薄命人。」

鎌首的眼神又悲哀起來。

「我欠你一個人情。」

「你有機會還的。」茅公雷微笑，轉而瞧向狄斌。「後巷那些死屍，麻煩你派人收拾。」

狄斌點頭，匆匆拉著鎌首前行。他心裡只惦記著于潤生。

「很奇怪啊……」茅公雷也舉步離開，同時在他們身後喃喃說：「龐祭酒竟然沒有出手……他到現在還沒有露過面……」

車門打開時鎌首才發現，齊楚早就坐在車廂裡，臉色比平時更蒼白。他看見鎌首抱著寧小語。她也清醒了，卻沒有看齊楚。

狄斌拍拍鎌首的背項。「待眼前的大事解決了，再好好談你們的事情吧。老大在等著我們。」

車子顛簸駛往破石里方向。狄斌的幾十個部下，還有那群「拳王」的崇拜者徒步跟隨。鎌首、狄斌、寧小語和齊楚擠在車廂裡。沿途四個人沒有互相看過一眼。

□

金牙蒲川瞧向窗外。雨停了，天空卻開始暗下來。已是下午後半。冬季的白天特別短。

他知道自己有很長一段時間都不能離開桐臺這宅邸。「大樹堂」的殺手說不定正埋伏在門外。

汪尚林已經來了，帶著四十多個手下。宅邸外圍的護衛加強了，這是現在少數能令蒲川感到安慰的事。

魯梅超跟汪尚林都顯得很興奮。他們等待這個機會已久。手下接連趕來報捷：「大樹堂」

許多賭坊、娼館和幾十處私貨攤檔都給搗破或侵佔，最少已經折了五、六十人。善南街的于潤生家一帶也已包圍得密不透風。「大樹堂」在漂城裡的據點只餘下破石里。汪、魯二人正在糾集勢力，準備發動最後的進攻。

蒲川卻沒有笑容。他知道這些都只是表面的勝利。于潤生除了中了一箭以外，至今還沒有受到任何眞正的傷害。而連那一箭都不過假手他人。

蒲川看著汪尙林。他正在大廳另一頭跟魯梅超埋首商量。蒲川很想破口大罵。汪尙林顯得志得意滿，似乎忘記了自己三十幾人死在「萬年春」的事情。事前他還誇口那些是自己幫會裡的精銳，很快會把那額上有黑疤記的首級送過來……

「拳王」最新的奇蹟，正在漂城街巷間迅速口耳相傳。蒲川無法估計，原本陷入混亂的「大樹堂」人馬，士氣因此恢復了多少。本來還有機會截殺從「萬年春」開出的那輛大馬車，然而與蒲川結盟的眾多角頭老大，竟然全部都懾於「拳王」的威勢，沒有一個敢出手。

更令蒲川頓足的是，連刺殺狄老六也失敗了。狄斌是「大樹堂」前線眞正的指揮者，假若于潤生死了，他就是最有力的繼承人。

蒲川原以為自己派出那支騎隊有十足的把握。結果現在連那群裝甲騎士也失蹤了……

——嘖，那老傢伙，還說曾殺過幾萬人，連個市井流氓的頭領也斬不了……

過去的就讓它過去。明知追不回來的債就忘記它。這是蒲川做了幾十年生意學會的原則。還是看看眼前有甚麼賺錢的方法——或是減少虧蝕的方法……

現在唯一令蒲川感覺振奮的事實是：「豐義隆漂城分行」果真沒有任何干預舉動。花雀五到底做了甚麼工夫，能令龐文英袖手旁觀？

蒲川認識花雀五許久，很了解這前任掌櫃的性情。可是誰也想不到他會重踏漂城吧？而且是以這麼致命的方式。他跟于潤生爭寵是連外人也清楚的事實。可是爲甚麼會如此突然？時機又這麼恰到好處？

聽說這幾年花雀五都留在京都「豐義隆」總行。難道他在總行裡找到強大的新靠山嗎？那麼這次就不止是漂城裡的事了。如果涉及「豐義隆」內裡的鬥爭……蒲川緊張起來。他可不想被牽進這麼巨大的舞台裡。

蒲川漸漸覺得事情脫出了自己的掌握。並沒有多少實際跡象，可是直覺如此告訴他。他開始在盤算，有沒有其他的路。

——現在求和也許還來得及……

最重要的是于潤生還沒有死。蒲川不禁失笑——不久之前他還在祈求那姓于的傷重不治。

蒲川想到去找查嵩。只要花錢——許多的錢——查嵩必定願意出頭。或許不能求「和」，但至少保住自己的安全，還有家人和財產。辛苦建立多年的生意也許要奉送他人了，可是蒲川覺得做生意押錯而賠光本錢，是一件很公平的事。只要沒有賠掉身家就可以。

至於這些角頭老大——叫他們去死吧。我又沒欠他們甚麼。

汪尚林和魯梅超仍然興奮地在商討進攻破石里的計劃，不知道在廳堂另一頭，他們的領袖已經想好了退路。

□

馬車經過「大樹堂」佈在破石里的三道守備關卡，才駛到「老巢」門前。沿途狄斌從車窗看著一個個凝神戒備的部下，感到滿意。于堂主猝然遇刺，各個地盤又接連受襲，部下們仍然沒有出現混亂，迅速聚集在破石里重組陣勢。這都是平日嚴謹調練和訓示的成果。

一身戰鬥裝備的吳朝翼早候在「老巢」大門前。下過雨的傍晚極寒冷，他卻露出一雙滿佈傷疤的結實臂胳，掌腕纏著厚厚皮革，腰間掛著環首鋼刀。躍躍欲試的神情，令狄斌想起當年進攻「大屠房」前的氣氛。

——現在我們卻是被人攻擊的一方……

「老巢」的保安一直由吳朝翼打理，新入幫的年輕部下也會被送到這裡住宿一段日子，由他親手訓練教導。

狄斌首先跳下車，這才看見「老巢」倉庫兩旁的道路上，放著用削尖的木材搭製的障礙物，防止車馬硬闖進入。他再仰看，四周的屋頂和二樓窗戶都佈滿了弓弩手。他這才完全放心。

「堂主呢？」狄斌走到吳朝翼跟前焦急地問。有部下遞來布巾與熱茶，狄斌揮手拒絕。

「在裡面。」

回答他的人不是吳朝翼。

「二哥！」

狄斌奔入「老巢」前院，用力跟龍拜擁抱。

「你甚麼時候回來了？」

「剛剛。」龍拜的聲音跟狄斌比起來顯得冷淡：「剛好來得及。是我幫葉毅把老大帶回來的。」

「老大他……」

「大夫已看過他。箭拔出來了。幸好不是射中心坎。」龍拜說：「死不了。可是流了不少血。現在睡了。」

狄斌緊握拳頭。無論這一箭是誰射的，他發誓要那人付出代價。

「甚麼事？……」龍拜皺著眉問。狄斌循著他的視線回頭看。鎌首、寧小語和齊楚也一一下車。寧小語步履仍然不穩，鎌首在旁扶著她的腰。齊楚則一直垂頭走在最後。

「這個……遲一點再談。我們先去看老大……」這時狄斌才發覺，龍拜的鬍鬚刮得很乾淨。這有點不尋常。從前龍老二出外押貨總懶得刮鬍子，回來一臉都是亂生的硬毛。

——最初在軍隊裡認識時，龍爺已經留著鬚。狄斌記得二哥上次刮光鬍鬚，是刺殺吃骨頭那天……

「來吧。」龍拜招招手：「老四和老五也來。」他看一看寧小語，然後沒有說話。

狄斌拊耳對吳朝翼說了幾句話，才跟隨三個義兄進入倉庫。他一直瞧著龍拜的背影。

──二哥連半句髒話也沒罵。他看來一點也不焦急。

□

看著于潤生昏睡的臉，四個結義兄弟默然無語。

葉毅仍然緊緊守護在堂主床邊。狄斌看見他幾乎馬上動氣。可是他知道不是時候。

四人裡顯得最自然的是鎌首。他趨前俯身，一隻手握住于潤生手掌，另一手撫撫他額上頭髮。那溫柔的神情與照料生病的情人無異。狄斌看得有點不安。

于潤生仍然沒有甦醒，呼吸淺而短促，本已白皙的臉更缺乏血色。包紮在胸前的布帛滲著赭色血跡。

龍拜輕輕清了清喉嚨，然後低聲說：「老大清醒的時候說了，由誰暫代堂主位置……」

除了鎌首，其餘的人眼神都緊張起來，連自知沒有能力當堂主的齊楚也不例外。平日老大健在，一切權力的分配都理所當然；然而現在即使誰也沒有野心，這仍然是個一件極敏感的事。

「老五。」龍拜拍拍鎌首的肩。「這是老大的吩咐。他還說：要是他死了，堂主以後也由你當。」

狄斌的心情很是複雜。他原本以為代堂主不是自己就是龍拜。他並不渴望這位置，兄弟裡哪一個來當他也沒有意見。只是老大的決定令他有些意外。五哥過了這麼一段漫長的頹廢日子，眞有這個能力嗎？在如此關頭，他們可付不起犯錯的代價……可是狄斌另一方面還是感到欣慰。老大並沒有放棄五哥，相反更認定他擁有別人所沒有的能力。

「哈哈……」齊楚在旁邊冷笑。「老五，恭喜你啦……」

「你病了嗎？」狄斌牽著齊楚的手臂，身體有意無意地擋在四哥與五哥之間：「這種時候不要開玩笑……」

「我不是說笑……」齊楚的表情像在笑，臉色卻很蒼白。「我眞的很羨慕老五……他甚麼都不用幹，各種各樣的東西卻都手到拿來。你看不見嗎？看不見跟著我們馬車跑的那些小子嗎？還有剛才……」他的聲音變得哽咽。「……連老大也這麼看重他，我能不羨慕嗎？」

齊楚說著時神情變得激動，眼中已溢出淚水。龍拜在旁嘆氣搖頭。鎌首垂下頭來，沒有正視齊楚。

狄斌呼叫兩名部下到來把齊四爺扶出去。那兩人還以爲，四爺是因爲看見堂主受創而過於傷心。

「老大還有一個命令。」龍拜打破了尷尬的氣氛。「在『豐義隆』沒出手以前，我們一直守住這裡。」

「不！」狄斌斷然說：「現在應該反擊！再守下去，漂城的人怎麼想？還有兄弟們的士氣。最少要拿汪尙林的頭顱來消那一箭的恨！」

「照老大說的去做。」鎌首仍然坐在床前，握著于潤生的手掌。

「可是……」

「現在堂主是我。」鎌首並沒有命令的語氣，但足以令狄斌順服。

「善南街那邊呢？」看見老大平安後，狄斌這才想起李蘭。

「被包圍了。可是應該不會有事。對方知道我們幾兄弟沒一個在裡頭。」

「可是嫂嫂們……」狄斌咬牙：「對方現在也許還沒有生壞念頭，可是一到緊急關頭，說不定會抓她們作人質！還有龍老媽啊！讓我帶一隊去解圍！」

「不行。」龍拜斷然說，彷彿困在善南街包圍網裡的不是自己的至親。「這樣做會削弱這裡的防守。還有不少手下散在城裡各處，先把他們都聚集回來再說。」

「那是我們的家人哪！」狄斌不自覺高呼起來，這才想起不應該弄醒老大。

「我只知道，要是老大沒有受傷，他也會這樣決定。」

「由我去。」鎌首說：「反正這裡陣前指揮都只靠你們兩個。我不懂得防守。」

「不行。」龍拜仍然堅持。「老五現在是代堂主，也就是『大樹堂』的支柱，更不可以親身犯險……」

「正如你說……」鎌首站了起來：「我現在是堂主。這是我的決定。」

他垂頭瞧瞧于老大，雙手各搭著龍拜和狄斌肩膊，把他們拉到一起。

「我已經休息了這麼久，是時候為兄弟做點事了。」

□

天將黑盡。漂城的人都知道這一夜將很長。

安東大街裡就只有客店旅館仍然點燈營業，但都闔上了正對大街的前門，只讓客人用後門出入。其餘的商店、酒家和娼館等全都關門。除了「江湖樓」。誰都知道「江湖樓」是「豐義隆」的產業，沒有人敢碰。

三層高的「江湖樓」，最高一層只供「豐義隆」幹部或是與幫會有關係的顯要使用。今夜則連中間一層也關閉了。沒有甚麼特別原因，只因爲沒有生意。

整座「江湖樓」只有一桌客人。

小黃坐在一樓臨近大門的一張小桌前，上面擺著五、六樣精巧的小吃，當然還有酒。他沒有吃，只是喝。

就像「江湖樓」一樣，他也知道沒有人敢碰他。

與金牙蒲川結盟的那些角頭人馬，此刻就在大街上來回巡視。街角處也站著差役，卻彷彿對流氓手上的兵器視而不見。這是查知事的命令：不要干涉，只要監視。

小黃並不眞的關心于潤生的生死。即使是要砍頭的買賣，只要暴利當前，總會找到另一個願意冒險的人。

可是小黃還是希望于潤生別死。再找第二個可信任的人固然是麻煩事，但眞正原因是小黃有點喜歡這姓于的。他看得出來，于潤生不會僅僅滿足於當一個城市的地下霸者。這樣的人，就像「鬥角」拳賽裡一個値得押注的好拳手。而且趁他名聲未響時越早押注，贏的就越多。

「大樹堂」的下層裡有小黃的線眼。這並不是甚麼大事，也許于潤生早就知道。要是你投資了許多錢在一盤生意上，當然希望盡量了解那生意。

所以小黃已經知道鎌首暫代「大樹堂」堂主的消息。這也不壞，他心想。對於鎌首，小黃總是覺得摸不透。這傢伙明明是小黃平生見過最縱慾的人，卻又似乎沒有甚麼眞正的慾望……

安東大街的氣氛突然轉變了。眾多流氓全都變得肅然。

小黃看見：在安東大街與正中路的交接處，一群人魚貫而出。他們並沒有帶著可見的兵刃，只提著燈籠。步履間沒有殺氣，卻似乎帶著一種焦急。

金牙蒲川旗下的人都自動讓過一旁，但眼神充滿警戒。

這群人連正眼也沒瞧他們，一走到安東大街中央就往四方八面散開。

小黃握住酒杯，神情有點納悶。

——是「豐義隆」的人。終於出動了。他們卻似乎無意干預這場鬥爭，反而好像在急於尋找某些東西。找甚麼？

□

吳彪加入「屠房」已經十多年了，至今仍然以曾經身為「屠房」門生而自豪。他為「屠房」殺過人，也為「屠房」失去了兩根手指。

魯梅超不算是個好老大——怎麼比得上當年的「八大屠刀手」？可是吳彪沒有選擇。他喝慣了辣的酒，玩慣了辣的女人，除了繼續在道上混，你教他還有甚麼其他的事情可做？像同門的莫三子般每天清早起床，肩著擔挑戶叫賣油餅嗎？不。

所以吳彪敢說一句，自己不怕死；當聽到消息「拳王」要到這邊來，他沒有像同伴一樣緊張。他倒眞想看看「拳王」有多可怕。

他沒有見過「拳王」動手。可是他親眼看見過一次「挖心」鐵爪四爺殺人。他想像不到有誰會比鐵爪四爺更可怕。要是四爺跟「拳王」在「鬥角」裡比試，他必定毫不猶疑把注碼押在四爺身上。

「屠房」倒下以後，曾經有各種各樣的巷里傳說：有人說鐵爪四爺還沒有死，曾經在雞圍出現。有的人說看見他長髮白衣的鬼魂，站在「大屠房」的瓦礫上哭泣……

哭泣。吳彪再次瞧向那所大屋。屋裡女人的哭叫停止了。之前他跟廿幾個同伴，還有幾十個其他角頭的人，一起默默受著那痛苦哀叫聲的折磨。

吳彪苦笑。他想像母親生自己時也是叫得這麼慘吧？她那時候要是知道，自己吃那麼大的苦頭生下來的孩子，長大後是個這麼壞的傢伙，不知道會怎麼想？……

他知道那是于潤生的老婆。假如魯梅超命令攻進去，吳彪不肯定應該怎麼辦。拿敵人的家眷作人質嗎？根本就行不通。不是甚麼道義上的問題，而是沒有一個黑道老大會爲了家人犧牲自己手下。這麼心軟的人根本當不上老大。對方不肯屈服，你要拿那些家眷怎麼辦？眞的殺了他們？殺其中一個表示決心？一樣行不通。一旦結下了親族的血仇，對方更加不可能就範。

最可笑卻是，這麼愚蠢的方法還是不斷有人用。當面臨敗亡時，有些不肯面對現實的傢伙，做得出任何沒有道理的事情來。

所以當「拳王」到來時，吳彪反而鬆了一口氣。至少他知道自己不用當殘殺婦孺的劊子手。

儘管吳彪已有心理準備，「拳王」駕臨的場面仍然令他吃了一驚。

眞正保護在代堂主身邊的「大樹堂」人馬只有十人。鎌首騎著一匹異常壯碩的棕馬，頭上縛著黑色布帶，鮮紅的披風飄在身後。他身周的部下一個個舉著火把，把他的臉照得有點詭異。一人一馬，有如一座會走路的山。

跟隨其後的是數不清的人，把善南街塞得滿滿。全都是年輕小子，最大的不過十四、五歲，也有還未開始發育的男孩。衣著全都不一樣，有的甚至在這寒夜裡赤著上身。

相同的是每個頭上都綁著黑布帶，雙拳纏著麻布條。

「我操……」吳彪目瞪口呆。「少說也有三、四百人……」

吳彪有個哥哥，是個老實人，他的大兒子也有十三歲了，不知道是不是也在裡面？

馬蹄停下來。

「拳王」振臂高舉。

十幾枝火把緊接也高舉。

然後是數百把血氣旺盛的聲音合和吶喊。

吳彪正在想著怎樣最快地撤退。

□

這次大進攻，汪尚林和魯梅超兩人決定親自領軍。在他們的坐騎後，一個壯碩的手下抬著根粗長的旗桿。一等隊伍推進到破石里外圍，那面寫著「屠」字的大旗就會高高舉起——雖然在這黑夜裡沒有多少人看得見。

他們已得知善南街那邊的情況。正好，趁著「拳王」不在，先用閃電的攻法把「大樹堂」的其餘核心剷除掉吧。

除了他們親自帶領的六百人外，其餘角頭老大分作十幾股，同時從不同方向朝破石里進發。總數最少也有一千二百人，在人馬上佔有壓倒優勢。

金牙蒲川卻拒絕隨隊。他只是躲在宅邸裡，把「大樹堂」領導層每個人的頭顱定下價碼：于潤生——白銀十五萬兩整；鎌首、狄斌——十二萬兩；龍拜——十萬兩。沒有包括齊老四。他要齊楚活著，好跟他談條件。

「媽的，有天我比他有錢，我也坐在家裡，找人去剁了他那幾隻金牙！」汪倘林不屑地說。魯梅超卻心想：像你這種老粗，好色好酒，一生也不會比蒲川有錢。

他們等這一天等好幾年了。「豐義隆」在漂城的地位永遠不會改變，但打倒那些腥冷兒，最少也爲本城人爭回一口氣。更何況「大樹堂」現在掌握的那些生意，他們都將分一杯羹……

漂城已經許久沒有這種場面。也許是他們有生之年看見的最後一次了。上千人的大交戰。金牙蒲川爲此準備了五十萬兩，用來擺平查知事和各級官員差役。

「汪老大！」其中一騎從前頭回轉過來。「前面有人攔阻！」

「他奶奶的！我不是說過的嗎？誰阻著去路就踏扁誰！」

「可是……那是雷役頭……」

雷義？他來幹嘛？不是想替于潤生出頭吧？要是眞的，他倒是蠢得可以。雷義在沒有當上役頭前，汪倘林已聽過他的硬功夫和硬骨頭。結果還不是一樣？看著白花花的銀子，一個人能夠忍耐多久？想不到雷義從前那股牛勁卻還留到現在。他看不見現在這陣勢嗎？他想變成第二個吃骨頭嗎？

雷義只帶著四、五個公人，而且都只是拿著水火漆棍棒，連腰刀也沒有一口。他們的官服還未乾，看來自從中午于潤生中伏以來就沒有更衣。

可是雷義的神情並不落魄，反而好像充滿了把握。

「滾吧！」汪倘林策馬到來，劈頭第一句就是喝罵：「你的主子也快沒命了！識相的話，日後還有口飯吃！」

「等等。」魯梅超止住憤怒的同伴：「雷役頭，形勢看清一點比較好。你家裡還有老婆孩子啊。」

雷義卻似乎聽不見，只管往那隊伍裡掃視張望。

「你找人？」汪尚林已感到不耐煩。他不想誤了跟其他勢力會合圍攻的時機。

「你們的線眼跑腿還沒有來嗎？」雷義問。

汪、魯兩人感到奇怪，相視了一會，又瞧向雷義。

雷義雙手把玩著棍棒。「那麼說，你們還沒有收到消息吧？」

「甚麼消息？」

「找到了。『豐義隆』已經找到了。」

「他媽的！」汪尚林「嗆」地拔出了刀。「你好好地給我說！找到了甚麼？」

「**龐文英的屍體**。」

雷義把棍棒交給手下，在汪尚林和魯梅超跟前扠腰而立。

「回頭吧。金牙蒲川都已經躲到查知事的府邸了。已經完了。」

□

在「老巢」倉庫的一角，堆放著比人還要高的瓦片，外面蒙著一大片麻布。

狄斌蹲在瓦片堆後面。吳朝翼把一根箭遞給他。箭桿被從中拗折，卻還沒有完全斷掉。

箭頭很奇怪，並沒有逆刺，只是一個跟箭桿一樣粗細的光滑圓錐。尖端磨得不太鋒利。

「這是我從後巷的角落找來的。」吳朝翼說。

「你肯定就是這枝？」

吳朝翼點點頭：「堂主給送來時，它還沒有拔出來。」

狄斌再看：箭桿前端呈焦黑色。有人用火焰燙過箭尖。

狄斌閉上眼睛，手掌仍緊握著那斷箭。

□

于潤生中箭時是中午時分。

然而很少人知道，這一天的血腥，早在清晨已經開始。

□

這天早上還沒有下雨。

可是龐文英嗅到雨雲臨近的氣味。他微笑。經驗。老年人就有這個優勢。

他看著卓曉陽把馬牽出來。這個最小的弟子也已經四十二歲了。五個師兄弟裡，他是最能吃苦的一個。才能不特別優秀，卻很勤快。這麼多年來龐文英的起居都是由他貼身照料。

是時候爲他安排退路了，龐文英想。幾年後當于潤生接掌了權力，卓曉陽在那新班子裡不可能有任何作用。就給他一大筆錢，讓他回家鄉吧。這樣「五大門生」裡最少有一個可得善終……

沈兵辰把馬首拉定，讓龐文英登上鞍。啊，這種感覺。在馬背上龐文英又感覺到那股力量。所以即使快要下雨，他仍沒有放棄今天清早的城外策騎。這已是他六十六歲的身體能夠享受的少數樂趣。酒已經不能多喝。女人是很遙遠的事……

兩個弟子也登上馬。龐文英看著前面的沈兵辰。那背上的交叉雙劍已經好久沒有用過。可是龐文英知道，這個二弟子至今也沒有疏懶練功。他在于潤生身邊還會有用。

問題是沈兵辰能不能接受這現實?龐文英知道，沈兵辰自小就沒甚麼權力野心。可是這麼多年來，江五在才能上的缺陷清楚易見，沈兵辰也一定曾經作過繼承權力的打算。如今他會對于潤生有甚麼想法?

不可以有別的想法。假如沈兵辰成了于潤生接管權力的障礙，龐文英會毫不猶疑親手移除他。這不是因爲偏愛，而是權力的現實。

——他知道沈兵辰也明白這一點。

三騎緩步經過正中路與平西街的交口，沿街前往北城門。龐文英盡量把馬步放輕放慢。他不想在這天還未明的時分吵醒街道兩旁酣睡的居民，即使他知道漂城裡沒有人敢對他的馬步聲抱怨。許多年前龐文英就明白：建立權力的要訣，是不要濫用權力。

遠方傳來斷續的更響。龐文英已有點按捺不住。他又想在冬晨的曠野上逆風快奔，讓寒風颳得臉頰麻木的同時汗流浹背，之後再回分行裡浸一個冒著蒸氣的熱水澡，讓卓曉陽洗刷他那仍舊肌肉結實的身體……

前面有個挑糞的漢子攔住去路。他身上穿著一件殘破的棉襖，用布包裹著口鼻。

龐文英沒有掩鼻。他尊重每個用勞力吃飯的人。何況許久前他已習慣這種臭氣——在家鄉，他六歲就開始下田澆肥。

他想起老家。已經沒剩下多少記憶了。離鄉差不多五十年，只回過一次。那窮得要命的村落，他沒有半點好感——否則當年就不會跑到京都裡闖。

可是此刻，一些朦朧的記憶忽然又回來了：田裡的陽光很暖；寧靜的魚塘；樹上剛摘下來的石榴甜味……也許應該再回去一趟的，龐文英想。就在完成一切以後……

然後他才驚覺：這些都是一個快死的人的想法。

「它」是那種直覺。過去幾十年刀頭舐血的日子裡，許多次救過他性命的直覺。

——它又在告訴我了……

這一刻，他們三騎正在經過那挑糞漢身邊。那漢子抱歉垂頭，擔著兩個大糞桶躲在街旁。

龐文英還是屏住了呼吸。畢竟這種氣味並不好受。

他再次透氣時，卻發覺那臭味濃了許多倍，從鼻孔直衝上腦門。他有少許昏眩。

接著是一大灘黏濃、冰冷的液體淋到身上。龐文英本能地閉目低頭。

淋滿他身上的，是收集自平西街三十九戶人家的糞便和尿液。

龐文英接著聽到一記沉重的鋼鐵交擊聲。一聲悶叫。

龐文英感到身體多處有釘刺般的痛楚。那潑灑的糞水裡還夾著其他東西。

當他睜開眼時，赫然看見沈兵辰已死。

沈兵辰的雙劍中段崩缺扭曲，交叉砍在他自己的頭臉上。面門血肉模糊。

那挑糞漢手臂異常地長，右手挽著一柄粗短的六角柱狀鐵棒，握柄纏著皮繩，攻擊的一端滿佈圓釘。鐵棒同樣沾滿了糞，顯然剛才一直藏在糞桶內。

沈兵辰能在那瞬間拔出雙劍招架，全靠近四十年每天不輟的苦練。可是不論經驗如何豐富的高手，被一桶劇臭的糞尿迎頭潑中，還是不可能面不改容，反應不可能沒半點延緩。

沈兵辰的眼睛因爲頭骨受重擊而暴突，左眼更跌出了眼眶。他的身體從馬鞍倒落時，仍然維持著交叉架劍的姿勢，雙手沒有放開那兩柄仍嵌在他臉上的劍。

卓曉陽悲叫，朝刺客策馬衝擊。

那挑糞漢雙腿像裝著彈簧，竟硬生生拔地跳起，越過了騎在馬上的卓曉陽頭頂！

卓曉陽無法相信，「四大門生」裡功夫最硬的沈師兄竟然一招之內就被擊殺；而眼前刺客那有如猿猴般的能力，同樣令他驚訝。

挑糞漢的身體在空中像球般向前翻滾，順勢雙手握捧揮下，重重擊在卓曉陽的背項。卓曉陽第一次知道：脊骨破裂是如此痛苦的事。

「龐爺……走……」卓曉陽每喊一個字就吐出一口血。他還想轉身抱住翻到他後面的刺客。可是脊梁遭破壞的身體已不聽意識使喚。

當「不可能」的念頭烙印在腦海裡，那漸漸就變成思想的死角。在龐文英所生活的世界裡，這是最危險的事。他很早以前就明白這個道理。可是他忘了。他老了。他的弟子也老了。瞬間倒在馬下的兩具屍體，就是證明。

龐文英催策坐騎時閉著眼睛。他沒有心存僥倖。他知道自己犯了黑道上兩個最不可原諒的錯誤：低估了他人的野心；高估了己方的能力。他知道犯這種錯誤，只有一種懲罰。

果然他跑不動。身上多處的刺痛更強烈。有東西勒著他頭頸和肩膀皮膚。

那夾在穢物裡一起撒向他的，是一面掛著幾十個尖刺倒鈎的漁網。

挑糞漢一手扯著漁網的末端，竟足以令龐文英的馬無法前奔。這是野獸才擁有的氣力。

馬匹吃痛嘶叫，往上人立而起。挑糞漢乘勢再猛拉，蒙在網裡的龐文英被扯離了鞍，狠狠摔在地上。馬也翻倒了。

龐文英還想掙扎站起來，可是在滿佈糞溺的地上滑倒了。

挑糞漢倒拉著漁網，奔入一條黑暗的窄巷。龐文英被漁網包裹著，仰躺在地上任由對方拖行。

他透過漁網仰視仍是灰濛濛的天空。

忽然他知道了，是誰想要他的命。

他忘記了將要死在糞堆中的屈辱。他微笑。一種滿意、嘉許的微笑。

漁網迅速收縮。「豐義隆」史上最強的戰將，無聲給那暗巷吞噬。

□

確實已經完了。

「豐義隆漂城分行」掌櫃文四喜所發動的復仇迅速、簡單而直接。

原本汪尙林和魯梅超還想反抗。所以最先死的就是他們兩個。

爲了鞏固漂城這私鹽販運的重鎮，京都「豐義隆」總行派駐到來的人馬數目是從前的三倍，勢力已經超越當年全盛時期的「屠房」。

汪、魯兩人的部下，當知道要面對的敵人從「大樹堂」突然變成「豐義隆」時，士氣如被海浪沖擊的沙堆般崩潰。那支騎隊還沒有走過兩個街口，留在兩人身邊的部下只剩不足五十人。

他們相視的眼神充滿悲涼。兩個都是老江湖，很早以前就明白，他們所處的世界是如何運作。只是沒有想到這麼快就結束。就在他們將要冒起之時。

「豐義隆」的復仇殺手出現時，沒有說半句話。沒有勸降。沒有容許他們辯白。只有包圍與殺戮。

街道旁的水溝流成鮮紅小河。那面寫著「屠」字的大旗最後被拋棄到哪裡，沒有人留意。兩個角頭老大的家人，事後連辨認屍體也不可能。

其餘的十幾股小勢力則由狄斌逐一撲殺。他已經忍耐了很久。眼前每個都是想把「大樹堂」招牌拆下來的可恨敵人。沒有任何仁慈的必要。狄斌把所有投降的要求當作聽不見。

城裡其餘的黑道小幫會，都紛紛慶幸沒有加入金牙蒲川的陣營。他們站在旁邊，再一次觀看狄六爺爲何擁有「猛虎」這外號。

這是一次完美的肅清。**今天以後，漂城裡再沒有「大樹堂」的反對者存在。**

□

「我發誓！」金牙蒲川絕望地呼喊：「我眞的見過花雀五！我家裡的人可以作證！」

「有分別嗎？」查嵩對蒲川已經失去興趣：「看看外頭吧。」

「查兄……查知事，你想想辦法……」蒲川幾乎像在哭泣：「我……我把一半身家分給你！還有埠頭！我保證，只要我的命保住，你不會少收一分錢！我……我可以離開漂城，你以後也不會看見我，以後也不會有麻煩！……」

查嵩嘆息著搖頭。

「別這樣嘛，查兄……」蒲川考慮了一輪，然後慎重地說：「別忘了，上一回你跟我說的話……這事情你也脫不了關係……」

「我說過些甚麼？我忘了……」查嵩說時毫無表情。他也很想接受蒲川的建議。那筆錢不是小數目。可是他沒有這個膽量。

查嵩正在苦惱。他的恩師何泰極——當今位極人臣的廷臣之首——與龐文英識於微時，查嵩不知要如何向太師解釋，龐祭酒竟然在他管治的城市裡遇害。

蒲川沉默了下來。他沒有再申辯，不想在這重要關頭惹怒查嵩。「知事大人，這樣吧……我給你七成，怎麼樣？我所有的七成……我們說的是最少一千五百萬兩！一千五百萬哪！你想，要多少年才積存到這個數目？現在只要你派人送我出城，我一安定下來就把錢給你……我出城前先給一半，怎麼樣？」

查嵩的雙眉揚起來。他在盤算怎樣能夠把這筆錢騙到手。至於保護蒲川，根本是不可能的事。

可惜龍拜就在這個時候到來。好像進入自己的家一樣。他身後跟著雷義。查嵩知道府邸外頭還有更多「大樹堂」的人馬。

蒲川幾乎馬上昏倒。

「蒲老闆，你好。」龍拜露出殘忍的笑容：「我特意把你留到最後。」

蒲川拉著查嵩的衣袖，彷彿一個在極力躲避懲罰的受驚小孩。

「蒲老闆，這太難看了。」龍拜也像在教訓不聽話的孩子。

「二爺……」蒲川把臉半掩在查嵩身後：「有的事情是誰幹的，我們心知肚明。」

龍拜的面容僵硬了一瞬間。沒有人察覺。「那又如何？」

「我們之間沒有甚麼大仇。大家都是生意人，談一談如何？」

——愚蠢的傢伙。

「你知道你跟我老大的分別嗎？」

蒲川疑惑地搖搖頭。

「為了得到自己想要的東西，你願意冒著失去所有的危險嗎？他願意。」

查嵩厭惡地揮袖，把蒲川甩開。「你們之間的生意糾紛，我沒有插手的理由。」

龍拜微笑著，撫摸沒有鬍鬚的上唇。他聽出查嵩的聲音其實也在顫抖。

查嵩朝雷義擺擺手：「雷總巡檢，請你送蒲川老闆出門。」

他轉過身。查嵩畢竟只是個文人出身，不忍心再看見蒲川絕望的眼神。

□

狄斌回到「老巢」時已是疲倦不堪。

早晨又再下起濛濛細雨。狄斌那染滿了血跡的白衣變得濕淋淋。最後一個敵人也收拾了。與金牙蒲川結盟的角頭老大，沒有一個人看得見天亮。

——是時候把事情弄明白了。

那枝斷箭仍藏在他衣襟裡。

他的三個義兄就在「老巢」帳房裡等他。

鎌首在抽著煙桿，白霧掩蓋了他的神情。

齊楚瞧著狄斌苦笑。這一刻狄斌知道，齊楚已猜出一切。他的四哥並不是笨蛋。

只有龍拜站起來迎接他。

「白豆，辛苦了。」龍拜卻也沒有勝利的笑容。帳房裡有一股異常的悲哀氣氛。

「姓蒲的……」

「你永遠不會看見他。」龍拜說。再過一會人們就會發現蒲川服毒自殺的屍體。

大局已定。狄斌忍耐了許久的情緒終於爆發。他極力保持理智的語氣。

「認得這是甚麼嗎？」狄斌把房門關上，然後掏出斷箭。

龍拜沉默。鎌首和齊楚也顯得沒有興趣。

「給這樣的箭射中，不會刺得太深吧？而且很容易拔出來。」狄斌盯視龍拜：「何況射箭的人事前用火灼過它，傷口不容易腫爛。」

「白豆——」

「葉毅事前也知道吧？」狄斌打斷龍拜的說話。

「小葉貼身跟著老大，不用擔心他洩漏。」

「可是卻不能告訴我？不能告訴四哥跟五哥？」

「這是老大的決定。」龍拜按著狄斌的肩。「他知道你們太老實……」

狄斌知道不是這樣：「只有在我們眞的毫無提防時，金牙蒲川才會敢動手吧？我們是餌。而且差點就被吃掉的餌。」

「這個倒是意料之外。」龍拜仍是面不改容：「襲擊你的那些傢伙。沒想到蒲川手上有這樣的人。我們很快會找到他們。」

狄斌冷笑：「龍老二，你倒說得輕鬆。站在街上幾乎給一劍砍死的那個人不是你。」

「他媽的！」龍拜一時忍耐不住。他深吸一口氣，馬上回復平靜，從狄斌手上拿過那枝斷箭。

「這一箭交給你來射，你會怎麼想？」

狄斌語塞。他想像得到龍拜射這箭時的心情。假如偏了一點怎麼辦？沾滿汗的雙手挽著弓箭，屏住呼吸，閉起一邊眼睛，聽著雨聲與自己的心跳聲……假如射中了心臟怎麼辦？

「爲甚麼？」狄斌伸手掩著額頭。

「爲了我們的將來。」

「値得這樣做嗎？連龐祭酒也……他待老大就像自己兒子啊……値得嗎？」

「值不值得，我們沒資格決定。」龍拜說。「記得嗎？我們早就把性命交給他。他這次也付出了重大的代價……」

「這箭傷？」

「還有……」說話的是鎌首：「他的兒子。」

□

李蘭就躺在于潤生身邊。他們無法相擁而睡。兩人的身體都太虛弱。只有貼近的兩隻手緊緊互相握著。

他們都在假裝睡覺，李蘭閉著的眼皮在顫抖，淚水沿眼角流下。她感覺下腹處有一種冷冷的空虛感覺。那親密的小生命永遠離開了……她強忍著不放聲哭泣。她不想驚動受傷的丈夫，同時也為了難產而感到羞愧。她無法忘記幾個月前，當大夫斷定她有身孕時，于潤生那忘形的笑容——他毫無保留地暴露自己的感情，是一件多麼罕有的事……

——而我竟保不住這孩子……

于潤生在黑暗中睜著雙眼，仰視空無一物的屋頂。

他沒有看見孩子的遺體。鎌首把那頭臉變成紫黑色的胎屍抱走了。臍帶纏住了頸項。

于潤生甚麼也沒想。他不想再想，要是他的家那時候沒有被包圍，要是及時把大夫請過去……不，也許結果仍然一樣。

也許。

然而于潤生已經決定：這一生也不會把事實告訴妻子。

他感到憤怒。不是因爲他的敵人。不是因爲龐文英。不是因爲李蘭。更不是因爲自己。

他只是無法接受，世界上有他不能控制的事情。

第十六章
心無罣礙

「豐義隆」二祭酒龐文英就在他死後三天出殯，是漂城史上最大的喪禮。城裡幾乎每一條街道都散滿紙錢。州內鄰近城鄉的官吏全都到來弔唁，輪候鞠躬上香的人龍從正中路「豐義隆漂城分行」大門一直延伸出安東大街。賭坊娼館這一天都乖乖歇業，全城妓女全部穿著素服。致祭者送來的奠酒一罈罈放在分行大門兩旁，堆得比人還要高。最高興的是城裡的乞丐——「豐義隆」施派的五百鍋素菜米飯，是他們久未嚐過的美食。

可是龐祭酒不會在漂城入土。「豐義隆」的稱霸功臣只能葬在京都。掌櫃文四喜已打點好運送棺木的準備。至於保存遺體則很簡單。那是「豐義隆」擁有最多的東西——鹽。

唁客直至深夜方始散去。守靈的晚上。棺木停在「漂城分行」後堂中央。左右伴著他兩個門生的棺材。

于潤生一臉倦容坐在交椅上。那箭傷仍間歇在作痛。可是身為龐祭酒的繼承人，他必須主持這個喪禮。

靈堂裡其他人都站著，成半圓圍繞著三副棺木：龍拜、齊楚、鎌首、狄斌、葉毅、吳朝翼、棗七、雷義、文四喜、陸隼，還有花雀五。

花雀五一身孝服。他畢竟是龐文英的義子。

「茅公雷……」于潤生以虛弱的聲線問：「確定他已回京都去了？」

「是的。」文四喜點點頭：「他要把消息盡快帶回總行。」

于潤生環視他眼前這些男人。**他們是他權力的基石**。

在這靈堂裡所有人都分享了一個秘密。

他們都尊敬龐文英。可是這事情跟尊敬與否無關。

狄斌想：也許自從兩年前那次「豐義隆」韓老闆生病的事件開始，于老大已經作了這個決定。

沒有人知道身體羸弱的韓老闆還能活多久。要是他比龐文英先死，「豐義隆」的權力鬥爭就馬上要在「三杯祭酒」之間展開。年老的龐文英不可能再激起爭雄之心——于潤生很清楚這點。消滅「屠房」一役，已把龐文英這位老戰將最後的一把野心耗盡。即非如此，精力大不如前的他，能否抗衡在京都勢力最盛的大祭酒容玉山與年輕的六祭酒章帥，是一個大疑問。不能坐等龐文英把棒子交過來。**真正的權力並非賜予的**。

花雀五這時把一隻手放在棺蓋上，閉目沉思好一會。

——我的決定是正確的。義父，你安心去吧。

他接著走到于潤生面前，半跪了下來。其他人全都感到意外。驕傲的江五，竟向當年他親手提拔的腥冷兒下跪。

于潤生卻毫不動容。

花雀五雙手緊握于潤生的右手。

「我從今天起發誓效忠於你。」聲音響亮，說得直接而簡單。「我把自己的性命前途交在你手上。」

「我接受。」于潤生的語氣理所當然。「我上京都謁見韓老闆的事，就請你作好準備。」

花雀五站起來點點頭。

「待傷好了以後，我就上京。」于潤生深呼吸一會，等痛楚過去後再說：「我會帶老五和白豆去。小葉也會跟著我。漂城就交給龍老二、齊老四和文四喜一起管。別以爲我不帶你們去就是不重視你們。漂城是我們的後方要塞，必定要堅守著。雷總巡檢會密切看著查知事的舉動。你們好好地幹。」

龍拜有點失望，可是也沒有抱怨。他知道于老大需要他留在漂城，維持與南藩的軍需品走私生意。更何況三分一個漂城將歸給他。他會比現在富有許多倍。

齊楚沒有顯露任何表情，但至少情緒已經平復下來。

文四喜早就知道于潤生的安排。他瞧向花雀五，他從前的主子。花雀五向他露出嘉許的笑容。文四喜鬆了一口氣。

——江五是眞的變了。

鎌首則一直默默看著龐文英的棺柩。

他跟這個老人認識不算深，甚至沒說過多少句話。可是鎌首總感覺自己很有點羨慕龐祭酒。現在鎌首才明白那是爲甚麼：龐文英六十六年的人生裡，沒有任何遺憾。

——這樣的人生有甚麼秘密？當我到了這種年紀時，能不能也像他這樣滿足？

鎌首很想知道這些答案。

無論如何，他已經決定帶同寧小語一起到京都。

狄斌明白老大的安排，正是爲了把四哥跟五哥分開。當然，他也慶幸自己可以跟鎌首一起上京。

于老大看來已經克服了喪子之痛。鎌首亦重新振作起來了，看著他們，狄斌感到安慰。

而面前是一個全新的世界。京都，權力的核心。更多的征服，正在等待他們。

面對不可知的未來，狄斌雙肩不禁微微顫抖。他感到有些害怕。當然，「猛虎」狄斌不會把這種情緒暴露於任何人面前。就像過去一樣，他相信自己能夠克服所有不安與畏懼。

為了每一個他愛的人。

□

除了棗七件在身旁，其他人都已離開。

有三個男人進入靈堂內。他們既沒鞠躬上香，也沒有坐下，只是站在于潤生跟前。

站在中間的那個男人最高大，個子跟鎌首不相伯仲，但髮鬢斑白，看來已過五十。他顯得有點不自在。因爲沒有穿著冑甲，那柄五尺長的鐵劍也不在手。

左右兩邊的男人，滿懷戒心地盯著棗七。

「我有傷在身，只能夠坐著。」于潤生說：「元帥請見諒。」

陸英風點頭：「聽說從前你曾經當兵。哪一方？」

「無論當時身在哪一方，生死都掌握在元帥手上。」

陸英風首次露出笑容。

「可是現在我的生死，卻掌握在你手上吧？」

「元帥是我們貴客。」

「元帥要走要留，誰敢攔阻？」站在右邊的隨參管嘗傲然說。

「京都有人來過。」

左邊的翼將霍遷聽到于潤生這個消息，臉色微變，憂心地瞧向陸英風。

「請放心，你們絕對安全。陸元帥是當世英雄，讓你死在連卵蛋也沒有的閹人手裡，那太教人遺憾了。」

陸英風沒有動容。一路向南逃亡以來，他已三次遭舊部出賣，險些被縛回京都。他才不會輕信市井黑道一個素不相識的老大。

「給你這麼一說，我倒像是條走投無路的喪家犬了。」陸英風苦笑。

于潤生了解，眼前這個五十三歲的「平亂大元帥」爲何放棄爵位出走：在這個曾經肩負百萬人生死的男人眼中，世上一切都不屑一顧，只有尊嚴是他唯一珍視的東西。「關中大會戰」本來應該是他人生的高峰，卻在最後給別人奪去了光榮。他不可能默不作聲就此度過餘生。

陸英風大元帥的戰爭還沒有結束。

「以後有甚麼打算？」

「沒必要告訴你吧？」管嘗冷笑。

「你們收了那姓蒲的多少錢？那傢伙不太慷慨吧？二、三十萬兩？你們這麼多人，恐怕撐不了多久。何況若要起事，比如攻打一村一鎮，沒有上五十人不行吧？」

「甚麼攻打村鎮？你把我們當作馬賊啦？」管嘗憤怒地反駁。

「這也不失爲積存糧餉的好方法。」

「別把我跟你們這種人相提並論。」陸英風說。「陸某一屆武夫，半生戎馬，仍知廉恥，俯仰天地而無愧。」

「我看我們之間沒有甚麼不同。」于潤生並沒有給這豪語懾住。「**我們吃的米都不是自己親手種的。我們活著所得的一切，都是靠殺人得來。**」

陸英風安靜地垂頭凝視于潤生。

「也許你說的不錯。殺人……我最擅長、最自豪的事情就是殺人。」陸英風喃喃繼續說：

「我要是生在太平盛世，也許就此一生沒沒無聞，當個農夫或屠戶，頂多也不過考個小小武官……所以我不後悔。我的劍沾過千萬人的血，才會發出那種光芒。」

他的視線沒有改變，跟于潤生那充滿神采的眼瞳對視。

「你也跟我一樣吧？你也爲了自己了得的殺人技倆而自豪吧？」

于潤生沒有回答他。

□

然後所有人都離去了。

于潤生的眼神帶著落寞。

像陸英風這種人，究竟是個傻瓜還是瘋子？于潤生唯一確定的是，這個男人是一件寶貴的資產。

陸英風想得到些甚麼？取回那失落的尊嚴？像南藩般舉起「勤王旗」，斬除王政四周的奸臣？要是如此，當年他又何必領朝廷大軍平亂，把數以萬計的人頭砍下來？他在跟那幾萬人開一個瘋狂的玩笑嗎？那幾萬人的死亡，豈非變得連一點價值也沒有？……

于潤生沒再想下去。他對這些不感興趣。那些連自己命運也掌握不來的人，不論死去多少個也不會動搖這世界。眞正能改變世界的，只有像陸英風這種人。

當然還有像于潤生這種人。

他勉力站起來，一步步走到龐文英棺木跟前。他雙手按著棺材兩側，上身俯伏在上面，臉頰貼著棺蓋。

他閉著眼睛，嗅到像海洋般的鹽味。

兩條生命，一個六十六歲，一個還沒有出生。已經犧牲了他們，于潤生不能卻步，更不可能回頭。

他微笑著親吻棺柩。

京都。

沒有一個三十二歲的男人能夠抗拒這麼光榮的誘惑。

《殺禪》卷四【野望季節】・完

附錄

卷三　原版後記

寫《殺禪》時我不斷在反思：甚麼是「歷史」？

小說的歷史觀總是難免傾向於較爲浪漫的宿命論與個人論。然而這並不代表這些論點乖離了眞實的歷史。歷史總是恒常地重覆：多傑出的領袖在獲得最高權力後仍難免腐敗犯錯；二把手永遠面對取代一把手的誘惑；原本理想遠大的群眾革命總是被野心家篡奪……這些也許本就是政治、歷史的「自然生態」吧？但小說、戲劇作者卻無法不從中嗅到宿命的味道。我也一樣。

我想不少人因爲《殺禪》的古代背景、幫會情節、武門場面而誤以爲它是一部武俠小說。事實上我是完全把它當作架空歷史小說，並且以較現代的觀點來寫，因此才會出現「首都」、「秒鐘」、「部隊」這些用詞。（編按：部分用詞已於新版內修改。）

最初構思《殺禪》時確是有把傳統武俠世界來個顚覆的意思——那時候我還是個狂熱的武俠迷，一心要成爲武俠小說作家。但是《殺禪》這個故事本身就像一隻會自行膨脹變大的怪物，「反武俠」的意念到了最後只成爲一個不大重要的小副題。而這個思路變化的歷程也完全改變了我的寫作取向。

當然這不是說我現在輕視武俠。直到目前我所寫的全部小說，都是以武俠爲基礎。只是如今「純武俠」已經無法滿足我的創作理想了。而且武俠世界已經被眾前輩們建立得太成熟了，我無從在裡面尋找到還未被開闢的新土壤，再寫也不過是重覆前人的腳步而已。除非把寫作當作單純的工作、生意，否則寫他人早已寫過的東西，我認爲是在浪費生命。

《殺禪》到了第三卷，算是一個段落的完結。我衷心希望讀者能夠把第一、二卷也拿出來，三卷一口氣重看一次，我相信必定能對這個故事有更深刻的了解。我當然知道這是一個很奢侈的請求。不過一股不知打從哪來、莫名其妙的自信告訴我：我的小說應該最少也有重看一次的價值吧？

《殺禪》預定爲七卷完結。（編按：作者當時的預想，最後以八卷作結）一想到現在連一半也沒有寫完，害怕得連肩頭也顫抖起來。可是寫長篇小說就如踏入黑道一樣，一開始了就沒法回頭。既然是自己選擇的路，就只能咬牙繼續走下去。

說起咬牙，我每次完稿時總是感到腮顎痠痛，原來寫到緊張時都不自覺地咬牙切齒。我是個容易緊張的人，記得那次參加全港空手道賽時，緊張得十隻手指頭都微微發麻──血液都集中到腦跟內臟了。而且從早上開始一整天沒吃過東西。因爲那是我期待了足足五、六年的出賽機會。

而出版《殺禪》的機會我等得更久。所以也更緊張。

喬靖夫

一九九七年六月十一日

卷四　原版後記

「世界上最不能容忍的垃圾——文字垃圾。所以我每次提起筆時，不禁心驚膽戰。」

這是余杰在他的散文集《火與冰》開首寫的話。

所以請原諒我的書寫得太慢。別看我寫這麼多暴力的場面，就以爲我是個很膽大的人。

「半夜三點更深夜靜，還到廚房開冰箱找東西吃的人，就只能寫出這樣的文章了。」

這是村上春樹在《聽風的歌》裡寫的話。

我通常不開冰箱。下兩包即食麵，塡飽了肚子就可以。

「一個男人的野心與才能不相稱，是世上最悲哀的事。」

這是我在這本書裡寫的話。

當然這只是小說世界裡的話，當不得眞。對於我們這些佔了百分之九十九點九九的平凡男人來說，「野心」這個詞語很是遙遠——別告訴我，渴望手上那幾手股票馬上漲它兩、三個價位就叫作「野心」。

對於大多數平凡男人，倒眞有一件共通的悲哀事情。不是禿頭、發福或性能力衰退——雖然這些都是很悲哀的事。

我想說的是：一個男人的心理年齡跟實際年齡不相稱。「怎麼你還是像長不大一樣？」「成熟一點好不好？」我們不知已經聽過這些說話多少次。

對不起。請讓我們再多玩幾年。趁著我們還沒有禿頭、發福和性能力衰退之前。

把我自己寫的句語跟前面那兩位作家寫的並列，當然不是想暗示自己能和他們相提並論。那只說明了：我很喜歡讀書，也很喜歡寫作。

最近讀歷史書，發現了一個有趣的事實。

文字這東西，對知識份子來說總帶著某種神聖的感覺，是對抗物慾世俗的精神武器。至少我自己從前也是這麼想。

可是原來最初文字的出現，不是爲了表達人類的情感與想法，不是爲了記錄歷史的教訓，甚至不是爲了卜筮祭祀。人類發明文字（最早的是蘇美爾人的楔形文字）只是爲了記錄商業的交易。創造文字的目的完全是物質的、世俗的。

然後到了今天，文字終於反客爲主。文字可以賣錢。

我們走了好遠的路。

你們讀完這篇後記，也許會覺得我改變了。從後記就看得出來。比從前的短，態度也沒有從前般認眞。

也許是因爲我明白了，沒有那麼認眞的必要。寫小說，不過是在說一個故事。一個有趣的故事。僅此而已。

喬靖夫

二〇〇一年七月二日

國家圖書館出版品預行編目資料

殺禪. 第2部 / 喬靖夫著. -- 初版. -- 臺北
市 : 蓋亞文化, 2019.05
面 ;　公分. -- (喬靖夫刀筆志 ; 2)
ISBN 978-986-319-397-5 (平裝)

857.7　　108001016

喬靖夫刀筆志 002

殺禪 第 2 部 重修版

作　　者　喬靖夫
封面插畫　Steven Choi
書名題字　馮兆華
封面設計　莊謹銘
總 編 輯　沈育如
發 行 人　陳常智
出 版 社　蓋亞文化有限公司
地址：台北市103承德路二段75巷35號1樓
電話：02-2558-5438　傳真：02-2558-5439
電子信箱：gaea@gaeabooks.com.tw
投稿信箱：editor@gaeabooks.com.tw
郵撥帳號 19769541　戶名：蓋亞文化有限公司
法律顧問　宇達經貿法律事務所
總 經 銷　聯合發行股份有限公司
地址：新北市新店區寶橋路二三五巷六弄六號二樓
電話：02-2917-8022　傳真：02-2915-6275
初版一刷　2019年05月
定　　價　新台幣 320 元
Published and printed in Taiwan

ISBN 978-986-319-397-5